JULES VERNE

Reise um die Erde in 80 Tagen

Seit dem neuesten Rekordflug der ›Concorde‹ im Jahre 1996 dauert eine Reise um die Welt heutzutage nur noch 31 Stunden und einige Minuten. Bei dieser Guinness-Buch-Leistung französischer Piloten wurde, nicht nur in Frankreich, oftmals das berühmte Buch von Jules Verne zitiert.

Der Reisende in Jules Vernes Buch ist der exzentrische Engländer Philéas Fogg, Mitglied des ehrenwerten Reform-Clubs in London. Die Idee zu dieser Reise entstand aus einer Wette der Clubmitglieder.

Philéas Fogg bricht sofort auf, zunächst nur in Begleitung seines französischen Dieners Jean Passepartout.

Die Zeit ist von Anfang an knapp. Als Transportmittel dienen hauptsächlich Schiffe und Eisenbahnen, manchmal auch Elefanten und Schlitten.

Die Route führt quer durch Europa und das Mittelmeer, den Suezkanal, durch Indien, und von chinesischen und japanischen Häfen in die Vereinigten Staaten und durch den amerikanischen Kontinent.

Daß aus dem Abenteuer ein echtes Wagnis wird, liegt an den Verzögerungen, die überall lauern. Nur der stoische Mr. Fogg verliert nie die Nerven, am Ende aber beinahe die Zeit.

Als Neuübersetzung und in besonders schöner Ausstattung erschienen bereits einige der bekanntesten Werke von Jules Verne im Fischer Taschenbuch Verlag: »Reise um die Erde in 80 Tagen« (Bd. 13190), »Reise zum Mittelpunkt der Erde« (Bd. 13259), »Von der Erde zum Mond« (Bd. 13260) und »Reise um den Mond« (Bd. 13372), »20000 Meilen unter den Meeren« (Bd. 13376).

Jules Verne wurde 1828 in Nantes geboren. Ein jugendliches Reiseabenteuer (mit elf Jahren) konnte der Vater verhindern. Verne studierte Jura, schrieb aber bereits Theaterstücke und Erzählungen. Sein erster Erfolgsroman, ›Fünf Wochen im Ballon‹, erschien 1863. Seine großen Romane waren von Anfang an Bestseller. Als neuer Mythenmeister und Klassiker ist er der Begründer der modernen Science-fiction-Literatur. Jules Verne starb 1905 in Amiens.

Unsere Adresse im Internet: www.fischer-tb.de

Jules Verne

Reise um die Erde in 80 Tagen

Neue ungekürzte Übersetzung
von Manfred Kottmann

Mit sämtlichen Illustrationen der französischen Ausgabe
erschienen im Verlag J. Hetzel et Cie.

Fischer Taschenbuch Verlag

4. Auflage: Oktober 2000

Veröffentlicht im Fischer Taschenbuch Verlag GmbH,
Frankfurt am Main, September 1996

Die französische Originalausgabe erschien unter dem Titel:
›Tour du monde en 80 jours‹

Gesamtherstellung: Clausen & Bosse, Leck
Printed in Germany
ISBN 3-596-13190-1

I

Phileas Fogg und Passepartout finden sich als Herr und Diener

Im Jahre 1872 wurde das Haus Savile Row 7, im Londoner Stadtteil Burlington Gardens, in dem der Komödiendichter, Politiker und Staatsdiener R. B. Sheridan 1816 gestorben war, von Phileas Fogg bewohnt, der ein ganz besonderes und auffälliges Mitglied des Reform-Clubs von London war, obwohl er sich alle Mühe gab, keine Aufmerksamkeit auf sich zu lenken. Auf Sheridan, einen der größten Redner, deren sich England rühmen kann, folgte also als Bewohner dieses Hauses der geheimnisvolle Phileas Fogg, Esq. Von ihm war nicht viel mehr bekannt, als daß er ein vollendeter Gentleman und einer der bestaussehenden Männer der englischen Oberschicht war.

Man sagte, daß er Lord Byron ähnelte, da er dasselbe schöne Gesicht hatte, ohne daß sein Fuß, wie der des Dichters, verkrüppelt war. Aber er war ein Byron mit Schnauzer und Backenbart, ein leidenschaftsloser Byron. Und ein altersloser Mann.

Phileas Fogg war untrüglich ein Engländer, aber er war vielleicht kein Londoner. Man war ihm weder an der Börse noch in einer Bank, noch in einem Kontor der Londoner City je begegnet. Nie hatte an einem Kai und in einem Dock von London ein Schiff angelegt, dessen Reeder Phileas Fogg gewesen wäre. Dieser Gentleman gehörte keinem Aufsichtsrat an. Sein Name war weder in einer Anwaltskanzlei vernommen worden noch bei den Rechtsgelehrten im Temple, im Lincoln's Inn und im Gray's Inn. Nie hatte er als Anwalt vor den Schranken der

Phileas Fogg

obersten Gerichtshöfe und Berufungsgerichte für Staats-, Straf-, Zivil-, Finanz- und Kirchenrechtsverfahren ein Plädoyer gehalten. Er war weder Industrieller noch Kaufmann, noch Landwirt. Er war weder Mitglied des Königlichen Instituts von Großbritannien noch des Instituts von London, noch der Handwerkskammer, noch des Russell-Instituts, noch des Literarischen Abendländischen Instituts, noch des Rechtsinstituts, noch jenes Instituts der Vereinigten Künste und Wissenschaften, das unmittelbar unter dem Schutz Ihrer Königlichen Majestät steht. Schließlich gehörte er auch keiner der zahlreichen Gesellschaften an, von denen es in der englischen Hauptstadt nur so wimmelt: von der »Gesellschaft der Ziehharmonikafreunde« bis zur »Entomologischen Gesellschaft«, deren satzungsgemäßes Ziel die Ausrottung schädlicher Insekten war.

Phileas Fogg war lediglich Mitglied des Reform-Clubs.

Wer sich darüber wundern sollte, daß ein so geheimnisvoller Gentleman Mitglied dieser ehrenwerten Vereinigung war, dem sei gesagt, daß er auf Empfehlung der Gebrüder Baring aufgenommen worden war, bei deren Bank er ein Konto unterhielt. Aus der Tatsache, daß seine Schecks immer gedeckt waren, weil sich sein Konto stets im Haben befand, bezog er ein gewisses Ansehen.

Zweifellos war dieser Phileas Fogg ein reicher Mann. Aber wie er zu seinem Reichtum gekommen war, das wußten auch die bestinformierten Leute nicht zu sagen, und Mr. Fogg war der letzte, den man danach fragen konnte. Jedenfalls trat er nirgendwo verschwenderisch auf, war aber auch nicht geizig. Denn überall, wo es der Unterstützung für eine gute Sache bedurfte, leistete er sie im stillen und sogar anonym.

Alles in allem wäre »mitteilsam« das Wort, das am wenigsten zu diesem Gentleman paßte. Er sprach so wenig wie möglich und, verschwiegen wie er war, erschien er um so geheimnisvoller. Dennoch spielte sich sein Leben vor aller Augen ab, aber was er machte, tat er mit der mechanischen Gleichmäßigkeit eines Uhrwerks, so daß die Phantasie der Menschen unbefriedigt blieb und sie sich etwas dazuerfinden mußte.

Weit gereist war er sehr wohl, denn niemand kannte sich wie er auf dem Globus aus. Es gab keinen noch so abgelegenen Ort der Welt, über dessen Besonderheiten er nicht Bescheid zu wissen schien. Gelegentlich stellte er mit knappen und klaren Worten die unzähligen Mutmaßungen richtig, die im Club über Reisende kursierten, die sich verirrt hatten oder verschollen waren. Er hielt sich streng an die Tatsachen, und die Aufdeckung der wahren Umstände solcher Ereignisse gab ihm letztlich immer recht. Dieser Mann schien die ganze Welt bereist zu haben – zumindest im Geiste.

Allerdings stand fest, daß Phileas Fogg seit vielen Jahren London nicht mehr verlassen hatte. Diejenigen, die die Ehre hatten, ihn ein wenig besser als andere zu kennen, bestätigten, daß ihn niemand, außer auf seinem täglichen direkten Weg von seinem Haus zum Club, je woanders gesehen haben konnte. Zeitungslektüre und Whistspiel waren sein einziger Zeitvertreib. Bei diesem Spiel ohne viel Worte, das seiner Natur so angemessen war, gewann er oft. Aber seine beträchtlichen Gewinne blieben nie in seiner Börse, sondern vergrößerten nur sein Budget für wohltätige Zwecke. Übrigens muß man dazu sagen, daß Mr. Fogg wirklich aus Freude am Spiel spielte und nicht, um zu gewinnen. Das Spiel war für ihn ein Kampf, bei dem es Widrigkeiten zu überwinden galt, aber ohne sich bewegen zu müssen und ohne zu ermüden. Und das paßte zu seiner Wesensart.

Es war nichts davon bekannt, daß er Frau oder Kinder hatte, was bei den ehrbarsten Männern vorkommt. Und man wußte auch nichts von Verwandten oder Freunden, was schon seltener war. Phileas Fogg lebte allein in seinem Haus in der Savile Row, das niemand außer ihm betrat. Vom Inneren dieses Hauses war nie die Rede. Ein einziger Bediensteter genügte ihm. Das Mittag- und das Abendessen nahm er immer im Club ein, immer zur selben Zeit, im selben Saal und am selben Tisch. Es kam selten vor, daß er ein anderes Clubmitglied an seinen Tisch bat, Fremde schon gar nicht. Er ging nur zum Schlafen nach Hause, stets pünktlich um Mitternacht, und machte also nie von den komfortablen Zimmern Gebrauch, die den Mitgliedern im Club zur Verfügung stehen. Von den vierundzwanzig Stunden eines Tages verbrachte er zehn zu Hause, schlafend oder mit seiner Toilette. Wenn er promenierte, tat er das stets, mit gleichmäßigem Schritt, auf dem mit Einlegearbeiten verzierten Parkettboden der Eingangshalle des Clubs oder auf der kreisförmigen Galerie, über die sich eine Kuppel aus blauen Glasscheiben wölbte, die von zwanzig ionischen Säulen aus rotem Porphyr getragen wurde. Wenn er zu Mittag oder zu Abend speiste, wurden ihm die schmackhaftesten Delikatessen aus den Küchen, der Speisekammer, der Anrichte, der Fisch- und Milchkammer des Clubs aufgetischt. Die ernsten, schwarzgekleideten Bediensteten des Clubs trugen ihm, geräuschlos auf Filzsohlen gehend, die Speisen in einem besonderen Porzellan und auf wunderbarem Damast auf; in den kostbaren Karaffen des Clubs servierte man ihm seinen Sherry, Portwein oder seinen roten Bordeaux, gewürzt mit Zimt, Farnkraut und Zinnamom; schließlich hielt das Eis, das der Club mit hohem Kostenaufwand von den nordamerikanischen Seen kommen ließ, seine Getränke zufriedenstellend frisch.

Wenn man diese Lebensart als exzentrisch bezeichnen will, muß man zugeben, daß die Exzentrizität ihr Gutes hat!

Das Haus in der Savile Row war nicht luxuriös, aber es zeichnete sich durch einen sehr hohen Komfort aus. Da der Hausherr ein äußerst geregeltes Leben führte, war im übrigen ein geringer Bedienaufwand nötig. Dennoch verlangte Phileas Fogg von seinem einzigen Hausdiener eine außergewöhnliche Pünktlichkeit und Regelmäßigkeit im Dienst. Gerade an diesem 2. Oktober hatte Phileas Fogg seinem Diener James Forster gekündigt, da der junge Mann sich des Vergehens schuldig gemacht hatte, ihm Rasierwasser zu bringen, das nur vierundachtzig Grad Fahrenheit warm war statt der gewünschten sechsundachtzig Grad. Und nun erwartete er einen Bewerber um dessen Nachfolge, der sich zwischen elf und halb zwölf vorstellen sollte.

Phileas Fogg saß im Sessel, die Hacken militärisch eng aneinandergepreßt, die Hände auf die Knie gestützt, und fixierte erhobenen Hauptes den Zeiger der Standuhr, die mit ihrem komplizierten Räderwerk Stunden, Minuten und Sekunden, aber auch Tag, Monat und Jahr anzeigte. Punkt halb zwölf würde Mr. Fogg das Haus verlassen, um sich in den Reform-Club zu begeben.

Da klopfte es an die Tür des kleinen Salons, in dem sich Phileas Fogg aufhielt. Der entlassene James Forster trat ein und meldete: »Der neue Diener.«

Ein junger Mann von etwa dreißig Jahren erschien und grüßte.

»Sie sind Franzose, und Sie heißen John?« fragte Phileas Fogg.

»Jean, wenn es dem gnädigen Herrn gefällt«, antwortete der Ankömmling, »Jean Passepartout, ein Beiname, den man mir für meine natürliche Gabe verliehen hat, daß ich die schwierigsten Situationen bewältigen kann. Ich halte mich für einen ehrlichen Burschen, gnädiger Herr, aber offen gesagt habe ich schon mehrere Berufe ausgeübt. Ich war Straßensänger, Kunstreiter im Zirkus, Voltigierkünstler und Seiltänzer. Dann wurde ich Turnlehrer, um mein Talent nützlicher anzuwenden. Und zuletzt war ich Feuerwehrmann in Paris, wo ich mich bei einigen bedeutenden Bränden ausgezeichnet habe. Aber vor fünf Jahren habe ich Frankreich verlassen, und weil ich mich nun für das häusliche Leben zu interessieren beginne, bin ich Kammerdiener in England geworden. Da ich gerade keine Stelle hatte und hörte, daß bei Herrn Phileas Fogg, dem ordentlichsten und seßhaftesten Mann im Vereinigten Königreich, eine solche frei werde, stelle ich mich bei dem Herrn vor. Ich hoffe, in Ihren Diensten in Ruhe alt werden und die unruhigen Zeiten vergessen zu können, einschließlich dieses Hans-Dampf-in-allen-Gassen-Namens Passepartout.«

»Passepartout gefällt mir«, erwiderte der Gentleman. »Sie sind mir empfohlen worden. Die Auskünfte über Sie sind positiv. Sie kennen die Vertragsbedingungen?«

»Ja, gnädiger Herr.«

»Gut. Wie spät ist es auf Ihrer Uhr?«

»Elf Uhr zweiundzwanzig«, antwortete Passepartout, der aus seiner Westentasche eine riesige silberne Uhr gezogen hatte.

»Sie geht nach«, sagte Fogg.

»Verzeihen Sie, gnädiger Herr, aber das ist unmöglich.«

»Sie geht vier Minuten nach. Aber sei's drum. Es genügt, die Differenz zu kennen. Also, seit diesem Augenblick, elf Uhr sechsundzwanzig, Mittwoch, den 2. Oktober 1872, stehen Sie in meinen Diensten.«

Nach diesen Worten erhob sich Phileas Fogg, ergriff mit der Linken seinen Hut, setzte ihn auf und verschwand ohne ein weiteres Wort.

Passepartout hörte, wie sich die Haustür ein erstes Mal schloß: Sein neuer Herr verließ das Haus. Dann ein zweites Mal: Sein Vorgänger, James Forster, ging ebenfalls.

Passepartout blieb allein im Haus in der Savile Row zurück.

II

Passepartout ist überzeugt,
daß er die ideale Stellung gefunden hat

»Du liebe Güte«, sagte sich Passepartout, »im Wachsfigurenkabinett von Madame Tussaud habe ich Gestalten gesehen, die mir lebendiger vorkamen als mein neuer Herr!«

Die berühmten Wachsfiguren von Madame Tussaud in London ziehen übrigens so viele Besucher an, weil sie so lebensecht wirken, daß ihnen wirklich nur die Sprache zu fehlen scheint.

In den wenigen Augenblicken, in denen Passepartout Phileas Fogg gesehen hatte, hatte er sich seinen künftigen Herrn schnell, aber genau angeschaut. Der Mann mochte ungefähr vierzig sein, er hatte ein edles und schönes Gesicht und war von großer Gestalt, der leichte Bauchansatz störte nicht. Haare und Backenbart waren blond, die Stirn war bis zu den Schläfen ohne sichtbare Falten, das Gesicht selbst eher blaß als gebräunt, und er hatte makellos schöne Zähne. Er schien in besonderem Maße das zu besitzen, was die Physiognomen »die ruhige Kraft des Tätigen« nennen, also die Eigenschaft der Menschen, die eher etwas tun, als darüber zu reden. Mit seiner Ruhe, seinem Phlegma, seinem klaren, offenen Blick, war er der typische korrekte Engländer, wie man ihn oft im Vereinigten Königreich antrifft. Die Malerin Angelica Kauffmann hat diesen Typus mit seiner etwas durchgeistigten Haltung meisterhaft auf der Leinwand festgehalten. In jeder Situation seines Lebens zeigte der Gentleman die Ausgewogenheit und die Genauigkeit, die man von einer Pendeluhr kennt. Und in der Tat war dies deutlich an seinen regelmäßig geformten Händen und Füßen abzulesen, denn beim Menschen wie beim Tier sind die Gliedmaßen der Ausdruck der Charaktereigenschaften.

Phileas Fogg gehörte zu den Leuten, die »mathematisch genau gehen«, die nie unter Druck stehen und stets so voller Geistesgegenwärtigkeit präsent sind, und die ihre Bewegungen und Schritte mit Bedacht genau einteilen. Er machte keinen Schritt zuviel, sondern nahm stets den kürzesten Weg. Sein Blick schweifte nie umher. Keine seiner Gesten war überflüssig. Man hatte ihn nie bewegt oder verwirrt erlebt. Er zeigte nie die geringste Eile und kam doch überall rechtzeitig an. Bei alledem muß man natürlich bedenken, daß er allein und sozusagen ohne gesellschaftliche Bindungen lebte. Er wußte wohl, daß es im Leben Reibungspunkte gibt, und da Reibung hemmt, rieb er sich an niemandem.

Jean, genannt Passepartout, dagegen war ein waschechter Franzose aus Paris und hatte in den fünf Jahren, in denen er in England lebte und als Kammerdiener arbeitete, vergeblich einen Herrn gesucht, dem er hätte mit Hingabe dienen wollen.

Passepartout war beileibe keiner dieser Diener, wie man sie aus Schmierenkomödien kennt, die die Nase hoch tragen, überheblich und kalt in die Welt blicken und ihre unverschämten Späße auf Kosten anderer treiben. Ganz im Gegenteil: Passepartout war ein couragierter junger Mann mit einem freundlichen Gesicht, dessen sinnliche Lippen immer etwas schnabulieren oder liebkosen mußten. Er war liebenswürdig, hilfsbereit und sympathisch, wie man sich einen guten Freund vorstellt. Er hatte blaue Augen, einen gesunden Teint und ein so wohlgenährtes Gesicht, daß er mühelos seine eigenen Pausbacken betrachten konnte. Mit seiner breiten Brust, seinen starken Hüften und seinen kräftigen Muskeln besaß er wahre Herkuleskräfte, die er sich in der Jugend antrainiert hatte. Sein brauner Haarschopf war ziemlich wild. Die Bildhauer der Antike kannten ein Dutzend Arten, die Haarpracht der Athene zu bändigen, Passepartout kannte im Umgang mit der seinen nur eine Art: dreimal mit dem Kamm durch und fertig!

Ob das offenherzige Wesen dieses jungen Mannes zu Phileas Foggs Charakter passen würde, war äußerst schwer zu sagen. War Passepartout denn der absolut zuverlässige Diener, den sein Herr brauchte? Das würde sich erst in der Praxis erweisen. Nachdem er, wie gesagt, in jungen Jahren viel herumgekommen war, sehnte sich Jean nun nach Ruhe. Da man ihm lobend von der englischen Korrektheit und von der sprichwörtlichen Reserviertheit der englischen Gentlemen erzählt hatte, hatte er beschlossen, in England sein Glück zu suchen. Aber bisher hatte es das Schicksal nicht gut mit ihm gemeint. Nirgends hatte er Fuß fassen können. In zehn Häusern hatte er schon gedient. Überall lebten die Herrschaften ihre Launen aus, waren unberechenbar, abenteuerlustig, reisewütig – nicht gerade

Jean Passepartout

das, was Passepartouts Vorstellungen entsprach. Zuletzt hatte er bei dem jungen Lord Longsferry gedient, einem Mitglied des englischen Oberhauses, der seine Nächte in den »Austernlokalen« am Haymarket verbrachte und allzu oft von Polizisten nach Hause getragen werden mußte. Da es Passepartout vor allem darauf ankam, seinem Herrn Respekt erweisen zu können, machte er einige respektvolle Bemerkungen, die jedoch ungnädig aufgenommen wurden. Da kündigte er und erfuhr, daß Phileas Fogg, Esq., einen Hausdiener suchte. Er hörte sich um, was über diesen Gentleman geredet wurde. Und was er hörte, konnte ihm nur gefallen: ein regelmäßiger Lebenswandel, keine Übernachtungen außer Hause, keine längeren Abwesenheiten, keine Reisen. Er stellte sich vor und wurde angenommen, unter den Umständen, die wir bereits kennen.

Jetzt, kurz nach halb zwölf Uhr vormittags, befand sich Passepartout also allein in dem Haus in der Savile Row. Sogleich begann er, sich gründlich darin umzusehen, vom Keller bis zum Dachboden. Dieses gepflegte, ordentliche, puritanisch nüchterne Haus war leicht in Ordnung zu halten. Es gefiel ihm und erinnerte ihn an ein schönes Schneckengehäuse, nur daß es mit Gas beleuchtet und beheizt wurde. Im zweiten Stock fand Passepartout auch das Zimmer, das für ihn vorgesehen war. Es entsprach seinen Vorstellungen. Elektrische Klingeln und eine Sprechanlage stellten die Verbindung zu den Räumen im Hochparterre und im ersten Stock her. Auf dem Kaminsims stand eine elektrische Uhr, genau die gleiche stand in Phileas Foggs Schlafzimmer, und beide Apparate zeigten auf die Sekunde genau dieselbe Zeit an.

»Das gefällt mir! Das paßt!« sagte sich Passepartout.

Über der Uhr in seinem Zimmer entdeckte er einen Zettel an der Wand. Darauf stand das tägliche Dienstprogramm. Er stellte fest, daß alles haargenau festgelegt war. Von acht Uhr morgens, wenn Phileas Fogg üblicherweise aufstand, bis halb zwölf, wenn er zum Mittagessen in den Reform-Club ging, waren alle Einzelheiten des Dienstes aufgelistet: Tee und Toast um acht Uhr dreiundzwanzig, Rasierwasser um neun Uhr siebenunddreißig, Frisieren um zwanzig vor zehn und so weiter. Auch von halb zwölf Uhr vormittags bis Mitternacht, wenn der geregelte Tageslauf des Herrn Fogg mit dem Zubettgehen endete, war alles bis ins kleinste festgelegt und aufgeschrieben. Erfreut vertiefte sich Passepartout in das Programm und begann, sich die einzelnen Punkte einzuprägen.

Danach warf er einen Blick in den Kleiderschrank seines Herrn. Der war sehr gut bestückt, und alles war wunderbar geordnet. Alle Hosen, Jacketts und Westen trugen eine Nummer, die sich auf einem Eingangs- und Ausgangsverzeichnis wiederfand, wo das Datum vermerkt war, an dem diese Kleidungsstücke, der Jahreszeit entsprechend, der Reihe nach getragen werden sollten. Dieselbe Regelung gab es für die Schuhe.

Das Haus in der Savile Row – das wohl einmal ein Tempel des Chaos gewesen war, da Sheridan zwar für seine Reden, aber auch für seine Liederlichkeit berühmt gewesen war – machte insgesamt den Eindruck gepflegter Behaglichkeit, die auf einen angenehmen Wohlstand des Hausherrn schließen ließ. Allerdings gab es keine Bibliothek und auch sonst keine Bücher, da dem Hausherrn im Reform-Club zwei Bibliotheken zur Verfügung standen, eine für Belletristik und eine für Recht und Politik. Im Schlafzimmer stand ein mittelgroßer Safe, dessen stabile Bauart sowohl vor Diebstahl wie vor Feuer Schutz bot. Waffen gab es im ganzen Haus nicht, keine Jagdutensilien und kein Kriegsgerät. In diesem Haus herrschte ein friedliebender Geist.

Nachdem er sich alles genau angesehen hatte, rieb sich Passepartout freudig die Hände. Ein strahlendes Lächeln ging über sein breites Gesicht, und er wiederholte fröhlich: »Das gefällt mir! Hier bin ich richtig! Wir werden uns blendend verstehen, Mr. Fogg und ich. So ein häuslicher und ordentlicher Mensch! Verläßlich wie ein Uhrwerk! Ich habe gar nichts dagegen, einem solchen Uhrwerk zu dienen!«

III

Eine Unterhaltung, die Phileas Fogg teuer zu stehen kommen kann

Phileas Fogg hatte sein Haus in der Savile Row um halb zwölf verlassen, und nachdem er fünfhundertfünfundsiebzig Mal seinen rechten Fuß vor seinen linken und fünfhundertsechsundsiebzig Mal seinen linken Fuß vor seinen rechten gesetzt hatte, kam er am Reform-Club in der Pall Mall an, einem riesigen Gebäude, dessen Bau nicht weniger als drei Millionen gekostet hatte.

Phileas Fogg begab sich sofort in den Speisesaal, wo neun Fenster auf einen schönen Park hinausgingen, in dem die Bäume schon herbstlich goldgelb gefärbt standen. Dort nahm er an seinem Tisch Platz, der schon für ihn gedeckt war. Sein Mittagessen bestand aus einer Vorspeise, einem gekochten Fisch mit pikanter »Reading-Soße«, einem nur leicht angebratenen Roastbeef auf würzigen Pilzen, einem Kuchen mit Rhabarber- und Stachelbeerfüllung und einem Stück Chesterkäse. Dazu trank er einige Tassen des ausgezeichneten Tees, der exklusiv für die Küche des Clubs angeliefert wurde.

Siebenundvierzig Minuten nach zwölf erhob sich der Gentleman und ging in den großen Salon hinüber, dessen Wände von Gemälden in reich verzierten Rahmen geschmückt waren. Dort brachte ihm ein Clubdiener die *Times.* Phileas Fogg schnitt die Zeitung selbst auf. Wie geschickt er dabei vorging, verriet, daß diese schwierige Prozedur zu seiner täglichen Routine zählte. Mit der Lekúre der *Times* war Phileas Fogg bis Viertel vor vier beschäftigt, anschließend las er, bis zum Abendessen, den *Standard.* Die Abendmahlzeit gestaltete sich wie das Mittagessen, nur gab es diesmal eine »Royal-British-Soße« zum Fisch.

Zwanzig vor sechs erschien der Herr wieder im großen Salon und vertiefte sich dort in den *Morning Chronicle.*

Eine halbe Stunde später versammelten sich verschiedene andere Clubmitglieder um den Kamin, in dem ein Kohlefeuer brannte. Das waren Mr. Foggs Mitspieler, die ebenso leidenschaftlich gern Whist spielten wie er. Dazu zählten der Ingenieur Andrew Stuart, die Bankiers John Sullivan und Samuel Fallentin, der Brauereibesitzer Thomas Flanagan und das Aufsichtsratsmitglied der Bank von England Gauthier Ralph. Das waren alles wohlhabende Persönlichkeiten, die selbst in diesem Club ein besonderes Ansehen genossen, der doch die Spitzen der Finanzwelt und der Industrie zu seinen Mitgliedern zählte.

»Nun, Ralph, wie stehen die Aktien bei eurer Diebstahlsgeschichte?« fragte Thomas Flanagan.

»Die haben ihr Geld gesehen«, warf Andrew Stuart ein.

»Im Gegenteil, hoffe ich«, erwiderte Gauthier Ralph. »Wir werden den Dieb wohl zu fassen bekommen. Man hat sehr fähige Leute von der Polizei auf den europäischen Kontinent und nach Amerika geschickt. Sie überwachen alle wichtigen Seehäfen, so daß es dieser Herr schwer haben wird, ihnen zu entkommen.«

»Weiß man denn, wer der Dieb ist?« erkundigte sich Andrew Stuart.

»Zuerst einmal: Es handelt sich nicht um einen Dieb«, erwiderte Gauthier Ralph.

»Kein Dieb? Ein Kerl, der sich mit fünfundfünfzigtausend Pfund Sterling in bar aus dem Staub gemacht hat?«

»Nein«, entgegnete Gauthier Ralph.

»Dann ist es wohl ein Industrieller«, bemerkte John Sullivan.

»Der *Morning Chronicle* versichert, daß es ein Gentleman war.« Dieser Einwurf kam von niemand anderem als von Phileas Fogg, dessen Kopf jetzt aus dem Papierwald auftauchte, in dem er steckte. Bei dieser Gelegenheit begrüßte Phileas Fogg seine Mitspieler, die seinen Gruß erwiderten.

Der Vorfall, der hier beredet und in den verschiedenen britischen Zeitungen heftig debattiert wurde, hatte sich drei Tage zuvor, am 29. September, ereignet. Ein Bündel Banknoten im Wert von fünfundfünfzigtausend Pfund war vom Schalter des Hauptkassierers in der Bank von England stibitzt worden.

Allen, die ihr Erstaunen darüber zum Ausdruck brachten, daß sich ein solcher Diebstahl so einfach ereignen konnte, erwiderte Gauthier Ralph lediglich, daß der Kassierer zum Zeitpunkt des Diebstahls gerade die Einnahme von drei Shilling und sechs Pence ins Kassenbuch eingetragen habe und daß niemand seine Augen überall haben könne.

Zum besseren Verständnis dieses Vorfalls muß allerdings gesagt werden, daß die Bank von England, diese bewunderungswürdige Institution, größtes Vertrauen in die Ehrenhaftigkeit ihrer Kundschaft setzte. Nirgends sah man Wachpersonal oder Armeeveteranen als Aufpasser oder vergitterte Schalter! Gold, Münzen und Banknoten lagen frei und sozusagen jedermanns Zugriff preisgegeben da. Nie wäre man auf die Idee gekommen, die Ehrbarkeit irgendeines Kunden in Zweifel zu ziehen. Ein intimer Kenner der englischen Verhältnisse berichtete sogar von folgender Begebenheit: Als er sich eines Tages in einer Halle der Bank aufhielt, bemerkte er verblüfft, daß vor seiner Nase ein sieben bis acht Pfund schwerer Goldbarren auf dem Kassenschalter lag. Er nahm ihn, wog ihn in der Hand und reichte ihn seinem Nachbarn, der ihn seinerseits weiterreichte, bis der Goldbarren, von Hand zu Hand wandernd, weit hinten in einem dunklen Gang verschwand. Eine halbe Stunde später lag er wieder an seinem Platz auf dem Schalter, ohne daß der Kassierer den Vorgang überhaupt bemerkt hätte.

Aber am 29. September hatten sich die Dinge ganz anders abgespielt. Die ungeheure Summe kam nicht zurück, und als die große Wanduhr über dem Kassenschalter fünf Uhr schlug und die Türen geschlossen wurden, mußte die Bank von England fünfundfünfzigtausend Pfund Sterling als Verlust verbuchen.

Als man sich den Diebstahl wohl oder übel eingestanden hatte, wurden die fähigsten Kriminalpolizisten ausgesucht und in die wichtigsten Hafenstädte der Welt geschickt: Liverpool, Glasgow, Le Havre, Suez, Brindisi, New York und andere. Ihnen winkte eine Erfolgsprämie von zweitausend Pfund und dazu fünf Prozent der wiedergefundenen Geldsumme. Während sie auf die Ergebnisse der sofort eingeleiteten Untersuchung warteten, sollten die Beamten alle ankommenden und abreisenden Passagiere genau beobachten.

Allerdings sprach einiges dafür, wie der *Morning Chronicle* richtig festgestellt hatte, daß der Täter keiner der englischen Diebesbanden angehörte. Vielmehr war am 29. September in der Schalterhalle ein gutangezogener Gentleman mit einwandfreien Manieren und sicherem Auftreten bemerkt worden, der am Tatort auf und ab gegangen war. Die Untersuchung hatte eine ziemlich genaue Personenbeschreibung dieses Herrn erbracht, und diese Beschreibung wurde sofort an alle Dienststellen der Kriminalpolizei in Großbritannien und auf dem europäischen Festland gesandt. Einige Optimisten, zu denen auch Gauthier Ralph zählte, glaubten sich dadurch zu der Hoffnung berechtigt, daß der Dieb nicht entkommen konnte.

Wie man sich denken kann, war diese Geschichte in England in aller Munde. Man diskutierte und ereiferte sich darüber, ob die Polizei Aussichten hatte, den Mann zu fassen. Daher wird es niemand wundern, daß sich mit dieser Frage auch die Mitglieder des Reform-Clubs beschäftigten, unter denen sich sogar ein Aufsichtsratsmitglied der Bank von England befand.

Der ehrenwerte Gauthier Ralph zweifelte nicht am Erfolg der Nachforschungen und glaubte, daß die ausgesetzte Belohnung den Eifer und den Spürsinn der Beamten in besonderem Maße anstacheln würde. Andrew Stuart dagegen teilte diese Zuversicht in keiner Weise. Die Diskussion ging weiter, als die Herren bereits am Whisttisch Platz genommen hatten,

Stuart gegenüber von Flanagan, Fallentin gegenüber von Phileas Fogg. Das Spiel verlief wie immer unter Schweigen, aber in den Spielpausen entbrannte die Diskussion immer aufs neue.

»Ich bin der Ansicht«, verkündete Andrew Stuart, »daß das Glück auf seiten des Diebes steht, dem es an Geschick nicht zu mangeln scheint!«

»Na, na!« entgegnete Ralph. »Es gibt kein einziges Land mehr, in das er entkommen könnte.«

»Wer sagt das?«

»Wohin soll er denn?«

»Was weiß ich?« erwiderte Andrew Stuart. »Aber schließlich ist die Erde ziemlich groß.«

»Das war sie einmal. Früher ...« sagte Phileas Fogg halblaut. »Heben Sie bitte ab, Sir«, fügte er dann hinzu und legte den Kartenstoß vor Thomas Flanagan auf den Tisch.

Wieder verstummte die Diskussion während des nächsten Spiels. Aber gleich nach der zweiten Gewinnpartie setzte Andrew Stuart sie fort: »Was heißt früher? Ist die Erde zufällig geschrumpft?«

»Zweifellos«, antwortete Gauthier Ralph. »Ich bin, wie Mr. Fogg, der Meinung, daß die Erde kleiner geworden ist. Weil wir sie heute sechs Mal schneller bereisen können als vor hundert Jahren. Und in unserem Fall bedeutet das, daß die Nachforschungen beschleunigt werden.«

»Und die Flucht des Diebes wird erleichtert!«

»Sie spielen aus, Mr. Stuart!« bemerkte Phileas Fogg.

Aber Stuart war ein hartnäckiger Zweifler. Und sobald die Partie beendet war, fuhr er fort: »Ich muß zugeben, daß das eine amüsante These ist, Mr. Ralph, nämlich daß unser Planet kleiner geworden sei, weil man heutzutage in drei Monaten um die Erde reisen kann ...«

»In achtzig Tagen«, verbesserte ihn Phileas Fogg.

»Ja, meine Herren, es geht tatsächlich in achtzig Tagen«, mischte sich John Sullivan in die Unterhaltung ein, »seit die

Verbindungsstrecke der Großindischen Subkontinentalbahn zwischen Rothal und Allahabad eröffnet wurde. Hier ist die Rechnung, die der *Morning Chronicle* aufgestellt hat:

Von London nach Suez über den Mont Cenis und Brindisi, per Bahn und Schiff	7 Tage
Von Suez nach Bombay, per Schiff	13 Tage
Von Bombay nach Kalkutta, per Bahn	3 Tage
Von Kalkutta nach Hongkong, per Schiff	13 Tage
Von Hongkong nach Yokohama, per Schiff	6 Tage
Von Yokohama nach San Francisco, per Schiff	22 Tage
Von San Francisco nach New York, per Bahn	7 Tage
Von New York nach London, per Schiff und Bahn	9 Tage
Insgesamt	80 Tage.«

»Ja, ja, achtzig Tage!« rief Andrew Stuart aus und machte seinen Stich unnötigerweise mit einer wertvollen Trumpfkarte. »Aber dabei sind Unwetter, ungünstige Winde, Schiffbruch und entgleisende Züge nicht berücksichtigt.«

»Alles in allem achtzig Tage«, gab Phileas Fogg zurück und spielte weiter. Jetzt hatte das Diskussionsfieber die Oberhand über das Spiel gewonnen.

»Selbst wenn die Inder oder die Indianer die Eisenbahnschienen abbauen!?« schrie Andrew Stuart. »Wenn sie die Züge aufhalten und die Gepäckwagen plündern und die Reisenden skalpieren!?«

»Alles in allem«, wiederholte Phileas Fogg und legte seine beiden letzten Karten auf den Tisch. »Die beiden höchsten Trümpfe.«

Andrew Stuart, der geben mußte, schob die Karten zusammen und sagte: »Theoretisch mögen Sie recht haben, Mr. Fogg, aber in der Praxis ...«

»In der Praxis auch, Mr. Stuart.«

»Das möchte ich gerne sehen.«

»Das liegt ganz bei Ihnen. Machen wir die Reise gemeinsam.«

»Der Himmel bewahre mich!« rief Stuart. »Aber ich möchte

viertausend Pfund Sterling wetten, daß eine derartige Reise unmöglich ist.«

»Ganz im Gegenteil, sie ist sehr wohl möglich«, erwiderte Fogg.

»Na, dann machen Sie sie doch!«

»Eine Reise um die Erde in achtzig Tagen?«

»Ja.«

»Einverstanden.«

»Und wann geht's los?«

»Sofort.«

»Das ist doch verrückt!« rief Andrew Stuart aus, der sich über die unerschütterliche Ruhe seines Mitspielers zu ärgern begann. »Kommen Sie, spielen wir lieber weiter.«

»Dann müssen Sie die Karten neu geben. Sie haben sich soeben verzählt.«

Stuarts Hände zitterten, als er die Karten mischte. Dann warf er sie plötzlich auf den Tisch. »Also gut, Mr. Fogg«, sagte er, »ich wette viertausend Pfund!«

»Mein lieber Stuart«, mischte sich Fallentin ein, »beruhigen Sie sich doch. Das ist nicht Ihr Ernst.«

»Wenn ich sage, ich wette, meine ich es immer ernst«, antwortete Stuart.

»Abgemacht«, sagte Fogg. Dann wandte er sich an die anderen. »Ich habe zwanzigtausend Pfund auf der Bank der Gebrüder Baring. Die setzte ich gern dagegen ...«

»Zwanzigtausend Pfund!« rief John Sullivan. »Wenn Sie durch unvorhergesehene Ereignisse aufgehalten werden, können Sie das alles verlieren!«

»Es gibt keine unvorhergesehenen Ereignisse«, erwiderte Phileas Fogg ruhig.

»Aber, Mr. Fogg, die Zeitspanne von achtzig Tagen ist als äußerstes Minimum gerechnet!«

»Wenn man mit einem Minimum gut haushaltet, reicht es allemal.«

»Aber damit Sie das Minimum nicht überschreiten, müssen

»Also gut, Mr. Fogg, ich wette viertausend Pfund«

Sie mit mathematischer Genauigkeit von den Zügen in die Schiffe und von den Schiffen in die Züge springen!«

»Dann werde ich eben mathematisch genau springen.«

»Sie scherzen!«

»Ein echter Engländer scherzt nie, wenn es um so etwas Ernstes wie eine Wette geht«, entgegnete Phileas Fogg. »Ich wette zwanzigtausend Pfund Sterling gegen jeden, der will, daß ich in achtzig oder weniger Tagen um die Erde reisen werde, also in eintausendneunhundertzwanzig Stunden oder einhundertfünfzehntausendzweihundert Minuten. Nehmen Sie die Wette an?«

Nachdem sie sich beredet hatten, sagten die Herren Stuart, Fallentin, Sullivan, Flanagan und Ralph: »Wir nehmen sie an.«

»Gut«, sagte Fogg. »Der nächste Zug nach Dover geht um acht Uhr fünfundvierzig. Den nehme ich.«

»Heute abend noch?« fragte Sullivan.

»Noch heute abend«, antwortete Fogg. »Halten wir fest«, fuhr er fort, während er in seinem Taschenkalender blätterte, »heute ist Mittwoch, der 2. Oktober. Das bedeutet, daß ich bis zum 21. Dezember, acht Uhr fünfundvierzig abends, in London, und zwar hier in diesem Salon des Reform-Clubs, zurück sein muß. Sonst gehören die zwanzigtausend Pfund Sterling auf meinem Konto bei der Baring Bank Ihnen, meine Herren. Hier ist ein Scheck über die genannte Summe.«

Man fertigte ein Protokoll der Wettvereinbarung an, und alle sechs Beteiligten unterschrieben es an Ort und Stelle. Phileas Fogg behielt seine Ruhe bei. Er hatte bestimmt nicht gewettet, um zu gewinnen. Er hatte nur zwanzigtausend Pfund – die Hälfte seines Vermögens – gewettet, weil er damit rechnete, daß er die andere Hälfte benötigte, um dieses schwierige, um nicht zu sagen unmögliche Vorhaben erfolgreich zu bewältigen. Seinen Wettgegnern allerdings schien die Sache nahezugehen. Nicht wegen der Höhe der Wettsumme, sondern weil sie ein schlechtes Gewissen wegen des aussichtslosen Einsatzes ihres Kontrahenten hatten.

Es schlug sieben. Man bot Phileas Fogg an, das Whistspiel abzubrechen, damit er seine Reisevorbereitungen treffen könne.

»Ich bin immer bereit!« erwiderte dieser ungerührt und teilte die Karten aus. »Karo ist Trumpf«, fuhr er fort. »Sie spielen aus, Mr. Stuart.«

IV

Phileas Fogg sorgt dafür, daß sein Diener Passepartout aus allen Wolken fällt

Um sieben Uhr fünfundzwanzig hatte Phileas Fogg fast zwanzig Guineen beim Whist gewonnen, als er sich von seinen ehrenwerten Mitspielern verabschiedete und den Reform-Club verließ. Um sieben Uhr fünfzig schloß er seine Haustür auf und trat ein.

Passepartout, der sein Dienstprogramm schon auswendig kannte, war ziemlich erstaunt, als er Mr. Fogg bei der Unpünktlichkeit ertappte, zu so ungewöhnlicher Stunde zu erscheinen. Nach dem von ihm selbst aufgestellten Dienstplan durfte der Hausherr erst Punkt Mitternacht nach Hause kommen.

Fogg stieg gleich in sein Zimmer hinauf, dann rief er: »Passepartout!«

Der antwortete nicht. Dieser Ruf konnte nicht ihm gelten. Er kam zur Unzeit.

»Passepartout!« rief Fogg noch einmal, aber nicht lauter als zuvor.

Passepartout erschien.

»Ich habe Sie zweimal rufen müssen«, bemerkte Fogg.

»Aber es ist doch nicht Mitternacht«, erwiderte Passepartout und hielt seine Uhr in der Hand.

»Ich weiß«, sagte Fogg, »und ich mache Ihnen auch keinen Vorwurf. Wir reisen in zehn Minuten nach Dover und Calais ab.«

Der Franzose verzog sein Gesicht. Es war ihm anzusehen, daß er glaubte, nicht recht gehört zu haben.

»Der gnädige Herr verreist?« fragte er.

»Ja«, antwortete Fogg, »wir gehen auf eine Reise um die Erde.«

Passepartout stand mit weit aufgerissenen Augen, hochgezogenen Brauen, hängenden Armen und weichen Knien da und wirkte völlig verblüfft, als ob er gleich einen Kollaps erleiden würde.

»Eine Reise um die Erde!« murmelte er.

»Eine Reise um die Erde in achtzig Tagen«, sagte Fogg. »Wir haben also keinen Augenblick zu verlieren.«

»Und das Reisegepäck?« fragte Passepartout, der, ohne es zu merken, den Kopf nach links und rechts pendeln ließ.

»Kein Gepäck. Nur eine Reisetasche. Für mich packen Sie zwei Nachthemden und drei Paar Strümpfe ein. Für Sie selbst das gleiche. Den Rest kaufen wir unterwegs. Bringen Sie meinen Regenmantel und die Reisedecke. Und ziehen Sie gute Schuhe an, obwohl wir nur wenig oder gar nicht zu Fuß gehen werden. Beeilen Sie sich.«

Passepartout hätte gern noch etwas gesagt. Aber er konnte nicht. Er verließ Mr. Foggs Zimmer, stieg zu seinem hinauf und ließ sich dort auf einen Stuhl sinken. Dann stieß er ein ziemlich vulgäres Wort in seiner Muttersprache aus und murmelte vor sich hin: »Das ist aber ein starkes Stück! Und ich dachte, ich hätte endlich ein ruhiges Plätzchen gefunden!«

Mit mechanischen Bewegungen erledigte er seine Reisevorbereitungen. Eine Reise um die Erde in achtzig Tagen! War er an einen Verrückten geraten? Wohl nicht ... War dann das Ganze ein Scherz? Sie fuhren nach Dover, hm. Und nach Calais, na gut. Das ging dem guten Passepartout nicht gerade gegen den Strich, da der jungen Mann seit fünf Jahren keinen

Fuß mehr auf den heimatlichen Boden gesetzt hatte. Vielleicht fuhren sie sogar nach Paris, und seine Heimatstadt würde er doch zu gern wiedersehen. Aber als Gentleman, der jeden seiner Schritte abmaß, würde der Herr dort sicher haltmachen … Ganz bestimmt sogar. Allerdings ließ sich die Tatsache nicht übersehen, daß dieser Gentleman – bisher ein Inbegriff der Häuslichkeit – wirklich verreiste!

Um acht Uhr hatte Passepartout die Reisetasche nach den Anweisungen seines Herrn gepackt. Er schloß bedächtig die Tür seines Zimmers und begab sich zu Mr. Fogg.

Fogg war bereit. Er trug *Bradshaw's Continental Railway Steam Transit and General Guide* unter dem Arm. Diesem internationalen Schiffs- und Bahnkursbuch würde er alle nötigen Informationen für die Reise entnehmen. Fogg nahm seinem Diener die Tasche ab, öffnete sie und ließ ein dickes Bündel der schönen Banknoten hineingleiten, die in jedem Land der Erde gern in Zahlung genommen wurden.

»Haben Sie nichts vergessen?« fragte er.

»Nein, gnädiger Herr.«

»Und mein Regenmantel und die Reisedecke?«

»Die sind hier.«

»Gut. Nehmen Sie die Tasche wieder.« Er reichte sie Passepartout und fuhr fort: »Passen Sie gut auf die Tasche auf. Da sind jetzt zwanzigtausend Pfund Sterling drin. In der Währung Ihres Landes wäre das eine halbe Million Francs.«

Um ein Haar wäre die Tasche Passepartouts Händen entglitten, als ob sie durch die Nennung dieser Summe das Gewicht kiloschwerer Goldbarren bekommen hätte.

Herr und Diener stiegen die Treppe hinunter, und die Haustür wurde zweimal abgeschlossen.

Am Ende der Savile Row befand sich ein Droschkenplatz. Phileas Fogg und sein Diener bestiegen eine Kutsche, die in schnellem Tempo Richtung Bahnhof Charing Cross losfuhr, wo man in die Züge der South Eastern Railway einsteigen konnte.

Zwanzig nach acht hielt die Droschke vor dem Eisentor des Bahnhofs. Passepartout sprang heraus. Sein Herr folgte und bezahlte den Kutscher.

In diesem Augenblick näherte sich eine Bettlerin mit einem Kind an der Hand, das barfuß im Matsch der Straße ging. Die Frau trug einen zerfransten Hut mit einer armseligen Feder und einen zerlöcherten Umhang über ihren Lumpen. Sie bat Mr. Fogg um ein Almosen.

Fogg zog die zwanzig Guineen, die er beim Whist gewonnen hatte, aus der Tasche und drückte sie der Bettlerin in die Hand. »Hier, gute Frau«, sagte er, »es freut mich, Ihre Bekanntschaft gemacht zu haben.« Dann ging er weiter.

Passepartout fühlte, wie seine Augen feucht wurden. Sein Herr hatte sich soeben seine Zuneigung erworben.

Gleich darauf betrat er hinter Mr. Fogg die große Bahnhofshalle. Dort gab ihm sein Herr den Auftrag, zwei Fahrkarten erster Klasse nach Paris zu kaufen.

Als Fogg sich umwandte, bemerkte er seine fünf Whistpartner aus dem Reform-Club. »Meine Herren«, sagte er, »ich reise ab. Die verschiedenen Visastempel in meinem Reisepaß, den ich zu diesem Zweck bei mir trage, werden es Ihnen bei meiner Rückkehr erleichtern, meine Reiseroute nachzuprüfen.«

»Aber, Mr. Fogg«, entgegnete Gauthier Ralph höflich, »das ist wirklich nicht nötig. Wir vertrauen Ihnen als Ehrenmann!«

»Es ist aber besser so«, fügte Fogg hinzu.

»Sie vergessen doch nicht, daß wir Ihre Rückkehr …?« begann Andrew Stuart.

»In achtzig Tagen erwarten«, beendete Fogg seinen Satz. »Am Samstag, den 21. Dezember 1872, um acht Uhr fünfundvierzig abends. Auf Wiedersehen, meine Herren.«

Um acht Uhr vierzig nahmen Phileas Fogg und sein Diener ihre Plätze im selben Abteil ein. Um acht Uhr fünfundvierzig ertönte ein Pfiff, und der Zug fuhr an.

Es war Neumond, und die Nacht war rabenschwarz. Es nieselte. Fogg saß auf seinem Eckplatz und schwieg. Passepartout

Eine Bettlerin bat um ein Almosen

war immer noch wie betäubt von den Ereignissen. Unbewußt hielt er die Tasche mit den Banknoten an die Brust gepreßt. Sie waren kaum eine Viertelstunde unterwegs, als er plötzlich verzweifelt aufschrie.

»Was haben Sie denn?« erkundigte sich Mr. Fogg.

»Es ist ... in meiner Aufregung ... in dem Durcheinander habe ich ... ich habe vergessen ...«

»Was denn?«

»Die Gasheizung in meinem Zimmer abzustellen!«

»Nun, junger Mann«, erwiderte Fogg kühl, »dann heizt sie eben weiter. Auf Ihre Kosten!«

V

An der Londoner Börse wird eine neue Aktie gehandelt

Als Phileas Fogg London verließ, ahnte er kaum etwas von dem Aufsehen, das seine Abreise verursachte. Die Wette wurde zuerst im Reform-Club bekannt und versetzte die ehrenwerten Clubmitglieder richtig in Aufregung. Reporter verbreiteten diese Aufregung in ihren Zeitungen, sie ergriff die Menschen in London und schließlich in ganz Großbritannien.

Foggs Reise um die Erde wurde kommentiert, diskutiert und analysiert, als handelte es sich um eine Neuauflage des Streites zwischen den amerikanischen Nordstaaten und Großbritannien während des amerikanischen Bürgerkrieges um die *Alabama*, ein in England ausgerüstetes Schiff der Südstaaten. Die einen ergriffen Partei für Phileas Fogg, die anderen – und sie waren schon bald deutlich in der Mehrheit – glaubten nicht an seinen Erfolg. Ihrer Meinung nach war es nicht nur unmöglich, sondern einfach verrückt, daß einer diese Reise um den Erdball nicht nur theoretisch auf dem Papier, sondern tatsächlich in der begrenzten Zeit und mit den augenblicklich zur Verfügung stehenden Verkehrsmitteln durchführen wollte.

Die *Times*, der *Standard*, der *Evening Star*, der *Morning Chronicle* und zwanzig andere bedeutende Zeitungen des Landes stellten sich gegen Fogg. Nur der *Daily Telegraph* sprach sich bis zu einem gewissen Grad für ihn aus. Ganz allgemein wurde Phileas Fogg als ein Besessener und Verrückter hingestellt, und seinen Wettgegnern aus dem Reform-Club warf man vor, daß sie eine solche Wette eingegangen waren, die doch deutlich zeige, daß ihr Urheber unzurechnungsfähig sei.

Die Diskussion in den Zeitungen wurde leidenschaftlich, aber nicht ohne Logik geführt. Man weiß ja, daß die Engländer sich für alles interessieren, was mit Geographie zu tun hat. Daher stürzten sich die Zeitungsleser, welcher Gesellschaftsschicht sie auch angehören mochten, auf jeden Artikel, in dem von Phileas Fogg die Rede war.

Anfänglich waren einige unabhängige Geister – unter ihnen viele Frauen – auf seiner Seite. Vor allem, nachdem die *London Illustrated News* sein Porträt veröffentlicht hatte, das nach einem Foto aus dem Archiv des Reform-Clubs angefertigt worden war. Es gab sogar Gentlemen, die zu sagen wagten: »Na! Warum sollte es eigentlich nicht gelingen? Man hat doch schon ganz andere Dinge erlebt!« Das waren meistens Leser des *Daily Telegraph*. Aber bald war zu merken, daß auch diese Zeitung langsam ins Lager der Kritiker überwechselte.

Am 7. Oktober erschien sogar ein langer Artikel im Bulletin der Königlichen Geographischen Gesellschaft, der Foggs Weltreise von allen Blickwinkeln aus beleuchtete und ganz klar den Irrsinn des Unternehmens aufzeigte. Diesem Artikel zufolge waren die Hindernisse unüberwindlich, die Menschen und Naturgewalten dem Reisenden in den Weg stellen würden. Die auf die Minute genau festgelegte Rückkehr war die Voraussetzung für das Gelingen. Aber das würde einem Wunder gleichkommen, das es nicht gab, nicht geben konnte. Allenfalls konnte man in Europa, wo die Entfernungen relativ

Die Zeitungsleser stürzten sich auf jeden Artikel

gering waren, damit rechnen, daß die Züge pünktlich ankamen. Aber konnte man noch auf ihre Pünktlichkeit setzen, wenn Züge drei Tage quer durch Indien oder sieben Tage auf dem nordamerikanischen Kontinent unterwegs waren? Dann kamen Maschinenschäden, Zugentgleisungen, Zusammenstöße, undurchdringliche Schneemassen hinzu. Sprach das alles nicht gegen Phileas Fogg? Würde er auf den Dampfschiffen im Winter nicht Stürmen und Nebel ausgeliefert sein? Kam es denn nicht oft vor, daß die zuverlässigsten Überseeschiffe zwei bis drei Tage Verspätung hatten? Und eine einzige Verspätung genügte ja schon, um die übrige Kette der Verkehrsverbindungen mit all ihren Anschlüssen endgültig abreißen zu lassen. Wenn Phileas Fogg die Abfahrt eines Schiffes auch nur um ein paar Stunden verpaßte, wäre er gezwungen, auf das nächste zu warten. Und dadurch wäre sein Reiseprojekt unwiderruflich gescheitert.

Der Artikel erregte großes Aufsehen. Fast alle Zeitungen druckten ihn ab. Und Foggs Aktien sanken beträchtlich.

In den ersten Tagen nach seiner Abreise kam es zu bedeutenden finanziellen Transaktionen bezüglich seiner Unternehmung. Bekanntlich gibt es in England eine hochentwickelte Wettkultur, in der es intelligenter zugeht als in der Welt der Spieler. Wetten liegt in der Natur des Engländers. So schlossen nicht nur viele Mitglieder des Reform-Clubs hohe Wetten auf den Erfolg oder Mißerfolg von Phileas Fogg ab, sondern auch die gesamte Bevölkerung wettete eifrig mit. Man setzte auf ihn wie auf ein Rennpferd mit edlem Stammbaum. Man machte ihn sogar zum Wertpapier, und seine Aktie wurde sogleich an der Londoner Börse gehandelt. »Phileas Fogg« wurde nachgefragt und abgestoßen, als festverzinsliches oder als Prämienpapier. Der Umsatz war enorm. Aber nach fünf Tagen flaute das Geschäft ab: Der Artikel im Bulletin der Geographischen Gesellschaft war erschienen, und »Phileas Fogg« verlor an Wert. Man bot ihn in großen Mengen an, und der Preis fiel rapide.

Nur der alte gelähmte Lord Albermale hielt ihm noch die Stange. Der ehrenwerte Gentleman war an seinen Sessel gefesselt und hätte sein gesamtes Vermögen für die Möglichkeit gegeben, eine Reise um den Globus machen zu können; auch wenn sie zehn Jahre gedauert hätte! Er wettete fünftausend Pfund auf Foggs Erfolg. Und wenn man ihm die Dummheit und Sinnlosigkeit des Reiseprojekts beweisen wollte, antwortete er lediglich: »Wenn die Sache machbar ist, ist es das beste, wenn ein Engländer sie als erster macht!«

Phileas Foggs Anhang wurde also immer spärlicher, alle Welt wandte sich gegen ihn – und das nicht ohne Grund, wie man sehen wird. Die Wetten standen eins zu einhundertfünfzig, dann eins zu zweihundert, als ein völlig unerwartetes Ereignis, sieben Tage nach seiner Abfahrt, bewirkte, daß die Buchmacher gar keine Wetten mehr auf ihn annahmen.

An diesem Tag erhielt der Polizeipräsident von London nämlich um neun Uhr abends das folgende Telegramm aus der ägyptischen Stadt Suez:

»An Mr. Rowan, Polizeipräsident, Polizeipräsidium London.
Verfolge Bankräuber Phileas Fogg. Bitte um Übersendung
von Haftbefehl nach Bombay, Britisch-Indien.
Fix, Kriminalinspektor.«

Das Telegramm schlug ein wie eine Bombe. Aus dem ehrenwerten Gentleman war ein Bankräuber geworden. Die Polizei besah sich sein Foto in der Kartei des Reform-Clubs genau und stellte fest, daß es aufs Haar der Personenbeschreibung entsprach, die sich durch die Ermittlungen ergeben hatte. Man erinnerte daran, wie geheimnisvoll die Lebensumstände, die Zurückgezogenheit und die plötzliche Abreise von Phileas Fogg gewirkt hatten. Und auf einmal erschien es offensichtlich, daß dieser Mann vortäuschte, wegen einer unsinnigen Wette eine Reise um die Erde zu machen, in Wirklichkeit aber bloß die englische Polizei hinters Licht geführt hatte.

VI

Inspektor Fix hat Grund zur Ungeduld

Dem Telegramm, das die wahre Identität von Mr. Phileas Fogg enthüllte, waren die folgenden Ereignisse vorausgegangen:

Am Mittwoch, den 9. Oktober, elf Uhr vormittags, wurde in Suez die Ankunft des Passagierdampfers *Mongolia* erwartet. Das Schiff der Peninsular and Oriental Steam Navigation Company war ein zweitausendachthundert Registertonnen schwerer Schraubendampfer mit metallenem Schiffskörper und Oberdeck, dessen Schiffsmaschine fünfhundert Pferdestärken entwickelte. Die *Mongolia* fuhr von Brindisi durch den Suezkanal nach Bombay. Sie war eines der schnellsten Schiffe dieser Gesellschaft und unterbot die durchschnittliche Fahrtdauer auf beiden Teilstrecken, vor und hinter dem Kanal.

Unter denen, die auf die *Mongolia* warteten, waren zwei Herren, die auf dem Kai durch die Menge Einheimischer und Fremder spazierten, die in Suez zusammenströmte. Die Stadt, die vor dem Bau des Kanals nur ein kleines Nest gewesen war, hatte durch das großartige Werk des Vicomte de Lesseps eine bedeutende Zukunft vor sich.

Einer der beiden Männer war der britische Konsul in Suez, der täglich englische Schiffe durch den Kanal fahren sehen konnte – ein Anblick, der die schlimmen Befürchtungen der englischen Regierung und die düsteren Voraussagen des Ingenieurs Stephenson immer aufs neue widerlegte. Schließlich war der Seeweg nach Indien, der früher ums Kap der Guten Hoffnung geführt hatte, durch den Suezkanal nur halb so lang.

Der andere war ein mittelgroßer, hagerer Mann mit einem lebhaften Gesicht, dessen Augenbrauen jedoch in auffälliger Weise ständig zusammengekniffen waren. Unter den langen Wimpern glänzten wache Augen, deren glühenden Blick der Mann, wenn nötig, zu dämpfen verstand. In diesem Augen-

Kriminalinspektor Fix

blick verriet er eine gewisse Ungeduld, die ihn umtrieb, so daß er kaum einen Augenblick stillzustehen vermochte.

Der Mann hieß Fix und war einer der englischen Kriminalbeamten, die man nach dem Raub in der Bank von England in die großen Hafenstädte der Welt geschickt hatte. Fix sollte mit äußerster Wachsamkeit alle Reisenden beobachten, die durch den Suezkanal fuhren. Und wenn ihm einer verdächtig erschien, sollte er ihm auf den Fersen bleiben, bis man ihm einen Haftbefehl zukommen lassen konnte.

Genau zwei Tage zuvor hatte Fix vom Polizeipräsidenten aus London die Personenbeschreibung des mutmaßlichen Täters erhalten. Es handelte sich um den vornehmen, gepflegten Herrn, der in der Schalterhalle der Bank beobachtet worden war.

Da die hohe Erfolgsprämie seinen Eifer angestachelt hatte, wartete Fix verständlicherweise in großer Ungeduld auf die Ankunft der *Mongolia.*

»Meinen Sie wirklich, daß dieses Schiff bald kommt, Herr Konsul?« fragte er bestimmt schon zum zehnten Mal.

»Bestimmt, Mr. Fix«, antwortete der Konsul. »Es wurde gestern auf der Höhe von Port Said gemeldet, und die hundertsechzig Kilometer, die der Kanal lang ist, sind keine Entfernung für so ein schnelles Schiff. Ich sage Ihnen noch einmal, daß die *Mongolia* stets die fünfundzwanzig Pfund Prämie gewonnen hat, die die Regierung an alle Schiffe vergibt, die vierundzwanzig Stunden vor der fahrplanmäßigen Zeit anlegen.«

»Kommt der Dampfer direkt aus Brindisi?« fragte Fix weiter.

»Ja, direkt aus Brindisi, wo die Post nach Indien an Bord gebracht wurde. Von dort hat er am Samstag nachmittag um fünf die Fahrt nach Indien angetreten. Haben Sie noch ein wenig Geduld, er wird nicht mehr lang auf sich warten lassen. Nur weiß ich wirklich nicht, wie Sie mit der Beschreibung, die Sie erhalten haben, Ihren Mann erkennen wollen, wenn er an Bord der *Mongolia* ist.«

»Diese Leute, Herr Konsul«, antwortete Fix, »erkennt man

nicht, man spürt sie. Über dieses Gespür muß man verfügen. Das Gespür ist wie ein sechster Sinn, der sich aus Hören, Sehen und Riechen zusammensetzt. Ich habe in meinem Leben schon einige dieser Herren festgenommen. Und ich versichere Ihnen, daß mir dieser Mann, vorausgesetzt, daß er an Bord ist, nicht entwischen wird.«

»Das wäre sehr wünschenswert, Mr. Fix. Schließlich handelt es sich um einen schweren Diebstahl.«

»Einen großartigen Diebstahl«, entgegnete der Inspektor begeistert. »Fünfundfünfzigtausend Pfund Sterling! Mit solchen Summen haben wir es selten zu tun! Die Diebe werden immer jämmerlichere Gestalten! Leute vom Schlag eines Sheppard sterben langsam aus! Jetzt lassen sich schon welche aufknüpfen, die gerade mal ein paar Shilling stehlen konnten!«

»Wenn ich Sie so reden höre, Mr. Fix, wünsche ich Ihnen wirklich viel Erfolg. Aber ich wiederhole noch einmal, daß Sie es unter diesen Umständen denkbar schwer haben werden. Ist Ihnen wirklich klar, daß dieser Dieb der Beschreibung nach wie jeder ehrenwerte Gentleman aussieht?«

»Aber, Herr Konsul«, erwiderte Fix in belehrendem Ton, »alle großen Gauner sehen wie ehrenwerte Leute aus. Sie werden ja einsehen, daß einer mit einer Verbrechervisage keine andere Wahl hat, als ehrlich zu bleiben, sonst wird er doch gleich eingelocht. Aber die ehrlich aussehenden Gauner, die müssen erst einmal entlarvt werden. Keine leichte Aufgabe, das gebe ich zu, und eher eine Kunst als ein Handwerk.«

Wie man sieht, fehlte es diesem Mr. Fix nicht an Selbstbewußtsein.

In der Zwischenzeit war das Gedränge auf dem Kai größer geworden. Seeleute der verschiedensten Nationalitäten, Händler, Makler, Lastenträger und Fellachen erwarteten die Ankunft des Dampfers, die unmittelbar bevorzustehen schien.

Es war ziemlich schönes Wetter, aber ein kalter Wind wehte von Osten her. Über der Stadt zeichneten sich die Umrisse einiger Minarette im fahlen Sonnenlicht ab. Nach Süden streckte sich ein zwei Kilometer langer Damm wie ein Arm in die Bucht von Suez hinaus. Auf dem Roten Meer schaukelten mehrere Fischerboote und Küstenschiffe, von denen einige noch die elegante Form antiker Galeeren aufwiesen.

Bei seinem Gang durch die Menge musterte Fix gewohnheitsmäßig die Gesichter der Entgegenkommenden mit schnellen Blicken.

Es war jetzt halb elf Uhr.

»Dieser Dampfer kommt überhaupt nicht mehr!« rief Fix, als er die große Uhr im Hafen schlagen hörte.

»Er kann nicht mehr weit sein«, beruhigte ihn der Konsul.

»Wie lange hat er in Suez Aufenthalt?« fragte Fix.

»Vier Stunden. In dieser Zeit wird Kohle geladen. Von Suez bis Aden, am andern Ende des Roten Meeres, sind es dreizehnhundertzehn Meilen. Dafür braucht man genügend Brennstoffvorrat.«

»Wenn nun der Dieb auf dieser Route und auf diesem Schiff unterwegs ist«, überlegte Fix laut, »müßte es in seinen Plan passen, in Suez von Bord zu gehen, um auf andere Weise in die holländischen oder französischen Kolonien in Asien zu gelangen. Bestimmt kann er sich ausrechnen, daß er in der britischen Kronkolonie Indien nicht in Sicherheit wäre.«

»Es sei denn, Ihr Mann wäre besonders gerissen. Wie Sie wissen, lebt ein englischer Ganove in London immer noch sicherer als irgendwo im Ausland.«

Nach dieser Bemerkung, die den Inspektor nachdenklich stimmte, ging der Konsul in sein nahe gelegenes Büro zurück. Die Ungeduld von Inspektor Fix wuchs, da ihm eine Vorahnung sagte, daß sich der Dieb an Bord der *Mongolia* aufhielt. Wenn dieser Gauner vorhatte, sich in die Neue Welt abzusetzen, mußte er eigentlich den Weg über Indien der Atlantikroute vorziehen, weil er hier viel größere Chancen hatte, nicht entdeckt zu werden.

Schon wenig später wurde Fix aus seiner Grübelei gerissen, als schrille Pfeifensignale die Ankunft des Dampfers ankündigten. Die Meute der Träger und Fellachen stürzte sich in einem so wilden Durcheinander auf den Kai, daß man um Leib und Gut der aussteigenden Reisenden fürchten mußte. Ein Dutzend Boote legte ab und fuhr der *Mongolia* entgegen.

Bald kam ihr riesiger Schiffsrumpf in Sicht, der sich auf dem Kanal näherschob. Es schlug gerade halb zwölf, als das Schiff an der Reede vor Anker ging und mit großem Getöse Dampf abließ.

Es waren ziemlich viele Reisende an Bord. Manche blieben auf dem Oberdeck, um das malerische Panorama der Stadt zu betrachten. Aber die meisten bestiegen die Boote, die längsseits der *Mongolia* gekommen waren.

Fix musterte jeden einzelnen genau, der an Land kam.

Da trat ein Mann, der sich mit kräftigen Ellenbogenstößen die diensteifrigen Fellachen vom Leib hielt, auf ihn zu und erkundigte sich höflich, wo er das englische Konsulat finden könne. Der Reisende hielt einen Paß in der Hand, den er zweifellos im Konsulat abstempeln lassen wollte.

Unwillkürlich ergriff Fix den Paß und überflog in Windeseile die Personalangaben.

Fast wäre dem Inspektor das Dokument aus der zitternden Hand geglitten. Die Beschreibung, die er hier las, entsprach haargenau derjenigen, die er vom Londoner Polizeipräsidium erhalten hatte.

Nach einem Blick auf den Reisenden fragte er: »Dieser Paß gehört aber nicht Ihnen?«

»Nein«, antwortete der Mann, »er gehört meinem Herrn.«

»Und wo ist Ihr Herr?«

»Er ist an Bord geblieben.«

»Aber er muß persönlich im Konsulat erscheinen, um sich auszuweisen.«

»Ist das wirklich nötig?«

»Anders geht's nicht.«

»Und wo ist das Konsulat?«

Ein Mann, der sich mit kräftigen Ellenbogenstößen die diensteifrigen Fellachen vom Leibe hält

»Dort hinten«, erwiderte der Inspektor und zeigte auf ein zweihundert Meter entferntes Gebäude in einer Ecke des Platzes.

»Dann hole ich eben meinen Herrn. Es wird ihm gar nicht gefallen, daß er sich selbst herbemühen muß!« Der Reisende grüßte und kehrte an Bord des Dampfers zurück.

VII

Wieder einmal zeigt sich, wie wertlos Reisepässe für polizeiliche Ermittlungen sind

Kriminalinspektor Fix ging schnell den Kai entlang zum Konsulat. Auf seine drängende Bitte hin ließ man ihn gleich zum Konsul vor.

»Ich habe allen Grund zu der Annahme«, begann er ohne Umschweife, »daß der gesuchte Mann eine Passage auf der *Mongolia* gebucht hat, Herr Konsul.« Dann berichtete er über seinen Wortwechsel mit dem Diener dieses Herrn.

»Gut, gut, Mr. Fix, ich habe nichts dagegen, das Gesicht dieses Gauners aus der Nähe sehen zu können. Aber vielleicht zeigt er sich gar nicht in meinem Büro, falls er es ist, wie Sie annehmen. Ein Dieb läßt ja nicht gern Spuren auf seinem Fluchtweg zurück. Und im übrigen ist der Stempel im Paß nicht mehr zwingend vorgeschrieben.«

»Aber, Herr Konsul, wenn dieser Mann die kriminelle Energie hat, auf die alles hindeutet, kommt er bestimmt.«

»Um seinen Paß abstempeln zu lassen?«

»Ja, sicher. Reisepässe verursachen immer nur ehrlichen Leuten Probleme. Gaunern erleichtern sie bloß die Flucht. Ich wette, daß sein Paß in Ordnung sein wird. Aber ich hoffe, daß Sie ihn nicht abstempeln ...«

»Und warum nicht? Wenn der Paß nicht zu beanstanden ist, habe ich kein Recht, das Visum zu verweigern.«

»Aber, Herr Konsul, ich muß den Mann so lange hier festhalten, bis der Haftbefehl aus London da ist!«

»Mr. Fix, das ist doch Ihr Problem! Deswegen werde ich nicht …«

Der Konsul beendete seinen Satz nicht, weil es in diesem Augenblick an der Tür zu seinem Büro klopfte. Sein Amtsdiener meldete zwei Fremde, von denen der eine tatsächlich der Diener war, der mit dem Inspektor gesprochen hatte.

Und der andere war sein Herr, der seinen Paß vorzeigte und den Konsul kurzangebunden bat, ihn abzustempeln.

Der Konsul nahm den Paß und studierte ihn genau, während Fix in einer Ecke des Büros stand und den Fremden mit stechendem Blick anstarrte. Als der Konsul das Dokument geprüft hatte, fragte er: »Sind Sie Phileas Fogg, Esquire?«

»Ja, Sir«, antwortete der Fremde.

»Und dieser Mann ist Ihr Diener?«

»Ja. Er ist Franzose und heißt Passepartout.«

»Sie kommen aus London?«

»Ja.«

»Und Sie reisen nach?«

»Bombay.«

»Gut. Aber Sie wissen auch, daß keine Vorschrift mehr von Ihnen verlangt, Ihren Paß vorzuzeigen?«

»Das weiß ich, Sir. Ich möchte nur durch Ihren Stempel nachweisen können, daß ich durch Suez gekommen bin.«

»Wie Sie wünschen, Sir.«

Nachdem der Konsul eine Seite des Passes mit Datum und Unterschrift versehen hatte, drückte er seinen Stempel darauf. Mr. Fogg bezahlte die Gebühr, grüßte kühl und verließ, gefolgt von seinem Diener, das Büro.

»Na und?« sagte Inspektor Fix.

»Na, auf mich macht er den Eindruck eines vollendeten Gentlemans!« erwiderte der Konsul.

»Schon möglich. Aber darum handelt es sich gar nicht. Haben Sie nicht auch den Eindruck, daß dieser Gentleman, der die Ruhe weg hat, haargenau dem Dieb gleicht, dessen Personenbeschreibung ich erhalten habe!«

»Ja, schon. Aber Sie wissen selbst, daß diese Beschreibungen ...«

»Ich werde mir Gewißheit verschaffen. Der Diener scheint mir weniger zugeknöpft zu sein als sein Herr. Außerdem kann er als Franzose bestimmt seinen Mund nicht halten. Bis bald, Herr Konsul!« Nach diesen Worten verschwand der Inspektor aus dem Büro und machte sich auf die Suche nach Passepartout.

Mr. Fogg hatte sich nach dem Verlassen des Konsulats zum Kai gewandt. Dort gab er seinem Diener einige Anweisungen, dann bestieg er ein Boot, das ihn zur *Mongolia* zurückbrachte, wo er seine Kabine aufsuchte. Dort angekommen, holte er ein Notizbuch heraus, in dem er bisher folgende Eintragungen gemacht hatte:

»Abreise aus London: Mittwoch, 2. Oktober, 8 Uhr 45 abends.«

»Ankunft in Paris: Donnerstag, 3. Oktober, 7 Uhr 20 morgens.«

»Abfahrt aus Paris: Donnerstag, 8 Uhr 40 morgens.«

»Über den Mont Cenis nach Turin, Ankunft: Freitag, 4. Oktober, 6 Uhr 35 morgens.«

»Abreise aus Turin: Freitag, 7 Uhr 20 morgens.«

»Ankunft in Brindisi: Samstag, 5. Oktober, 4 Uhr abends.«

»Eingeschifft auf der *Mongolia*: Samstag, 5 Uhr abends.«

»Ankunft in Suez: Mittwoch, 9. Oktober, 11 Uhr morgens.«

»Bisher verbraucht Stunden: 158 ½, Tage: 6 ½.«

Fogg hatte diese Daten in eine Tabelle eingetragen, in der alle Stationen der Reise, vom 2. Oktober bis zum 21. Dezember, mit dem genauen Datum und den planmäßigen und tatsächlichen Ankunfts- und Abfahrtszeiten in den größeren Städten Paris, Brindisi, Suez, Bombay, Kalkutta, Singapur, Hongkong, Yokohama, San Francisco, New York, Liverpool und London aufgelistet waren. So behielt er immer im Blick, wieviel Minuten Vorsprung oder Verspätung er augenblicklich hatte.

An diesem Mittwoch, den 9. Oktober, notierte er die Ankunftszeit in Suez, die planmäßig war, so daß er weder in der Rubrik »Vorsprung« noch unter »Verspätung« einen Eintrag machen mußte.

Anschließend ließ er sich das Mittagessen in der Kabine servieren. Einen Besuch der Stadt zog er nicht in Betracht, da er zu der Sorte von Engländern gehörte, die fremde Länder, die sie bereisten, durch ihre Diener besichtigen ließen.

VIII

Passepartout redet ein bißchen zuviel

Inspektor Fix hatte auf dem Kai Passepartout schnell eingeholt. Dieser spazierte gemächlich und nahm sich die Zeit, alles in Ruhe anzuschauen.

»Nun, mein Lieber«, redete Fix ihn an, »ist der Paß abgestempelt?«

»Ach, Sie sind's, Monsieur!« erwiderte der Franzose. »Danke der Nachfrage! Alles in bester Ordnung.«

»Sehen Sie sich Land und Leute an?«

»Ja. Allerdings reisen wir in einem solchen Tempo, daß es mir vorkommt, als ob ich im Traum reise. Hier sind wir also in Suez?«

»Ja, in Suez.«

»In Ägypten?«

»Ja, genau.«

»Und in Afrika?«

»Auch in Afrika.«

»In Afrika!« widerholte Passepartout. »Ich kann es gar nicht glauben. Stellen Sie sich vor, Monsieur, ich dachte, daß wir nicht weiter reisen als nach Paris. Aber die berühmte Hauptstadt meines Landes habe ich gerade mal von sieben Uhr zwanzig bis acht Uhr vierzig morgens, zwischen den Bahnhöfen Gare du Nord und Gare de Lyon, wiedergesehen. Aus den Fenstern einer Kutsche und in strömendem Regen! So ein Jammer! Und ich hätte doch so gern einen Spaziergang auf dem Friedhof Père-Lachaise und zum Cirque des Champs-Élysées gemacht!«

»Sie sind also sehr in Eile?« wollte der Kriminalinspektor wissen.

»Ich nicht, aber mein Herr. Ach, da fällt mir ein, daß ich noch Socken und Hemden besorgen muß! Wir sind praktisch ohne Gepäck abgereist.«

»Ich werde Sie zu den Händlern führen, bei denen Sie alles bekommen, was Sie benötigen.«

»Sie sind wirklich sehr liebenswürdig, Monsieur!«

Die beiden machten sich auf den Weg, und Passepartout redete ununterbrochen weiter. »Ich muß vor allem daran denken, daß ich rechtzeitig zum Schiff zurückkomme!«

»Sie haben genügend Zeit«, entgegnete Fix. »Es ist erst kurz vor zwölf.«

Passepartout holte seine große Taschenuhr hervor. »Zwölf?« rief er. »Es ist jetzt genau neun Uhr zweiundfünfzig!«

»Ihre Uhr geht nach«, erklärte Fix sachlich.

»Meine Uhr soll nachgehen? Ein Erbstück von meinem Großvater! Sie geht im ganzen Jahr keine fünf Minuten nach. Das ist ein echter Chronometer!«

»Ich kann mir schon denken, woran es liegt. Sie haben noch die Londoner Zeit, aber in Suez ist es zwei Stunden später. Sie müssen darauf achten, daß Sie Ihre Uhr auf die jeweilige Landeszeit einstellen.«

»Was? Ich soll mich an meiner Uhr vergreifen?« rief Passepartout entsetzt. »Niemals!«

»Na, dann wird sie aber nicht mehr mit dem Sonnenstand übereinstimmen.«

»Die arme Sonne! Daran ist sie selbst schuld, Monsieur!« Mit einer majestätischen Geste steckte der junge Mann seine Uhr wieder weg.

»Meine Uhr soll nachgehen? Ein Erbstück von meinem Großvater!«

Wenig später erkundigte sich Fix: »Sie haben also London in größter Eile verlassen?«

»Das kann man wohl sagen! Am letzten Mittwoch kam Mr. Fogg entgegen seiner Gewohnheit schon um acht Uhr abends aus dem Club zurück. Und eine dreiviertel Stunde später reisten wir bereits ab.«

»Wohin will Ihr Herr denn?«

»Immer weiter! Er reist um die ganze Erde!«

»Eine Reise um die Erde?!« rief Fix.

»Ja, und zwar in achtzig Tagen! Wegen einer Wette. Aber, unter uns gesagt, ich glaube kein Wort davon. Das macht doch keinen Sinn. Da steckt was anderes dahinter.«

»Er ist wohl etwas exzentrisch, dieser Herr Fogg?«

»Ich glaube schon.«

»Und reich?«

»Na, klar. Er trägt übrigens eine hübsche Summe Geld mit sich herum. Alles in neuen Banknoten! Und er knausert nicht damit. Zum Beispiel hat er dem Maschinisten der *Mongolia* eine schöne Belohnung versprochen, wenn wir früher als geplant in Bombay ankommen.«

»Dienen Sie Ihrem Herrn eigentlich schon lange?«

»Das kann ich nicht behaupten! Ich bin am Tag unserer Abreise in seine Dienste getreten.«

Man kann sich leicht vorstellen, welche Wirkung diese Antworten auf die ohnehin schon überreizte Phantasie des Kriminalinspektors ausübten. Die überstürzte Abreise aus London kurz nach dem Diebstahl, die enorme Reisekasse, die unglaubwürdige Wette und die Eile, die diesen Herrn in weit entfernte Länder trieb – das alles bestärkte Fix in seiner Idee, mußte ihn bestärken! Er ließ den Franzosen weiterreden und gelangte zu der Überzeugung, daß der junge Mann seinen Herrn wirklich überhaupt nicht kannte, daß dieser ganz zurückgezogen in London gelebt hatte und reich war, ohne daß über die Herkunft dieses Reichtums etwas bekannt war, und daß auch sonst niemand etwas über Mr. Fogg zu wissen schien. Gleichzeitig wurde Fix aber klar, daß Phileas Fogg bestimmt nicht in Suez von Bord gehen, sondern vielmehr wirklich nach Bombay weiterfahren würde.

»Ist es weit nach Bombay?« wollte Passepartout wissen.

»Ziemlich weit. Sie werden noch mehr als zehn Tage übers Meer fahren.«

»Und wo liegt Bombay eigentlich?«

»In Indien.«

»In Asien?«

»Ja, natürlich.«

»Teufel! Ich habe nämlich ein Problem, das mir zu schaffen macht … ein Problem mit meinem Hahn!«

»Was für ein Hahn?«

»Mein Gashahn. Ich habe vergessen, ihn abzudrehen. Und jetzt brennt die Heizung in meinem Zimmer die ganze Zeit über auf meine Kosten! Ich habe ausgerechnet, daß mich das Gas zwei Shilling pro Tag kostet, also sechs Pence mehr, als ich überhaupt verdiene. Da werden Sie verstehen, wenn diese Reise noch ein Weilchen länger dauert …«

Es war nicht sehr wahrscheinlich, daß Fix die Sache mit dem Gashahn verstand. Er hörte nur noch mit einem Ohr zu, während er sich einen Plan ausdachte. Die beiden waren im Basar angelangt. Fix ließ den Franzosen seine Einkäufe machen, empfahl ihm noch, nicht die Abfahrt der *Mongolia* zu verpassen, und eilte dann zurück ins Büro des britischen Konsuls.

Da Fix nun seiner Sache sicher war, hatte er sein ganzes Selbstvertrauen zurückgewonnen. »Ich habe keinerlei Zweifel mehr, Herr Konsul«, sagte er, »das ist der Mann. Er gibt sich allerdings für einen Sonderling aus, der in achtzig Tagen um die Erde reisen will.«

»Ach, ein ganz Schlauer!« erwiderte der Konsul. »Und er will nach London zurückkehren, nachdem er die Polizei von vier Kontinenten an der Nase herumgeführt hat?!«

»Das werden wir ja sehen.«

»Aber irren Sie sich auch ganz bestimmt nicht?«

»Ich irre mich nicht.«

»Aus welchem Grund hat denn dieser Dieb darauf bestanden, sich durch den Stempel im Paß bestätigen zu lassen, daß er Suez passiert hat?«

»Aus welchem Grund? Das weiß ich auch nicht, Herr Konsul. Ich weiß nur, daß ...« Und Fix erzählte in wenigen Sätzen das Wichtigste von all dem, was ihm der Diener des besagten Herrn Fogg anvertraut hatte.

»Es scheint tatsächlich alles gegen diesen Mann zu sprechen«, sagte der Konsul. »Und was machen Sie nun?«

»Ich telegraphiere nach London. Mit der dringenden Bitte, mir den Haftbefehl nach Bombay zu schicken. Dann schiffe ich mich auf der *Mongolia* ein, folge dem Dieb nach Indien, und dort, auf britischem Boden, trete ich auf ihn zu, zeige ihm mit der Linken den Haftbefehl und lege ihm die Rechte auf die Schulter.«

Fix hatte ganz ruhig und kalt gesprochen. Jetzt verabschiedete er sich vom Konsul und eilte ins Telegraphenamt. Von dort schickte er dem Polizeipräsidenten von London das Telegramm, das wir bereits kennen.

Eine Viertelstunde später ging Fix mit wenig Gepäck, aber mit genügend Geld an Bord der *Mongolia.* Bald darauf fuhr das schnelle Schiff mit Volldampf durchs Rote Meer nach Süden.

IX

Das Rote Meer und der Indische Ozean begünstigen die Pläne von Phileas Fogg

Die Entfernung zwischen Suez und Aden beträgt fast genau zweitausend Kilometer, und dafür erlaubt das Pflichtenheft der Schiffahrtsgesellschaft seinen Dampfern eine Fahrtzeit von einhundertachtunddreißig Stunden. Auf der *Mongolia* wurden die Dampfkessel so stark beheizt, daß der Dampfer diese Zeit unterbieten würde.

Die meisten Reisenden, die in Brindisi an Bord gekommen waren, wollten nach Indien. Die einen nach Bombay, andere über Bombay nach Kalkutta. Seit eine Eisenbahnlinie Südindien durchquerte, gelangte man auch auf dem Landweg nach Kalkutta und mußte nicht mehr mit dem Schiff um die Südspitze des indischen Subkontinents fahren.

Unter den Passagieren der *Mongolia* befanden sich mehrere zivile Staatsbedienstete und einige Militärs von unterschiedlichem Rang. Die Offiziere gehörten teils der regulären britischen Armee an, teils befehligten sie indische Truppenkontingente, sogenannte Sipoys. Alle diese Beamten und Offiziere waren Leute mit beträchtlichen Einkünften, die auch noch nach der Übernahme der Ostindischen Handelsgesellschaft durch den englischen Staat hohe Gehälter bezogen.

Man führte also ein angenehmes Leben auf der *Mongolia*, wo sich zu den wohlhabenden Staatsdienern reiche junge Engländer gesellten, die mit Taschen voller Geld in Indien neue Filialen ihrer Firmen eröffnen wollten. Der Schiffszahlmeister, der als Vertrauensmann der Reederei für den Proviant zuständig und im Rang dem Kapitän gleichgestellt war, sorgte für eine prächtige Bewirtung. Beim Frühstück, beim Mittagessen um zwei, beim Abendessen um halb sechs und beim Souper um acht häuften sich auf den Anrichten Platten mit stets frischem Fleisch, Beilagen und Vor-, Zwischen- und Nachspeisen aus der Küche und der Metzgerei des Schiffes. Die wenigen weiblichen Reisenden wechselten zweimal täglich die Garderobe. Das Schiffsorchester spielte, und bei ruhiger See konnte man sogar tanzen.

Aber das Rote Meer hat seine Launen und kann sehr bösartig sein, wie alle langen und schmalen Meeresarme. Wenn der Wind von der ägyptischen oder der arabischen Seite blies, schlingerte die *Mongolia* mit ihrer langen Schiffsschraube ganz entsetzlich. Dann verschwanden die Damen, die Musik verstummte, und gleichzeitig hörten die Tanzenden zu tanzen auf. Aber mit der Kraft seiner Schiffsmaschine trotzte der Dampfer Wind und hoher See und schob sich unaufhaltsam dem Bab el-Mandeb entgegen, dem Tor zum Golf von Aden.

Und wo blieb Phileas Fogg die ganze Zeit über? Man hätte meinen können, daß er ständig unruhig und besorgt auf die fahrthemmenden Stürme achtete oder die aufgewühlte See beobachtete, die einen Maschinenschaden verursachen konnte, oder daß er sich mit der Vorstellung quälte, daß irgendein Zwischenfall die *Mongolia* zwingen könnte, einen Hafen aufzusuchen und daß dadurch seine Reise in Gefahr geraten könne.

Nichts von alledem. Wenn Fogg derartige Überlegungen beschäftigten, so war ihm jedenfalls nichts davon anzumerken. Er blieb der unergründliche Gentleman, wie man ihn als Mitglied des Reform-Clubs kannte. Kein Vorfall, kein Unfall konnte ihn aus der Fassung bringen. Er schien nicht mehr Gefühl als die Schiffsuhren zu besitzen. Man sah ihn nur selten auf Deck. Er machte sich nichts aus dem Anblick dieses Roten Meeres, das Zeuge so vieler bedeutender Ereignisse in der Geschichte der Menschheit gewesen war. Die eigenartigen vereinzelten Siedlungen am Ufer, deren Silhouetten sich zuweilen malerisch am Horizont abzeichneten, beachtete er gar nicht. Daß die alten Geschichtsschreiber wie Strabo, Arrianus, Artemidorus von Ephesus und Idrisi von den Gefahren des Arabischen Golfs mit Grauen berichteten und daß die Seeleute früherer Zeiten ihn nur befuhren, wenn sie zuvor durch Opfer ihre Reise dem Schutz der Götter anvertraut hatten, kam ihm nicht einmal im Traum in den Sinn.

Was machte dann dieser Sonderling in seinem goldenen Käfig auf der *Mongolia*? Nun, zum einen nahm er seine vier Mahlzeiten am Tag ein und ließ sich in seiner wunderbar geregelten, mechanischen Lebensweise weder vom Rollen noch vom Stampfen der See stören. Und zum anderen spielte er Whist.

Ja, er hatte tatsächlich Whistpartner gefunden, die ebenso fanatische Anhänger dieses Spiels waren wie er. Es waren ein Steuereinnehmer, der auf seinen Posten in Goa zurückkehrte, ein gewisser Decimus Smith, Pfarrer in Bombay, und ein Brigadegeneral der britischen Armee, der zu seinem Truppenteil in Benares unterwegs war. Mit diesen drei wortkargen und gleichermaßen eingefleischten Whistspielern verbrachte Fogg Stunde um Stunde am Spieltisch.

Passepartout, der Diener dieses Herrn, hatte auch nicht mit der Seekrankheit zu kämpfen. Er bewohnte eine Kabine vorschiffs, und er griff bei den Mahlzeiten tüchtig zu. In der Zwischenzeit hatte er unter den gegebenen Bedingungen durchaus Gefallen an dieser Reise gefunden und genoß sie nach Kräften. Bei guter Kost und gutem Logis sah er etwas von der Welt, und im übrigen sagte er sich, daß diese ganze Angelegenheit in Bombay zu Ende sein würde.

Am 10. Oktober, dem Tag nach der Abfahrt von Suez, begegnete er auf Deck zu seinem Vergnügen dem hilfsbereiten Herrn wieder, den er bei seinem Landgang in Ägypten angesprochen hatte.

»Irre ich mich, Monsieur«, sagte er, während er mit seinem liebenswürdigsten Lächeln auf ihn zuging, »oder sind Sie der Herr, der mir in Suez so freundlich den Weg gewiesen hat?«

»Ja, natürlich«, erwiderte der Kriminalinspektor, »ich erinnere mich! Sie sind Franzose und der Diener eines recht eigenartigen Engländers.«

»Stimmt, Monsieur …?«

»Fix.«

»Es freut mich sehr, Monsieur Fix, Sie hier an Bord wiederzusehen. Wohin reisen Sie denn?«

»Na, wie Sie nach Bombay.«

»Oh, wie schön! Haben Sie diese Reise schon einmal gemacht?«

»Schon mehrmals. Ich bin bei der Schiffahrtsgesellschaft angestellt, der dieser Dampfer gehört.«

»Dann kennen Sie sich also in Indien aus?«

»Aber sicher«, antwortete Fix, hütete sich aber, mehr zu sagen.

»Und? Ist dieses Indien interessant?«

»Sehr interessant! Da gibt es Moscheen, Minarette, Tempel, Fakire, Pagoden, Tiger, Schlangen, Tempeltänzerinnen! Aber ich hoffe, daß Sie genügend Zeit haben, das Land zu besichtigen!?«

»Das hoffe ich auch, Monsieur Fix. Sie werden verstehen, daß ein Mensch, der bei gesundem Verstand ist, nicht sein Leben damit verbringen kann, von einem Dampfschiff in einen Zug und vom Zug in den nächsten Dampfer zu springen. Und das Ganze nur unter dem Vorwand, in achtzig Tagen um die Erde zu reisen! Nein, diese Art von Weitsprung wird in Bombay ein Ende finden, glauben Sie mir!«

»Und wie geht es denn Mr. Fogg?« erkundigte sich Fix beiläufig.

»Sehr gut, Monsieur. Mir übrigens auch. Ich futtere wie ein Ungeheuer, das eine Fastenkur hinter sich hat. Das macht die frische Seeluft!«

»Aber Ihren Herrn sehe ich nie auf Deck.«

»Nein. Er interessiert sich für nichts.«

»Haben Sie schon einmal daran gedacht, Mr. Passepartout, daß diese sogenannte Reise in achtzig Tagen als Vorwand für einen Geheimauftrag dienen könnte? Eine geheime diplomatische Mission zum Beispiel?«

»Du meine Güte, Monsieur Fix, nicht im geringsten. Und ich muß Ihnen außerdem gestehen, daß ich auch gar nichts davon wissen möchte.«

Nach dieser Begegnung unterhielten sich Passepartout und Fix oft miteinander. Der Kriminalinspektor bemühte sich sehr um das Vertrauen des Dieners von Mr. Fogg und hoffte, daß es ihm einmal von Nutzen sein würde. Deshalb lud er Passepartout des öfteren in die Bar der *Mongolia* zu einem Whisky oder zu einem Ale ein, die der freundliche junge Mann, ohne sich zu zieren, annahm. Aber auch dieser lud Fix zu einem Drink ein, um nicht in der Schuld von Fix zu stehen, den er als ehrenwerten Gentleman zu schätzen begann.

Unterdessen machte der Dampfer schnelle Fahrt. Am 13. Oktober kam Mokka in Sicht, das von seiner zerfallenen Stadtmauer umgeben war, die von Dattelbäumen in frischem Grün überragt wurde. An den Berghängen dahinter lagen ausgedehnte Kaffeeplantagen. Passepartout betrachtete begeistert die Stadt mit dem berühmten Namen, und er fand, daß sie mit ihrer Mauer und der zerfallenen Burg, die wie ein Henkel aussah, sogar einer riesigen Mokkatasse glich.

In der folgenden Nacht durchfuhr die *Mongolia* das Bab el-Mandeb, was übersetzt »Tor der Tränen« bedeutet, und am nächsten Morgen machte es vor Steamer Point fest, nordwestlich von Aden. Dort sollte wieder Kohle geladen werden.

Die Beladung eines Dampfers mit Kohle in weit entfernten Weltregionen war ein bedeutsames Problem der Dampfschifffahrt. Allein die Peninsular and Oriental Steam Navigation Company gab im Jahr rund achthunderttausend Pfund Sterling, das entspricht etwa zwanzig Millionen Francs, zu diesem Zweck aus. Es mußten Depots in mehreren Häfen eingerichtet werden, und auf den abgelegenen Wasserstraßen kostete die Tonne Kohle achtzig Francs.

Die *Mongolia* hatte noch zweitausendvierhundert Kilometer bis Bombay vor sich. Es würde vier Stunden dauern, bis der nötige Kohlevorrat gebunkert war. Dieser Aufenthalt störte Phileas Foggs Zeitplan nicht, er war bereits einkalkuliert. Im übrigen war die *Mongolia*, statt am 15. Oktober morgens, bereits am 14. Oktober abends in Aden angekommen. Sie hatte einen Vorsprung von fünfzehn Stunden herausgefahren.

Mr. Fogg und sein Diener gingen an Land. Der Herr wollte seinen Paß abstempeln lassen. Fix folgte ihnen unbemerkt. Nachdem er das Visum erhalten hatte, kehrte Phileas Fogg an Bord zurück, wo er seine unterbrochene Whistpartie wiederaufnahm.

Die Mongolia machte vor Steamer-Point fest

Wie Passepartout es bereits gewohnt war, schlenderte er durch die Stadt, deren fünfundzwanzigtausend Bewohner sich aus Somalis, Indern, Parsen, Juden, Arabern und Europäern zusammensetzte. Er bewunderte die Festungsanlagen, die Aden zum Gibraltar am Indischen Ozean machten, und die mächtigen Zisternen, die aus den Zeiten von König Salomo stammten und die zweitausend Jahre später von den englischen Ingenieuren weiterentwickelt wurden.

»Sehr bemerkenswert, sehr interessant!« sagte sich Passepartout, als er wieder an Bord ging. »Langsam wird mir klar, daß Reisen durchaus sinnvoll ist, wenn man etwas Neues sehen will.«

Abends um sechs pflügte die Schiffsschraube der *Mongolia* durch das Wasser des Golfs von Aden, und bald schon fuhr das Schiff auf dem offenen Indischen Ozean. Bis Bombay durfte es laut Fahrplan hundertachtundsechzig Stunden brauchen. Und der Indische Ozean begünstigte seine Fahrt. Der Wind blies ständig aus Nordwest, und die Segel unterstützten die Schiffsmaschine.

Schwer beladen, schlingerte das Schiff nicht mehr so stark. Die Damen kamen in neuer Garderobe auf Deck zurück. Musik und Tanz erwachten wieder.

So verlief die Reise unter den günstigsten Umständen. Und Passepartout war glücklich, daß der Zufall ihm die Bekanntschaft mit dem liebenswürigen Herrn Fix vermittelt hatte.

Am 20. Oktober gegen Mittag kam die indische Küste in Sicht. Zwei Stunden später stieg der Lotse an Bord der *Mongolia.* Am Horizont zeichnete sich eine sanfte Hügellinie gegen das Blau des Himmels ab. Bald schon konnte man deutlich die unzähligen Palmen erkennen, die das Stadtbild von Bombay prägten. Der Dampfer fuhr in die natürliche Reede ein, die von den Inseln Kolaba, Salsette, Trombay, Elephanta und Karandscha gebildet wird. Um halb vier Uhr nachmittags machte er an einem der Kais im Hafen von Bombay fest.

Phileas Fogg beendete gerade seinen dreiunddreißigsten

Passepartout schlenderte durch die Stadt

Robber an diesem Tag. Zusammen mit seinem Partner hatte er in einem kühnen Spiel alle dreizehn Stiche gemacht, so daß er mit einem grandiosen Groß-Schlemm diese Reiseetappe abschließen konnte.

Fahrplanmäßig sollte die *Mongolia* am 22. Oktober in Bombay eintreffen. Es war aber erst der 20. Oktober. Somit war Phileas Fogg seinem Zeitplan um zwei Tage voraus, die er gewissenhaft in die Rubrik »Vorsprung« seiner Reisetabelle eintrug.

X

Passepartout ist sehr froh, daß er nur die Schuhe verloren hat

Bekanntlich lebten auf dem indischen Subkontinent, einem auf seiner südlichen Spitze stehenden Dreieck mit einer Fläche von über dreieinhalb Millionen Quadratkilometern, ungleich verteilt etwa einhundertachtzig Millionen Menschen. Die britische Krone beherrschte einen großen Teil dieses riesigen Gebietes direkt. Sie hatte einen Generalgouverneur in Kalkutta, den sogenannten Vizekönig von Indien, und mehrere Gouverneure und Vizegouverneure in den Provinzen eingesetzt.

Die britischen Provinzen umfaßten aber nur die Hälfte des Gebiets mit zwei Dritteln der Bevölkerung. Die andere Hälfte entzog sich weitgehend der britischen Herrschaft, und manche Radschas im Landesinneren führten ihr Schreckensregiment in völliger Unabhängigkeit weiter.

Von 1756, als die erste englische Siedlung beim heutigen Madras gegründet wurde, bis zum Großen Aufstand 1857/58 schaltete und waltete die britische Handelsgesellschaft East India Company hundert Jahre frei und allmächtig in ganz Indien. Sie verleibte sich Provinz um Provinz ein, indem sie den Radschas ihre Fürstentümer gegen Renten abkaufte, die sie selten oder gar nicht bezahlte. Sie setzte ihren eigenen

Generalgouverneur, ihre Beamten und Militärs ein. Aber nach dem Aufstand wurde sie aufgelöst, und von da an unterstanden die britischen Gebiete Indiens der englischen Krone und der Regierung in London.

Die Sitten, die Verteilung der Bevölkerung, das gesamte Erscheinungsbild des indischen Subkontinents waren in ständiger Veränderung begriffen. War man früher auf die übliche traditionelle Weise zu Fuß, zu Pferd, auf dem Karren, in der Sänfte, auf eines Menschen Rücken oder in der Kutsche gereist, so befuhren nun schnelle Dampfer den Indus und den Ganges, und die Eisenbahn durchquerte Indien in seiner ganzen Breite, richtete Nebenlinien ein und verkürzte die Reisezeit von Bombay nach Kalkutta auf nur drei Tage.

Allerdings führte die Eisenbahnlinie von Bombay nicht auf dem direkten Weg nach Kalkutta, der etwas mehr als fünfzehnhundert Kilometer betragen hätte. Schnelle Züge hätten dafür keine drei Tage gebraucht. Vielmehr war die Strecke mindestens ein Drittel länger, weil sie einen großen Bogen nach Norden bis Allahabad am Ganges macht.

Die genaue Route der Great Indian Peninsular Railway führte von Bombay auf die Insel Salsette und bei Tannah aufs Festland, überquerte die Gebirgskette der Westlichen Ghats, verlief in nordöstlicher Richtung bis Burhanpur, durchschnitt das quasi unabhängige Bundelkhand, traf an seinem nördlichsten Punkt auf Allahabad, bog dort in südöstlicher Richtung dem Lauf des Ganges folgend ab, vorbei an Benares, und verlief dann genau nach Süden, an der von den Franzosen gegründeten Stadt Chandarnagor vorbei, nach Kalkutta.

Um halb fünf Uhr nachmittags hatten die Passagiere die *Mongolia* in Bombay verlassen, der Zug nach Kalkutta fuhr Punkt acht Uhr abends ab.

Mr. Fogg verabschiedete sich von seinen Whistpartnern, gab seinem Diener Anweisungen, was er zu besorgen hatte, schärfte ihm ein, daß er vor acht am Bahnhof sein sollte, und ging dann mit seinem üblichen akkuraten Schritt zum Paßbüro.

Er nahm also von den prachtvollen Sehenswürdigkeiten der Stadt keine Notiz. Er besichtigte weder das Rathaus noch die wunderschöne Bibliothek, weder die Forts noch die Docks, weder den Baumwollmarkt noch die Basare, weder die Moscheen noch die Synagogen, weder die armenischen Kirchen noch die prächtige Pagode von Malabar Hill mit den beiden Türmen des Schweigens, auf denen die Parsen ihre Toten aussetzten. Die kunstvollen Felsentempel auf der Insel Elephanta waren ihm ebensowenig einen Besuch wert wie die Grotten von Kanheri, die bewundernswerten Reste der buddhistischen Baukunst auf der Insel Salsette.

Das alles interessierte Phileas Fogg nicht, der aus dem Paßbüro trat und gemächlich zum Bahnhof ging, wo er sich in einem Restaurant das Abendessen servieren ließ. Der Oberkellner empfahl ihm unter anderem »Kaninchenfrikassee von einheimischen Wildkaninchen«, das ganz besonders schmackhaft sei.

Fogg ließ sich dazu überreden und kostete es bedächtig, aber trotz der gut gewürzten Soße schmeckte es abscheulich.

Er läutete dem Oberkellner. »Soll das Kaninchen sein, Herr Ober?« fragte er und sah den Oberkellner scharf an.

»Ja, Mylord«, antwortete der Mann dreist, »das ist Dschungelkaninchen!«

»Und dieses Kaninchen hat nicht zufällig miaut, als man es schlachtete?«

»Miaut? Aber, Mylord! Ein Kaninchen! Ich schwöre Ihnen …«

»Herr Oberkellner«, fiel ihm Fogg mit schneidend kalter Stimme ins Wort, »schwören Sie nicht! Denken Sie lieber daran, daß in Indien die Katzen früher als heilige Tiere galten. Das war noch die gute alte Zeit.«

»Für die Katzen, Mylord?«

»Und wohl auch für die Reisenden!«

Nach dieser Bemerkung beendete Fogg in aller Ruhe sein Nachtmahl.

Kurz nachdem Fogg die *Mongolia* verlassen hatte, ging auch Inspektor Fix an Land, wo er sofort den Polizeichef von Bombay aufsuchte. Er gab sich als Kriminalbeamter zu erkennen, schilderte kurz seinen Auftrag und das, was er über den mutmaßlichen Bankdieb wußte. Dann wollte er wissen, ob der Haftbefehl aus London eingetroffen sei. Es war keiner da. Es konnte auch keiner da sein. Denn, wenn er nach Foggs Abreise losgeschickt worden war, konnte er nicht vor Fogg hier angekommen sein.

Das brachte die Pläne von Inspektor Fix gewaltig durcheinander. Er beantragte an Ort und Stelle einen Haftbefehl für diesen Herrn Fogg. Aber der Polizeichef lehnte ab. Die Ermittlungen gegen den Dieb wurden von der Londoner Polizei durchgeführt. Deshalb konnte der Haftbefehl nur in der englischen Hauptstadt ausgestellt werden. Prinzipientreue und Rechtsstaatlichkeit gehören zum englischen Nationalcharakter, und die Freiheit des Individuums ist für die Engländer unantastbar.

Daher bestand Fix nicht auf seiner Forderung, sondern fand sich damit ab, daß er auf den Haftbefehl eben warten mußte. Aber er beschloß, den undurchsichtigen Gauner nicht aus den Augen zu lassen, solange der sich in Bombay aufhielt. Im übrigen war er, wie Passepartout zuerst auch, der Meinung, daß Phileas Fogg in Bombay bleiben werde. So daß er die Ankunft des Haftbefehls in Ruhe abwarten konnte.

Aus den Anweisungen, die Passepartout von seinem Herrn beim Verlassen der *Mongolia* bekommen hatte, hatte der Diener allerdings folgern können, daß es in Bombay wie in Suez und in Paris gehen würde: Die Reise war keineswegs zu Ende, sie würde zumindest nach Kalkutta führen und vielleicht noch weiter. Und allmählich fragte er sich, ob die Wette von Mr. Fogg nicht doch ernst zu nehmen sei und ob ihn, der sich nach einem häuslichen Leben gesehnt hatte, das Schicksal nicht doch in achtzig Tagen um den Globus jagen würde!

Als er Hemden und Socken besorgt hatte, sah er sich in Bombay um. Auf den Straßen drängten sich Menschenmassen. Neben Europäern aus verschiedenen Ländern begegneten ihm Perser mit spitzen Mützen, indische Kaufleute mit roten Turbanen, Shinder mit viereckigen Käppchen, Armenier in langen Gewändern und Parsen mit hohen schwarzen Hüten. Die Parsen oder Gebern, wie man die Anhänger des Zoroaster auch nannte, begingen gerade einen Festtag. Diese aus Persien stammende Sekte gilt als die fleißigste, klügste, kultivierteste und sittenstrengste Bevölkerungsgruppe in Indien. Zu ihr zählten die reichsten Kaufleute von Bombay. Zu den Festveranstaltungen gehörten eine Art Karnevalsumzug und Tanzvorführungen mit Bajaderen, das waren Tänzerinnen in rosafarbenen gold- und silberdurchwirkten Gewändern und Schleiern, die zum Klang von Viola und Trommel wunderschöne und durchaus sittsame Tänze aufführten.

Es erübrigt sich, besonders zu betonen, daß der brave Passepartout angesichts dieser fremdartigen Zeremonien den Mund und die Augen so weit aufriß, daß er wie ein richtiger Einfaltspinsel aussah. Leider muß aber gesagt werden, daß seine tölpelhafte Neugier ihm selbst und seinem Herrn Schaden zufügte und sogar dessen gesamte Reise in Gefahr brachte.

Nachdem er nämlich den Umzug miterlebt hatte, wollte er eigentlich zum Bahnhof gehen, ließ sich aber dazu verleiten, die wunderschöne Pagode von Malabar Hill zu besichtigen.

Zweierlei hätte er in diesem Augenblick wissen müssen: Erstens ist das Betreten bestimmter Tempel für Christen ausdrücklich untersagt, und zweitens dürfen selbst die Gläubigen den Tempel nur betreten, wenn sie vor dem Eingang die Schuhe ausgezogen haben. Anzumerken ist noch, daß die britische Verwaltung aus Gründen der praktischen Politik die religiösen Bräuche des Landes respektiert und alle Verstöße gegen diesbezügliche Vorschriften streng bestraft.

Passepartout hatte als ahnungsloser Tourist die Pagode betreten und war gerade dabei, das von blendendem Flittergold glänzende, ornamentreiche Innere des Tempels zu bewundern, als er plötzlich zu Boden gerissen und auf die geheiligten Fliesen gedrückt wurde. Drei Priester hatten sich mit wutverzerrten Gesichtern auf ihn gestürzt, rissen ihm nun Schuhe und Socken von den Füßen und begannen wilde Schreie auszustoßen und auf ihn einzuschlagen.

Der kräftige und gelenkige Franzose war aber rasch wieder auf den Beinen. Mit einem Fausthieb und einem Tritt gegen das Schienbein brachte er zwei seiner Gegner, die durch ihre wallenden Gewänder sehr behindert wurden, zu Fall. Dann raste er durch den Tempelausgang ins Freie und ließ bald den dritten Priester hinter sich, der ihn eine Zeitlang verfolgte und vergeblich versuchte, das gaffende Volk hinter ihm herzuhetzen.

Fünf Minuten vor acht, kurz vor der Abfahrt des Zuges, erreichte Passepartout barfuß, ohne Hut und ohne das Paket mit den Hemden und Socken den Bahnhof von Bombay.

Auf dem Bahnsteig hielt sich auch Inspektor Fix auf, der Phileas Fogg zum Bahnhof nachgeschlichen war. Da er einsehen mußte, daß dieser Schuft aus Bombay abreisen würde, beschloß er auf der Stelle, ihn nach Kalkutta zu verfolgen und wenn nötig noch weiter. Um nicht von Passepartout erkannt zu werden, hielt sich Fix etwas abseits, so daß er aber noch mit anhören konnte, wie dieser in wenigen Worten seinem Herrn das Abenteuer schilderte, das er eben erlebt hatte.

»Ich hoffe, daß Ihnen so etwas nicht noch einmal passiert.« Das war alles, was Fogg dazu bemerkte. Dann stieg er in den Zug und nahm in seinem Abteil Platz.

Barfuß und immer noch verwirrt, kletterte der junge Mann wortlos hinter seinem Herrn in den Zug.

Fix wollte gerade einen anderen Waggon besteigen, als ihn ein plötzlicher Einfall davon abhielt. »Nein, ich bleibe«, sagte er sich. »Ein Delikt, auf indischem Boden begangen ... Jetzt habe ich den Mann in der Hand!«

Zwei seiner Gegner bringt er zu Fall

Im selben Augenblick ertönte gellend die Signalpfeife der Lokomotive, und kurz darauf war der Zug in der Nacht verschwunden.

XI

Phileas Fogg zahlt einen phantastischen Preis für ein Reittier

Der Zug war pünktlich abgefahren. Unter den Reisenden befanden sich Touristen, ein paar Offiziere und Beamte und einige Opium- und Indigohändler, die geschäftlich unterwegs waren.

Passepartout saß neben seinem Herrn im Abteil, auf dem gegenüberliegenden Eckplatz hatte ein dritter Reisender Platz genommen.

Es handelte sich um Brigadegeneral Sir Francis Cromarty, einen der Whistpartner von Phileas Fogg auf der Fahrt von Suez nach Bombay, der zu seinem bei Benares stationierten Truppenteil zurückkehrte.

Sir Francis Cromarty war groß, blond und etwa fünfzig Jahre alt. Er hatte sich während des letzten Aufstands der eingeborenen Sipoy-Truppen militärische Ehren erworben. Dabei war er selbst fast ein Einheimischer, da er von klein auf in Indien gelebt hatte und nur selten zu Besuch im englischen Vaterland weilte. Und deshalb wußte er bestens über die Geschichte, die Sitten und die Machtverhältnisse in Indien Bescheid und hätte gern Auskunft darüber gegeben, wenn Phileas Fogg nur gefragt hätte. Aber der Herr dachte gar nicht daran. Fogg war eigentlich auch gar kein Reisender, er glich eher einem Körper von einiger Masse, der sich, von den Gesetzen der Schwerkraft geleitet, in einer präzisen Umlaufbahn auf dem irdischen Globus befand. Gerade war er wieder damit beschäftigt, im Kopf die Stunden zu addieren, die ihn die Reise seit der Abfahrt von London bisher gekostet hatte. Und er hätte sich zufrieden die Hände reiben können, wenn er nicht jede unnütze Bewegung gescheut hätte.

Sir Francis Cromarty war sich dieser Eigenart seines Reisegefährten durchaus bewußt, auch wenn er ihn nur kurz zwischen den Whistpartien während der Schiffsreise gemustert hatte. Er hatte also allen Grund, sich zu fragen, ob dieser Mann trotz seiner eiskalten Art überhaupt ein Herz und eine Seele hatte, die empfänglich waren für die Schönheiten der Natur und die moralischen Werte der menschlichen Gemeinschaft. Ehrlich gesagt, zweifelte er sehr daran. Der Brigadegeneral hatte schon viele eigenartige Menschen kennengelernt, aber noch nie war ihm ein solches menschliches Produkt der exakten Wissenschaften begegnet.

Phileas Fogg hatte den Brigadegeneral durchaus über die Weltreise und die Bedingungen, unter denen sie stattfand, unterrichtet. Sir Francis Cromarty sah aber in der Wette nur einen exzentrischen Spleen, dem es an Sinn und Verstand mangelte, nach denen sich das Verhalten eines Menschen doch richten sollte. Wenn dieser seltsame Gentleman so weiterreiste wie bisher, würde seiner Meinung nach weder für ihn noch für andere etwas Nützliches dabei herauskommen.

Eine Stunde nach der Abfahrt von Bombay hatte der Zug die Insel Salsette überquert und rollte nun auf dem Festland weiter. Kurz darauf passierte er die Abzweigung bei Kalyan, die über Puna führt und den Südosten Indiens erschließt. Bei Powell begann die mühsame Überquerung des weitverzweigten Küstengebirges, der West-Ghats. Diese Gebirgskette besteht aus Trapp und Basalt, ihre Gipfel sind von dichten Wäldern bedeckt.

Von Zeit zu Zeit wechselten Sir Francis Cromarty und Phileas Fogg ein paar Worte. Als sie ins Gebirge einfuhren, nahm der General die schleppende Unterhaltung wieder auf und sagte: »Noch vor ein paar Jahren, Mr. Fogg, hätten Sie hier eine Verzögerung in Kauf nehmen müssen, die Ihren Reiseplan wohl sehr gefährdet hätte.«

»Aber warum denn, Sir Francis?«

»Weil die Eisenbahnlinie hier am Fuß der Berge aufgehört hatte. Man mußte das Gebirge auf Tragsesseln oder zu Pferd überqueren, um nach Kandallah hinüberzugelangen.«

»Diese Verzögerung hätte meine Pläne nicht im geringsten gestört«, erwiderte Fogg. »Ich habe nämlich eventuell auftretende Hindernisse schon mit einkalkuliert.«

»Wie dem auch sei, das Abenteuer des jungen Franzosen hätte Ihnen große Unannehmlichkeiten bescheren können!«

Passepartout schlief, die Beine in die Reisedecke gewickelt, tief und fest und wäre im Traum nicht auf den Gedanken gekommen, daß von ihm die Rede war.

»Die britische Verwaltung bestraft solche Vergehen zu Recht mit äußerster Strenge«, fuhr der General fort. »Sie schützt die religiösen Bräuche der Hindu in ganz besonderem Maße. Und wenn Ihr Diener gefaßt worden wäre ...«

»Ja, wenn er gefaßt worden wäre«, unterbrach ihn Phileas Fogg, »wäre er verurteilt worden, hätte seine Strafe abgesessen und wäre danach eben nach Europa zurückgekehrt. Ich sehe nicht ein, wieso dieser Zwischenfall seinen Herrn hätte aufhalten sollen?«

Damit war die Unterhaltung wieder einmal beendet. Die ganze Nacht hindurch schnaufte die Lokomotive durch die Ghats, kam durch Nasik und rollte am nächsten Tag, dem 21. Oktober, in die Ebene von Khandesch hinunter. In diesem gut bebauten Landstrich erhoben sich über den vereinzelt liegenden Siedlungen die Minarette wie bei uns die Kirchtürme. Zahlreiche Wasserläufe, die alle irgendwann in den Godawari mündeten, durchzogen die fruchtbare Landschaft.

Als Passepartout wieder erwacht war, schaute er hinaus und konnte nicht glauben, daß er das Land der Hindu in einem Zug der Great Peninsular Railway durchquerte. Aber so war es! Die Lokomotive wurde von einem Engländer gefahren, und im Feuer unter ihrem Kessel brannte Kohle aus England. Ihr Rauch wehte über Baumwoll- und Kaffeeplantagen, über Muskat- und Gewürznelkenbäume und über Sträucher mit rotem Pfeffer. Ihr Dampf ringelte sich um Palmengruppen, zwischen denen hübsche niedrige Landhäuser, einige verlassene Klöster und wunderbare Tempel auftauchten, die mit ihrem unendlichen Reichtum an Ornamenten vom hohen Stand der indischen Baukunst zeugten. Dann ging es durch endlose Dschungel, die sich bis zum Horizont erstreckten, und vor der schnaubenden Lok flohen Schlangen und Tiger in großer Zahl. Und der Zug kam durch Wälder, in die für die Bahntrasse eine gewaltige Schneise geschlagen worden war, zu deren Seiten noch Elefanten lebten, die dem vorbeibrausenden Ungetüm erstaunt nachblickten.

An diesem Vormittag kamen die Reisenden hinter der Station Malligaum durch ein Gebiet, das durch die mordlüsternen Anhänger einer Sekte der Todesgöttin Kali berüchtigt war. Nicht weit davon lag Ellora mit seinen herrlichen Pagoden und das berühmte Aurangabad, die damalige Hauptstadt des blutrünstigen Großmoguls Aurangseb, das zu einer unbedeutenden Provinzhauptstadt des Königreichs des Nisam von Haidarabad herabgesunken war. In dieser Gegend hatte Feringhea, das Oberhaupt der raubmörderischen Thags, seine schreckliche Herrschaft ausgeübt. Die Thags, die man lange Zeit nicht zu fassen bekam, waren eine Sekte, die zu Ehren der Göttin des Todes wahllos Menschen erdrosselte und beraubte, ohne daß ein Tropfen Blut geflossen wäre. Überall in der Gegend stieß man auf die vergrabenen Leichen der bedauernswerten Opfer. Der englische Generalgouverneur hatte Maßnahmen gegen diesen furchtbaren Geheimbund ergriffen, ohne ihm ganz das Handwerk legen zu können.

Um halb ein Uhr mittags hielt der Zug im Bahnhof von Burhanpur. Dort konnte Passepartout für teures Geld ein Paar Pantoffeln erstehen, die mit falschen Perlen besetzt waren. Das hinderte ihn aber nicht, sie stolz und selbstgefällig anzuziehen.

Der Dampf der Lokomotive ringelte sich um Palmen

Nach einem kurzen Mittagsmahl stiegen die Reisenden wieder in den Zug und fuhren eine Zeitlang am Tapti entlang, der bei Surat in den Golf von Kambay mündet. Die nächste Station war Asirgarh.

An dieser Stelle muß erwähnt werden, welcher Sinneswandel in Passepartout zwischenzeitlich vor sich gegangen war. Bis zur Ankunft in Bombay hatte er geglaubt und hoffen können, daß die ganze Geschichte nun ein Ende finden würde. Aber seit er mit Volldampf über die indische Halbinsel brauste, erwachten Phantasie und Unternehmenslust seiner Jugendjahre schnell wieder zu vollem Leben in ihm. Er glaubte an die Ernsthaftigkeit der Wette. Er nahm auch den Reiseplan seines Herrn ernst. Und folglich stellte er sich auf eine Reise um die Erde ein, die genau achtzig Tage – und keine Minute länger – dauern durfte. Passepartout machte sich sogar bereits Sorgen über mögliche Verspätungen und Zwischenfälle, die auf ihrer Route lauern mochten. Er fühlte sich irgendwie an der Wette beteiligt, und es lief ihm kalt den Rücken hinunter, wenn er daran dachte, daß er sie am Abend zuvor durch seine unverzeihliche Tölpelhaftigkeit aufs Spiel gesetzt hatte. Da er längst nicht so phlegmatisch wie sein Herr war, machte er sich auch mehr Sorgen. Immer wieder zählte er die bereits vergangenen Tage, verwünschte jeden Halt des Zuges, ärgerte sich, wenn er einmal langsam fuhr und machte seinem Herrn heimlich den Vorwurf, daß er den Zugführer nicht bestochen hatte, schneller als üblich zu fahren. Der gute Junge wußte allerdings nicht, daß ein Zug, im Gegensatz zu einem Dampfer, eine vorgeschriebene Geschwindigkeit einhalten mußte, die nicht überschritten werden durfte.

Gegen Abend fuhr der Zug in das schluchtenreiche Satpuragebirge ein, das Khandesch von Bundelkhand trennt.

Am Morgen des 22. Oktober fragte Sir Francis Cromarty beiläufig nach der Uhrzeit, worauf Passepartout nach einem Blick auf sein heißgeliebtes Erbstück verkündete, es sei drei Uhr in der Früh. Natürlich ging die kostbare Uhr vier Stunden nach, da sie noch immer die mitteleuropäische Zeit von Greenwich anzeigte, von der sich ihr Besitzer inzwischen siebenundsiebzig Längengrade in östlicher Richtung entfernt hatte.

Sir Francis konsultierte seine eigene Uhr und berichtigte den Diener mit derselben Erklärung, die ihm schon Inspektor Fix gegeben hatte. Er versuchte ihm also begreiflich zu machen, daß er bei einer Reise nach Osten, der Sonne entgegen, pro Längengrad vier Minuten zur mitteleuropäischen Zeit addieren müsse. Aber seine Bemühungen waren umsonst. Der junge Dickkopf weigerte sich, die Zeiger seiner Uhr weiterzudrehen, so daß sie weiterhin die Londoner Zeit anzeigte. Das war zwar kindisch, aber schließlich schadete es auch niemandem.

Um acht Uhr vormittags hielt der Zug etwa zwanzig Kilometer vor der Station Rothal mitten auf einer weiten Lichtung, deren Rand einige Landhäuser und Arbeiterhütten säumten.

Der Zugführer lief an den Wagen entlang und rief immer wieder: »Alles aussteigen! Alles aussteigen!«

Phileas Fogg blickte verblüfft zu Sir Francis Cromarty hinüber, der aber auch nicht zu wissen schien, was dieser Halt inmitten eines Waldes von Tamarinden und Nierenbäumen bedeuten sollte.

Passepartout war ebenfalls völlig überrascht, er eilte ins Freie, kam kurz darauf wieder und rief: »Sir! Es gibt keine Eisenbahn mehr!«

»Was soll das heißen?« fragte Sir Francis Cromarty.

»Es heißt, daß die Gleise hier enden!«

Der Brigadegeneral stieg sofort aus, Phileas Fogg folgte ihm, ohne sich besonders zu beeilen. Sie wandten sich beide an den Zugführer.

»Wo sind wir denn?« erkundigte sich Sir Francis Cromarty.

»Nahe einer Siedlung namens Kholby«, erwiderte der Gefragte.

»Und hier hält der Zug?«

»Ja, sicher. Die Strecke ist noch nicht fertig ...«

»Wie, bitte? Nicht fertig?«

»Nein. An die fünfzig Kilometer zwischen hier und Allahabad sind noch im Bau. Von dort geht es dann weiter.«

»Aber die Zeitungen haben doch gemeldet, daß die gesamte Bahnlinie eröffnet sei!«

»Da haben sich die Zeitungen eben geirrt, Herr General.«

»Und trotzdem verkaufen Sie Fahrkarten für die gesamte Strecke von Bombay nach Kalkutta!« rief der Brigadegeneral, der in Wut geriet.

»Richtig. Die Reisenden wissen ja, daß sie von Kholby nach Allahabad ein anderes Transportmittel finden müssen.«

Sir Francis Cromarty war fassungslos. Passepartout hätte den Zugführer, der doch gar nichts für die Misere konnte, am liebsten umgebracht. Der Diener wagte es nicht, seinen Herrn anzusehen.

Da ergriff Phileas Fogg ruhig das Wort. »Sir Francis«, sagte er, »wenn Sie einverstanden sind, werden wir uns sogleich um ein geeignetes Transportmittel bemühen.«

»Bringt denn diese Verzögerung nicht Ihren gesamten Zeitplan durcheinander?«

»Nein, Sir Francis, sie war einkalkuliert.«

»Ja, haben Sie denn gewußt, daß die Strecke ...«

»Nein, überhaupt nicht. Aber es war mir klar, daß irgendwann derartige Hindernisse auf meiner Route auftauchen würden. Es ist also nichts verloren. Ich habe im Augenblick zwei Tage Vorsprung auf den Zeitplan. Die kann ich jetzt opfern. Am 25. Oktober um zwölf Uhr mittags läuft ein Dampfer von Kalkutta aus nach Hongkong. Heute ist erst der zweiundzwanzigste. Wir werden rechtzeitig in Kalkutta sein.«

Diese Antwort klang so überzeugend, daß sich jeder weitere Einwand erübrigte.

Tatsächlich waren die Gleisarbeiten an dieser Strecke noch nicht beendet. Wie manche Uhren sind die Zeitungen oft der Zeit voraus, so auch in diesem Fall. Die meisten Reisenden wußten allerdings über die Unterbrechung Bescheid. Sie waren deshalb gleich ausgestiegen und hatten in der Siedlung bereits alles gemietet, was dort an Fahrzeugen und Transportmitteln zu bekommen war: vierrädrige Palki-gharis, von Zebus gezogene Karren, fahrbaren Pagoden ähnelnde Kutschen, Tragesessel und Ponys. So kam es, daß Sir Francis und Mr. Fogg unverrichteter Dinge aus dem Dorf zurückkehrten.

»Dann gehe ich eben zu Fuß«, sagte Phileas Fogg. Passepartout sah auf seine prächtigen, aber etwas ungeeigneten Pantoffeln hinunter und verzog das Gesicht. Glücklicherweise hatte auch er sich umgesehen. Ein wenig unsicher sagte er: »Ich glaube, ich habe ein Transportmittel entdeckt, Sir.«

»Was für eines?«

»Einen Elefanten! Er gehört einem Inder, der dort drüben wohnt.«

»Dann gehen wir uns den Elefanten einmal anschauen«, erwiderte Fogg.

Einige Minuten später standen Phileas Fogg, Sir Francis Cromarty und Passepartout vor einer Hütte, neben der sich eine Einfriedung aus Pfählen erhob. In der Hütte wohnte der Inder, in der Palisadenkoppel stand der Elefant. Auf ihre Bitte hin führte der Inder Fogg und seine zwei Begleiter in die Koppel.

Dort sahen sie sich dem halbgezähmten Tier gegenüber, das von seinem Besitzer nicht zum Lastentragen, sondern als Kampfelefant abgerichtet worden war. Zu diesem Zweck hatte er mittels einer Zucker- und Butterdiät damit begonnen, die von Natur aus friedliche Wesensart des Elefanten zu verändern und ihm eine Aggressivität anzudressieren, deren extreme Ausformung die Inder »mutsch« nennen, eine blinde Zerstörungswut. Tatsache ist, daß die indischen Züchter von Kampfelefanten diese sonderbare und ungeeignet erscheinende Diät mit großem Erfolg anwenden. Zum Glück für Fogg hatte der Besitzer erst vor kurzem mit der Diät begonnen, und der Elefant zeigte noch keinerlei Anzeichen von »mutsch«.

Der Elefant, der Kiuni hieß, konnte wie alle seine Artgenossen weite Strecken in schnellem Lauf zurücklegen. Phileas Fogg blieb keine andere Wahl, als das Tier zu kaufen.

Dort sahen sie sich dem halbgezähmten Tier gegenüber

Indische Elefanten sind aber teuer, da es immer weniger von ihnen gibt. Da sich nur die Elefantenbullen als Kampftiere eignen, sind sie besonders gesucht. In Gefangenschaft vermehren sich die Elefanten schlecht, so daß man immer wieder neue Exemplare in der freien Wildbahn einfangen muß. Außerdem verlangen sie sorgfältige Pflege. Als Fogg den Inder fragte, ob er ihm seinen Elefanten vermieten wolle, lehnte dieser glattweg ab.

Fogg ließ nicht locker und bot zehn Pfund Sterling pro Stunde für das Tier. Abgelehnt. Zwanzig Pfund? Ebenfalls abgelehnt. Vierzig Pfund? Selbst das wurde abgelehnt. Passepartout zuckte bei jeder Verdoppelung des Preises zusammen, aber der Inder blieb ungerührt bei seinem Nein.

Dabei wäre für ihn eine schöne Summe Geld zu verdienen gewesen. Angenommen, der Elefant benötigte fünfzehn Stunden für den Weg nach Allahabad, hätte sein Besitzer sechshundert Pfund bekommen.

Aber auch Phileas Fogg blieb ganz ruhig und schlug dem Inder nun vor, ihm den Elefanten abzukaufen. Als Kaufpreis nannte er erst einmal eintausend Pfund.

Auch das lehnte der Inder ab! Vielleicht witterte er jetzt das ganz große Geschäft?

Sir Francis nahm Fogg beseite und beschwor ihn, sich die Sache gut zu überlegen, ehe er soviel Geld aufs Spiel setzte. Phileas Fogg beruhigte seinen Mitreisenden. Er träfe üblicherweise keine überstürzten Entscheidungen, und außerdem handele es sich um eine Wette über zwanzigtausend Pfund. Er müsse diesen Elefanten haben, und wenn er zwanzig Mal mehr zahlen müsse, als das Tier wert war.

Fogg ging zu dem Inder zurück, dessen Augen voller Habgier glitzerten. Dem Mann ging es also nur um den Preis! Fogg bot nacheinander zwölfhundert Pfund, fünfzehnhundert, achtzehnhundert und schließlich zweitausend Pfund Sterling. Aus dem sonst so frischen Gesicht von Passepartout war jede Farbe gewichen.

Bei zweitausend Pfund gab der Inder nach.

»Bei meinen Pantoffeln!« rief Passepartout. »Das nenne ich einen Spitzenpreis für Elefantenfleisch!«

Nachdem der Handel abgeschlossen war, mußte man nur noch einen Führer finden. Das war einfacher. Ein junger, intelligent aussehender Parse bot seine Dienste an. Fogg engagierte ihn auf der Stelle und versprach ihm eine ansehnliche Entlohnung, die seine Geisteskräfte geradezu verdoppeln mußten.

Der Elefant wurde aus dem Gehege geführt und eilends für die Reise gerüstet. Der Parse verstand etwas von seinem Handwerk als Elefantentreiber, den die Inder »mahout« nennen. Er breitete eine Decke über den Rücken des Tieres und befestigte an seinen Flanken zwei Sitzgelegenheiten, die nicht besonders bequem aussahen.

Fogg bezahlte den Inder mit den Banknoten aus seiner Reisetasche. Bei diesem Anblick konnte sich Passepartout nicht gegen das Gefühl wehren, daß die Geldscheine seinen Eingeweiden entrissen wurden. Fogg machte daraufhin Sir Francis Cromarty das Angebot, ihn zum Bahnhof von Allahabad zu bringen, was der Brigadegeneral gern annahm. Das riesige Tier würde mühelos eine Person mehr tragen.

Nachdem sich die Reisegesellschaft in Kholby mit Proviant versorgt hatte, nahm Sir Francis auf einem der Tragsitze Platz, Fogg kletterte in den anderen. Passepartout setzte sich rittlings hinter den Treiber auf den Rücken des Elefanten und thronte dort zwischen seinem Herrn und dem General. Der Parse hockte sich ins Genick des Elefanten. Gegen neun trabte der Elefant mit seiner Last aus der Siedlung, und die Reisegesellschaft war schon bald im dichten Palmenwald verschwunden.

XII

Ein abenteuerlicher Ritt durch den Dschungel hat Folgen

Um den Weg nach Allahabad abzukürzen, bog der Treiber von der Eisenbahntrasse, auf der die Gleisarbeiten in vollem Gange waren, ab. Die Trasse schlängelte sich nämlich in vielen Windungen durch das schwer zugängliche Winhjagebirge, und Phileas Fogg war daran interessiert, daß sie die kürzeste Strecke nahmen. Der Parse, der hier Weg und Steg kannte, meinte, daß sie gut dreißig Kilometer abkürzen konnten, wenn sie quer durch den Dschungel ritten. Und man vertraute ihm.

Fogg und Sir Francis wurden durch den harten Trab des Elefanten, den der junge Parse zur Eile antrieb, in ihren Tragsitzen kräftig durchgerüttelt. Aber sie ertrugen diese Unannehmlichkeit mit der stoischen Ruhe des echten Briten, der sich durch nichts aus dem Gleichgewicht bringen läßt. Im übrigen sprachen sie recht wenig miteinander, zumal sie einander gar nicht sehen konnten.

Der arme Passepartout, hoch auf dem Rücken des Elefanten, wurde durch die Bewegungen des Kolosses noch viel mehr in Mitleidenschaft gezogen. Er befolgte geflissentlich den Rat seines Herrn, nicht die Zunge zwischen die Zähne zu schieben, die er sich sonst hätte leicht durchbeißen können. Beständig wurde er zwischen dem Nacken und dem Hinterteil des Elefanten hin- und hergeschleudert, so daß man meinen konnte, einen Zirkusclown bei Springübungen auf dem Trampolin vor sich zu haben. Aber er bewahrte trotz allem seine gute Laune, scherzte und lachte, während er da oben durch die Luft gewirbelt wurde, und holte von Zeit zu Zeit sogar ein Stück Zucker aus der Jackentasche, das sich der kluge Kiuni mit dem Rüssel angelte, ohne im Lauf innezuhalten.

Er bewahrte trotz allem seine gute Laune

Nach zwei Stunden hielt der Treiber den Elefanten an und gönnte ihm eine einstündige Ruhepause. Das Tier stillte seinen Durst an einem Tümpel und weidete dann das erreichbare Blattwerk von Büschen und Bäumen ab.

Sir Francis war die Pause sehr willkommen. Er fühlte sich wie gerädert, während Fogg frisch und munter wirkte. »Dieser Mann ist aus Eisen!« bemerkte der General bewundernd zu Passepartout.

»Aus Stahl, Sir«, erlaubte sich der Diener zu erwidern, der gerade einen improvisierten Imbiß vorbereitete.

Um zwölf Uhr mittags gab der Parse das Zeichen zum Aufbruch. Die Landschaft wurde nun rauher. Auf den großen Regenwald folgten Haine aus Tamarinden und Zwergpalmen, dann ging es über weite, öde Ebenen, aus denen nur hie und da kümmerliche Büsche und mächtige Felsbrocken aus Urgestein aufragten. Durch diesen hochgelegenen Teil von Bundelkhand kommen selten Reisende. Und hier wohnen fanatische Eingeborene, die die grausamsten Riten der hinduistischen Religion praktizieren. In diesen unzugänglichen Ausläufern des Windhjagebirges hat sich die britische Herrschaft nie richtig gegen die Macht der indischen Radschas durchsetzen können.

Mehrmals waren Gruppen dieser furchterregenden Eingeborenen zu sehen, die wütend gestikulierten, als der vierfüßige Koloß an ihnen vorbeitrabte. Der Parse machte um diese Menschen nach Möglichkeit einen großen Bogen, da auch er nichts mit ihnen zu schaffen haben mochte. Selten sah man an diesem Tag irgendwelche Tiere, mit Ausnahme von ein paar Affen, die sich mit tausend Verrenkungen und Grimassen vor dem Dickhäuter in Sicherheit brachten, was Passepartout jedesmal amüsierte.

Der Franzose grübelte. Und ein Gedanke plagte ihn besonders. Was hatte Mr. Fogg mit dem Elefanten vor, wenn sie in Allahabad angekommen waren? Würde er ihn mitnehmen? Unmöglich! Wenn man die Transportkosten zum Kaufpreis addierte, ergäbe das eine ruinöse Summe! Sollte man ihn verkaufen? Oder ihm die Freiheit schenken? Dieses wertvolle Tier verdiente es wohl, daß man sich über sein weiteres Schicksal Gedanken machte. Wenn aber Mr. Fogg auf die Idee käme, ihm, Passepartout, den Elefanten zu schenken? Peinlich, peinlich. Der junge Mann konnte sich von seiner Grübelei nicht losreißen.

Um acht Uhr abends hatten sie den größten Teil des Windhjagebirges hinter sich gelassen. Die Reisenden machten halt und richteten sich für die Nacht in einem verlassenen und halb verfallenen Landhaus auf der Nordseite des Gebirges ein.

Sie hatten an diesem Tag die Hälfte der Strecke nach Allahabad zurückgelegt.

Die Nacht war kalt. Mit trockenen Zweigen entfachte der Parse ein Feuer im Innern des Hauses, und alle genossen die Wärme. Das Nachtmahl aus dem Reiseproviant, den man in Kholby gekauft hatte, wurde lustlos verzehrt. Die Anstrengungen der Reise auf dem Elefantenrücken machten sich jetzt deutlich bemerkbar. Man wechselte kaum noch ein paar Worte, und schon bald waren die Schnarchgeräusche von denen zu hören, die als erste in den Schlaf gefallen waren. Der Treiber wachte neben Kiuni, der, gegen einen Baum gelehnt, im Stehen schlief.

Kein Zwischenfall störte die Nachtruhe. Vereinzelt drang das Gebrüll von Geparden und Panthern durch die Stille der Nacht und wurde begleitet vom kreischenden Chor der Affen. Aber es blieb beim Brüllen der Raubtiere, keines von ihnen näherte sich in böser Absicht den Gästen des verfallenen Hauses. Sir Francis Cromarty lag in tiefem Schlaf, als hätte er eine zermürbende Schlacht geschlagen. Passepartout schlief unruhig und durchlebte im Traum noch einmal seinen Trampolinakt auf dem Elefantenrücken. Mr. Fogg aber schlummerte friedlich, als läge er in seinem Bett in dem stillen Haus in der Londoner Savile Row.

Um sechs Uhr früh brachen sie wieder auf. Ihr Führer wollte am selben Abend am Bahnhof von Allahabad sein, so daß Mr. Fogg nur einen Teil seines bisherigen Zeitgewinns von achtundvierzig Stunden verlieren würde.

Als sie über die letzten Ausläufer des Windhjagebirges kamen, ging Kiuni bereits wieder in schnellem Trab. Gegen Mittag lenkte der Treiber den Elefanten an dem Dorf Kallenger vorbei, das am Kani liegt, einem kleinen Nebenfluß des Ganges. Der Parse mied immer noch alle menschlichen Siedlungen und fühlte sich in den kahlen Ebenen sicherer, die nach und nach in das Tiefland des Ganges übergingen.

Ungefähr acht Kilometer vor Allahabad machten sie Rast, diesmal unter Bananenstauden. Deren Früchte waren so nahrhaft wie Brot und, wie die Reisenden feststellten, so schmackhaft wie Rahm, und alle aßen mit großem Genuß davon.

Um zwei Uhr ging es weiter. Der Mahout wählte einen Weg, der kilometerweit durch den dichten, schützenden Wald führen sollte. Bisher hatte er alle unliebsamen Begegnungen zu vermeiden gewußt. Und es schien so, als sollte die Reise ganz ohne Zwischenfälle verlaufen, als der Elefant erst unruhig wurde und dann plötzlich stehenblieb.

Es war jetzt vier Uhr nachmittags.

»Was hat er denn?« erkundigte sich Sir Francis Cromarty und reckte den Hals.

»Ich weiß nicht, Sir«, antwortete der Parse, lauschte aber gleichzeitig entfernten Geräuschen, die aus dem Dickicht kamen.

Wenige Augenblicke später wurden die Geräusche deutlicher. Es war der Klang von menschlichen Stimmen und von Blasinstrumenten.

Passepartout riß Augen und Ohren auf. Fogg wartete geduldig und sagte kein Wort.

Der Parse sprang auf den Boden, band den Elefanten an einem Baum fest und verschwand im Dickicht. Nach ein paar Minuten war er wieder zurück und sagte: »Eine Prozession von Brahmanen kommt auf uns zu. Wir gehen ihnen besser aus dem Weg.«

Er band Kiuni los, führte ihn hinter ein dichtes Gehölz und bat die Reisenden, nur ja nicht abzusteigen. Er selbst wollte rasch aufsitzen, falls sie flüchten müßten. Allerdings hoffte er, daß sie im Dickicht unentdeckt blieben.

Singsang und Instrumentenklang kamen näher. Die eintönigen Gesänge wurden von Tamburin- und Zimbelschlägen begleitet. Dann tauchte die Spitze der Prozession unter den Bäumen auf, kaum fünfzig Schritt vom Versteck der Reisegesellschaft entfernt. Fogg konnte durch Zweige und Blätter hindurch ganz deutlich die Teilnehmer dieser eigenartigen Prozession erkennen.

Allen voran gingen Priester mit hohen Mützen und in langen pelzverbrämten Gewändern. Hinter ihnen drängten sich Männer, Frauen und Kinder, deren Trauergesang regelmäßig von Trommel- und Zimbelschlägen unterbrochen wurden. Hinter diesen zogen vier reichgeschmückte Zebus einen Holzkarren, dessen hohe Räder schlangenförmige Verzierungen trugen. Auf diesem Karren stand eine gräßliche Statue. Sie hatte vier Arme, ihr Torso war dunkelrot bemalt, die Augen waren eingefallen, die Haare wirr, die Zunge hing aus dem Mund, die Lippen waren mit Henna und Betel gefärbt. Sie trug eine Halskette aus Totenköpfen und um ihre Lenden einen Gürtel mit abgehackten Händen. Mit den Füßen stand sie auf einem liegenden Riesen, dem der Kopf fehlte.

Sir Francis wußte, wen die Statue darstellte. »Die Göttin Kali«, flüsterte er, »die Göttin der Liebe und des Todes.«

»Todesgöttin schon, aber Göttin der Liebe? Nie im Leben!« bemerkte Passepartout. »So ein häßliches Weibsbild!«

Der Parse bedeutete ihm mit einer Handbewegung zu schweigen.

Um den Karren mit der Statue tanzte in wilden Verrenkungen eine Gruppe alter Fakire, deren Körper mit ockerfarbenen Streifen bemalt waren. Aus kreuzförmigen Wunden tropfte ihr Blut. Solche Besessenen warfen sich bei den großen Hinduprozessionen immer wieder unter die Räder von Krischnas Wagen, der Dschagannath, das heißt »Herr der Welt«, genannt wird.

Hinter ihnen folgten einige Brahmanen in Prachtgewändern, die eine Frau mit sich schleppten, die sich kaum noch auf den Beinen halten konnte.

Die junge Frau war weißhäutig wie eine Europäerin. In ihrem Haar, an Kopf, Hals, Schultern, Ohren, Armen, Handgelenken und Zehen glitzerten alle Arten von prächtigem Schmuck. Über einem golddurchwirkten Faltengewand trug sie einen schleierähnlichen Überwurf, der ihre Körperformen weniger verhüllte als betonte.

Kaum ein größerer Kontrast zum Anblick dieser jungen Schönheit war denkbar als die finsteren Wachsoldaten mit ihren blanken Säbeln und goldziselierten Pistolen im Gürtel, die hinter den Brahmanen und der Frau einen Leichnam auf einer Bahre trugen.

Der Tote war ein Greis, wie zu Lebzeiten mit den prunkvollen Gewändern eines Radscha bekleidet: mit einem perlenbesetzten Turban, einem golddurchwirkten Seidengewand, einem diamantengeschmückten Gürtel aus Kaschmirwolle und den herrlichen Waffen eines indischen Fürsten.

Den Schluß des Zuges bildeten die Musikanten und eine Nachhut fanatischer Hindus, deren wildes Geschrei oft lauter war als die Musik.

Sir Francis betrachtete den ganzen Aufzug mit bekümmerter Miene und sagte zu dem jungen Parsen gewandt: »Sati!«

Der Parse nickte und legte einen Finger an die Lippen. Langsam zog der lange Zug vorbei, und schließlich waren auch die letzten Gestalten wieder im Dunkel des Waldes verschwunden. Auch der Lärm verebbte nach und nach, vereinzelt waren noch Schreie zu hören, dann herrschte wieder tiefe Stille.

*Die junge Frau war weißhäutig
wie eine Europäerin*

Phileas Fogg hatte sich das Wort gemerkt, das Sir Francis gebraucht hatte. Sobald alles ruhig war, fragte er: »Was bedeutet Sati?«

»Sati ist ein Menschenopfer, Mr. Fogg«, antwortete der Brigadegeneral, »ein freiwilliges. Die Frau, die Sie soeben gesehen haben, wird morgen bei Sonnenaufgang verbrannt werden.«

Passepartout konnte sich vor Empörung nicht zurückhalten und schrie: »Oh, diese Lumpen!«

»Und der Leichnam?« erkundigte sich Fogg ruhig weiter.

»Das war ein Fürst, ihr Ehemann, ein unabhängiger Radscha von Bundelkhand.«

»Wie denn?« entgegnete Fogg, ohne daß seine Stimme die geringste Erregung verriet. »Gibt es diese barbarische Sitte der Witwenverbrennung immer noch in Indien? Haben wir Engländer sie nicht längst unterbunden?«

»In den meisten Provinzen ist uns das gelungen«, sagte Sir Francis. »Aber die entlegenen Gegenden, vor allem hier in Bundelkhand, entziehen sich unserem Einfluß. Weite Landstriche nördlich des Windhjagebirges sind täglich Schauplatz von Mord und Raub.«

»Wie schrecklich!« murmelte Passepartout. »Lebendig verbrannt zu werden!«

»Ja«, stimmte der General zu, »das ist schrecklich. Aber wenn sie sich weigerte, würden die Angehörigen ihr das Leben zur Hölle machen. Man würde ihr den Kopf kahl scheren, man würde sie fast verhungern lassen, man würde sie wie eine Aussätzige behandeln, bis sie, wie ein räudiger Hund, irgendwo verendet wäre. Die Aussicht, so elend zugrunde gehen zu müssen, bewirkt, daß viele Witwen sich doch lieber verbrennen lassen. Viel seltener geschieht es aus Liebe oder aus religiösem Fanatismus. Dann ist der Entschluß wirklich freiwillig, und die britische Verwaltung hat es schwer, etwas dagegen zu unternehmen. Vor ein paar Jahren, als ich in Bombay wohnte, verlangte eine junge Witwe vom Gouverneur die Erlaubnis, sich mit ihrem verstorbenen Gemahl verbrennen zu lassen. Er lehnte natürlich ab. Aber da verließ die Witwe die Stadt, flüchtete sich zu einem unabhängigen Radscha und ließ dort das Brandopfer vollziehen.«

Während der General noch erzählte, schüttelte der Parse den Kopf. Dann fügte er hinzu: »Das Opfer, das morgen bei Sonnenaufgang stattfinden soll, ist nicht freiwillig.«

»Woher wissen Sie das?«

»Jedes Kind in Bundelkhand kennt diese Geschichte.«

»Aber die Unglückliche schien nicht um ihr Leben zu kämpfen.«

»Man hat sie mit Drogen, mit Haschisch und Opium, betäubt.«

»Und wohin bringt man sie jetzt?«

»In die Pagode von Pilladschi, zwei Meilen von hier. Dort muß sie die Nacht verbringen und auf ihre Verbrennung warten.«

»Und wann wird sie ...?«

»Morgen, beim ersten Licht des Tages.«

Nach dieser Antwort führte der Parse den Elefant hinter dem Dickicht hervor und kletterte wieder auf dessen Nacken.

Aber als er ihn gerade mit einem Pfiff antreiben wollte, gab ihm Fogg ein Zeichen zu warten und wandte sich an Sir Francis Cromarty.

»Und wenn wir diese Frau retten würden?« fragte er.

»Wie bitte? Diese Frau retten, Mr. Fogg?« rief der General.

»Ich habe noch zwölf Stunden Vorsprung. Die könnte ich dazu opfern.«

»Na, so was! Mr. Fogg! Sie sind ja ein Mann mit Herz!« rief Sir Francis.

»Manchmal schon«, erwiderte Phileas Fogg bescheiden. »Wenn ich Zeit dazu habe.«

XIII

Passepartout beweist:
Wer wagt, gewinnt

Es war ein kühner Plan, voller Gefahren und vielleicht gar nicht durchführbar. Mr. Fogg setzte sein Leben aufs Spiel, zumindest seine Freiheit – und damit das Gelingen seines Reiseprojekts. Doch er zögerte nicht lange, und Sir Francis Cromarty unterstützte ihn sofort.

Auch auf Passepartout konnte man zählen, ja, er war sogar begeistert von der Idee seines Herrn. Endlich spürte er, daß unter dieser harten Schale ein Herz schlug und eine Seele wohnte. Er begann Phileas Fogg zu lieben.

Und der Treiber? Wofür würde er sich entscheiden? Mußte er nicht für die Hindus Partei ergreifen? Falls er sich nicht aktiv beteiligen wollte, mußte man wenigstens sichergehen, daß er sich neutral verhielt.

Sir Francis fragte ihn geradeheraus nach seiner Haltung, und der junge Mann erwiderte: »Ich bin Parse, Sir, und diese Frau ist Parsin. Verfügen Sie über mich.«

»Gut so, Mahout!« sagte Fogg.

»Allerdings müssen Sie wissen«, fügte der Parse hinzu, »daß wir nicht nur unser Leben, sondern auch die schlimmste Folter riskieren, wenn man uns faßt. Also sehen Sie sich vor.«

»Das tue ich«, versicherte Fogg. »Es ist wohl ratsam, daß wir die Dunkelheit abwarten, ehe wir etwas unternehmen?«

»Ja, das denke ich auch«, antwortete der Treiber.

Der Inder berichtete ihnen nun im einzelnen, was er von dem bedauernswerten Opfer wußte. Es handelte sich um eine junge Parsin, eine weitbekannte Schönheit, die die Tochter eines reichen Kaufmanns in Bombay war. In ihrer Vaterstadt hatte sie eine englische Erziehung genossen, ihrem Auftreten und ihrer Bildung nach hätte man sie für eine Europäerin halten können. Ihr Name war Aouda.

Sie war Waise und gegen ihren Willen mit einem alten Radscha von Bundelkhand verheiratet worden. Drei Monate später war ihr Gatte bereits gestorben. Da die junge Witwe wußte, was sie erwartete, floh sie, wurde aber bald gefangen. Die Verwandten des Radscha, die ein Interesse an ihrem Tod hatten, bestimmten sie für den Opfertod, vor dem es nun kein Entkommen mehr zu geben schien.

Diese Erzählung bestätigte Mr. Fogg und seine Reisegefährten nur in ihrer Absicht, die Parsin zu retten. Man beschloß, daß der Treiber den Elefanten so nahe wie möglich an die Pagode von Pilladschi heranführen sollte.

Eine halbe Stunde später machten sie fünfhundert Schritt von der Pagode entfernt in einem Dickicht halt. Die Pagode war noch nicht zu erkennen, aber man konnte deutlich das Geschrei der aufgeputschten religiösen Fanatiker hören.

Hier beriet man, wie man zu dem Opfer vordringen konnte. Der Mahout kannte die Pagode, in der die junge Frau seiner Meinung nach gefangengehalten wurde. Konnten sie es wagen, durch eines der Tore in die Pagode zu schlüpfen, wenn die ganze Gruppe der Hindu berauscht in den Schlaf gesunken war? Oder mußten sie eine Öffnung in eine Wand schlagen? Das konnte erst an Ort und Stelle entschieden werden. Aber ohne jeden Zweifel mußten sie die junge Frau noch heute nacht befreien, bei Tagesanbruch würde das Opfer zum Scheiterhaufen geführt werden und jede Hilfe zu spät kommen.

Die Reisenden warteten, bis es Nacht wurde. Sobald es dunkelte, gegen sechs Uhr abends, begannen sie, die Umgebung der Pagode zu erkunden. Langsam erstarb das Geschrei der Fakire. Wie üblich hatten diese Leute sich wahrscheinlich an »hang« berauscht, einer Mischung aus Opium und Hanf, und fielen nun einer nach dem anderen in einen tiefen Schlaf, so daß man sich an ihnen vorbei in den Tempel schleichen konnte.

Lautlos kroch der Parse den drei anderen voran durch den Urwald. Nach ungefähr zehn Minuten kamen sie an einen kleinen Fluß, an dessen Ufer sie im Schein von Harzfackeln einen Holzstoß erblickten. Das war der Scheiterhaufen aus Sandelholz, das bereits mit einem duftenden Öl besprengt worden war. Obendrauf lag der einbalsamierte Leichnam des Radscha, der zusammen mit seiner Witwe verbrannt werden sollte. Hundert Schritte entfernt davon erhob sich die Pagode, deren Türme durch die Bäume in die dunkle Nacht aufragten.

»Kommt!« sagte der Parse ganz leise. Und mit erhöhter Vorsicht bewegte er sich geräuschlos durch hohe Gräser. Die anderen folgten ihm. Es war jetzt so still, daß man nur noch den Wind in den Blättern der Bäume flüstern hörte.

Schon bald hielt der junge Mann am Rande einer Lichtung an, die von einigen Fackeln beleuchtet wurde. Überall und kreuz und quer lagen schlafende Gestalten, Männer, Frauen, Kinder, die der Drogenrausch hingestreckt hatte, so daß man sich vor einem leichenbedeckten Schlachtfeld wähnte. Hie und da stöhnten einzelne Berauschte noch im Schlaf.

Im Hintergrund konnte man zwischen den dunklen Baumstämmen die Umrisse der Pagode von Pilladschi erkennen. Der Parse war sehr enttäuscht, als er die Wachen des Radscha erblickte, die im Schein qualmender Fackeln mit dem blanken Säbel in der Hand vor den Tempeltoren saßen oder auf und ab gingen. Es war anzunehmen, daß im Tempelinneren auch die Priester Wache hielten.

Hier gab es kein Hindurchkommen, weder unbemerkt noch mit Gewalt. Das sahen sie alle vier ein. Sie zogen sich wieder zurück, um sich zu beraten.

»Wir müssen warten«, sagte Sir Francis flüsternd. »Es ist erst acht Uhr. Später schlafen vielleicht auch die Wachen ein.«

»Schon möglich«, bemerkte der Parse.

Phileas Fogg und seine Begleiter ließen sich am Fuß eines Baumes nieder. Und sie warteten. Aber die Zeit schien ihnen sehr lang! Manchmal verschwand der Treiber kurz, um einen Blick zum gegenüberliegenden Waldrand zu werfen. Die Wächter waren immer noch im Schein der Fackeln zu sehen, und aus den Fenstern des Tempels drang schwaches Licht.

Die Wachen des Radscha
hielten im Schein der Fackeln Wache

Sie warteten bis Mitternacht, ohne daß sich an dieser Situation etwas änderte. Die Wachen blieben auf ihrem Posten, und es war nicht damit zu rechnen, daß sie in den Schlaf sinken würden. Offensichtlich hatten sie kein Rauschgift bekommen. Es mußte eine andere Lösung gefunden werden: Die Männer mußten eine Maueröffnung schaffen, um ins Innere der Pagode zu gelangen. Aber die Frage, ob die Priester das bedauernswerte Opfer genauso wachsam behüteten wie die Wächter die Tore, blieb nach wie vor offen.

Nachdem sie noch einmal beratschlagt hatten, marschierten sie, angeführt von dem jungen Parsen, los. In einem ziemlich großen Bogen gingen sie um den Tempel herum zu seiner Rückseite. Um halb ein Uhr nachts standen sie am Fuß der rückwärtigen Mauern, ohne daß ihnen jemand begegnet wäre. Niemand hatte daran gedacht, dort hinten Wachen aufzustellen. Allerdings gab es hier weder Fenster noch Türen.

Die Nacht war schwarz. Die kleine Sichel des abnehmenden Mondes war gerade aufgegangen, aber gleich wieder hinter dichten Wolken verschwunden. Die hohen Bäume vertieften das Dunkel noch.

Damit, daß sie unentdeckt zur rückwärtigen Tempelmauer gelangt waren, war es allerdings nicht getan. Sie mußten eine Öffnung schaffen, und für dieses Vorhaben waren Phileas Fogg und seine Begleiter nur mit ihren Taschenmessern ausgerüstet. Aber glücklicherweise bestanden die Mauern aus Backsteinen und Holz, die mit den Messern bearbeitet werden konnten. Wenn ein Stein erst einmal herausgelöst war, könnte man das Loch schnell vergrößern.

Sie machten sich so leise wie möglich an die Arbeit. Der Parse und Passepartout lösten bereits die ersten Steine aus der Wand. Die Öffnung sollte etwas mehr als einen halben Meter Durchmesser haben.

Da ertönte aus dem Inneren der Pagode ein Schrei, und gleich darauf waren auch draußen Rufe zu hören. Passepartout und der Treiber hielten inne. Hatte man sie entdeckt?

War Alarm gegeben worden? Instinktive Vorsicht riet ihnen, das Feld zu räumen. Phileas Fogg und Sir Francis hatten zur selben Zeit dieselbe Reaktion. Wieder verkrochen sie sich im Waldesdickicht, um zu warten, bis der Alarm – falls es einer gewesen war – abgeblasen wurde. Dann wollten sie die unterbrochene Arbeit schnell wiederaufnehmen.

Aber daraus wurde nichts. Auch auf dieser Seite der Pagode tauchten jetzt Wachen auf und bezogen dort Stellung, so daß es ganz unmöglich geworden war, irgendwo unbemerkt in den Tempel zu gelangen.

Die Enttäuschung der vier Männer darüber, daß sich ihr Plan als undurchführbar erwies, läßt sich kaum beschreiben. Da sie nicht mehr zu der vom Tod bedrohten jungen Witwe vordringen konnten, wie sollten sie sie noch retten? Sir Francis Cromarty konnte seine Wut nur schwer bändigen. Passepartout war außer sich und mußte von dem Parsen beruhigt werden. Phileas Fogg behielt seine übliche unerschütterliche Ruhe bei und wartete ab, ohne seine Gefühle zu verraten.

»Ist das das Ende unserer Mission?« fragte der Brigadegeneral mit unterdrückter Stimme.

»Ja, wir müssen uns wieder zurückziehen«, antwortete der junge Inder.

»Warten Sie noch«, mischte Fogg sich ein. »Es reicht, wenn ich morgen mittag in Allahabad bin.«

»Was wollen Sie hier denn noch ausrichten?« entgegnete Sir Francis. »In ein paar Stunden wird es hell, und dann ...«

»Das Glück, das uns jetzt fehlt, kann sich noch im letzten Augenblick zeigen.«

Der Brigadegeneral hätte gern gewußt, was in diesem Phileas Fogg vorging, der sich so vollkommen unter Kontrolle hatte. Hatte der Mann vor, die Frau den Schergen zu entreißen oder sie vom brennenden Scheiterhaufen zu holen?

Das wäre Wahnsinn. Und wenn dieser Fogg tatsächlich verrückt wäre? Trotz allem war Sir Francis einverstanden, das schreckliche Ende der Geschichte abzuwarten. Der Mahout wollte aber nicht, daß sie in ihrem augenblicklichen Versteck blieben, und führte sie wieder an den vorderen Rand der Lichtung zurück. Dort konnten sie im Schutz eines dichten Gehölzes die Gruppen der Schlafenden beobachten.

Passepartout, der sich auf den unteren Ästen eines Baumes ausgestreckt hatte, grübelte über einen Einfall nach, der ihm blitzartig gekommen war und den er nicht mehr los wurde. Auch er hatte zuerst jeden weiteren Rettungsversuch für blanken Wahnsinn gehalten. Aber jetzt sagte er sich immer wieder: »Warum eigentlich nicht? Es gibt noch eine Chance, vielleicht die einzige. Diese Leute sind ja so fanatische Dummköpfe ...«

Mit keinem Wort verriet Passepartout seine Gedanken und glitt mit der Beweglichkeit einer Schlange ans Ende der Äste, die sich unter seinem Gewicht zur Erde bogen.

Die Stunden vergingen. Schon kündigte sich das erste Licht des Tages an, wenn es auch noch ringsum dunkel war.

Es war soweit. Die schlafende Menge erwachte zu neuem Leben. In die einzelnen Gruppen kam Bewegung. Trommelschläge ertönten. Gesänge und Rufe wurden wieder laut. Die Stunde des Todes war für die junge Frau gekommen.

Schon öffneten sich die Tore der Pagode, und ein breiter Lichtstrahl drang aus ihrem Inneren. Fogg und Sir Francis konnten die Unglückliche in dem hellen Licht erkennen. Sie wurde von zwei Priestern nach draußen gezerrt. Es schien ihnen sogar, als ob ein instinktiver Überlebenswille die Frau den Versuch machen ließ, die Betäubung abzuschütteln und sich von ihren Henkern loszureißen. Das Herz von Sir Francis krampfte sich zusammen, und unwillkürlich griff er nach der Hand von Phileas Fogg. Da spürte er, daß dieser einen blanken Dolch in der Faust hielt.

In diesem Augenblick geriet die ganze Menge in Bewegung. Die junge Frau war wieder in ihren Betäubungszustand verfallen, den die Hanfdämpfe bewirkt hatten. Sie wurde jetzt durch den Haufen der Fakire geschleppt, die mit fanatischem Gezeter neben ihr herhüpften.

Phileas Fogg und seine Begleiter mischten sich unter die Nachzügler der Menge, die sich auf das Flüßchen zubewegte, wo sie fünfzig Meter vor dem Scheiterhaufen des toten Radscha haltmachte. Gleich darauf erblickten sie in der Dämmerung die Gestalt der jungen Witwe, die reglos neben dem Leichnam ihres verstorbenen Gatten lag.

Schon wurde eine brennende Fackel an den Holzstoß gehalten, und das ölgetränkte Holz fing sofort Feuer.

Sir Francis Cromarty und der Parse versuchten Phileas Fogg zurückzuhalten, der in einem Anfall von wahnwitzigem Opfermut auf den Scheiterhaufen zustürzte. Fogg hatte sich ihnen bereits entwunden, als das Geschehen sich mit einem Schlag wandelte. Schreckensrufe ertönten. Die Menge warf sich zitternd vor Angst und Entsetzen zu Boden.

Der alte Radscha war gar nicht tot! Erhob er sich nicht plötzlich dort auf dem Scheiterhaufen, wie ein Gespenst, den Körper der jungen Frau auf den Armen, und stieg inmitten von Feuer und Rauch von dem brennenden Holzstoß herunter?

Die Fakire, die Wachen, die Priester, alle lagen mit dem Gesicht auf der Erde und wagten nicht den Blick zu heben und ein solches Wunder anzuschauen.

Das reglose Opfer wurde von kräftigen Armen gehalten, die die Last kaum spürten, und Retter und Opfer näherten sich der Stelle, wo Fogg und Sir Francis aufrecht stehengeblieben waren. Der Parse hatte den Kopf gesenkt. Und auch Passepartout war zweifellos völlig verblüfft …

Als der Urheber der Auferstehungsszene vor ihnen stand, sagte er nur kurz: »Bloß weg hier!«

Es war kein anderer als Passepartout selbst! Er hatte sich durch die ersten Rauchschwaden auf den Scheiterhaufen geschlichen, hatte im Halbdunkel die junge Frau dem sicheren Tod entrissen und mit dem Glück des Wagemutigen die einzige und letzte Chance genützt und seinen Weg durch die entsetzensstarre Menge gefunden!

Einen Augenblick später waren die vier mit der Ohnmächti-

Die Menge warf sich zitternd vor Angst und Entsetzen zu Boden

gen im Wald verschwunden und bestiegen im Nu ihren Elefanten, der sie in schnellem Trab davontrug. Wütendes Geschrei und Lärmen und sogar eine Kugel, die durch den Hut von Phileas Fogg pfiff, machte ihnen klar, daß die Hindu das Täuschungsmanöver durchschaut hatten.

Als diese auf dem brennenden Scheiterhaufen nur noch den Leichnam des Radscha hatten erkennen können, hatten sie sich ganz schnell von ihrem Schrecken erholt und begriffen, daß hier eine Entführung stattgefunden hatte. Die Priester waren in den Wald geeilt, die Wachen folgten ihnen auf dem Fuß, man schoß hinter den Flüchtenden her, aber die Entführer flüchteten schnell und waren schon bald außer Reichweite der Kugeln und Pfeile.

XIV

Phileas Fogg reist durch das herrliche Gangestal und würdigt es keines Blickes

Die kühne Entführung war geglückt. Noch eine Stunde später lachte Passepartout, wenn er an seinen Erfolg dachte. Sir Francis Cromarty hatte dem furchtlosen Franzosen bewegt die Hand geschüttelt. Sein Herr hatte gesagt: »Gut gemacht.« Und das war, aus dem Mund dieses schweigsamen Gentleman, ein großes Lob. Passepartout hatte allerdings darauf geantwortet, daß die Ehre vielmehr seinem Herrn gebühre. Er habe doch nur eine »witzige« Idee gehabt. Dann lachte er wieder, als er sich daran erinnerte, wie er, Passepartout, ehemaliger Turnlehrer und Feuerwehrmann, einen alten einbalsamierten Radscha und den Gatten einer reizenden jungen Frau gespielt hatte!

Die junge Inderin selbst hatte nicht mitbekommen, was geschehen war. Sie ruhte in Reisedecken eingehüllt auf einem der Tragesitze.

Es war immer noch dämmrig, während der Elefant von dem Treiber sicher und schnell durch den Urwald gelenkt wurde. Eine Stunde nach ihrer Flucht von der Pagode von Pilladschi durchquerte der Elefant eine weite Ebene. Um sieben Uhr früh legten sie eine Rast ein. Die junge Frau verharrte in ihrem Zustand völliger Benommenheit, der sich auch nicht durch einige Schlucke Wasser und Brandy vertreiben ließ, die der Parse ihr einflößte.

Sir Francis Cromarty wußte über die Wirkung von Hanf als Rauschmittel Bescheid und erklärte, daß kein Anlaß zur Besorgnis bestünde. Er machte sich viel mehr Sorgen über das künftige Schicksal der jungen Witwe. Wenn Mrs. Aouda in Indien bliebe, würde sie früher oder später wieder Leuten in die Hände fallen, die ihr nach dem Leben trachteten. Religiöse Fanatiker gab es überall auf der riesigen Halbinsel, und trotz der Anwesenheit der britischen Polizeikräfte würden sie sie in ihre Gewalt bringen, ob sie sich in Madras, in Bombay oder in Kalkutta aufhielt. Und um zu unterstreichen, daß seine Befürchtungen begründet waren, erzählte er von einem ganz ähnlichen Fall, der sich vor kurzem ereignet hatte. Seiner Meinung nach sei die junge Frau also erst in Sicherheit, sobald sie außer Landes wäre.

Phileas Fogg erwiderte, daß er diese Bedenken berücksichtigen und entsprechend handeln werde.

Gegen zehn verkündete der Mahout, daß sie Allahabad erreicht hätten. Am dortigen Bahnhof führte die Eisenbahnstrecke weiter nach Kalkutta, wohin die Züge weniger als vierundzwanzig Stunden unterwegs waren. Mr. Fogg würde rechtzeitig dort eintreffen, um am nächsten Tag, also am 25. Oktober, mit einem Dampfschiff um zwölf Uhr mittags nach Hongkong weiterreisen zu können.

Die junge Frau wurde in einem Warteraum im Bahnhof untergebracht. Passepartout erhielt wieder den Auftrag, Kleidung und Toilettenartikel zu besorgen. Sein Herr stellte ihm frei, was er kaufen und wieviel Geld er ausgeben wollte.

Der Diener ging sofort los und wanderte durch die Straßen der »Stadt Gottes«, die für die Hindus in Indien eine heilige Stadt war, lag sie doch am Zusammenfluß der heiligen Flüsse Ganges und Jumna, die beide von Pilgern aus dem ganzen Land besucht wurden. Den Erzählungen des Ramajana-Epos zufolge entsprang der Ganges im Himmel, und die Gnade Brahmas öffnete ihm den Weg auf die Erde hinunter.

Während er seine Einkäufe machte, sah sich Passepartout in der Stadt um, die früher von einem gewaltigen Fort aus verteidigt wurde, das inzwischen als staatliches Gefängnis diente. Die einst blühende Stadt war jetzt ohne Handel und Industrie. Passepartout hatte gehofft, wenigstens ein gutsortiertes Geschäft zu finden, wie es sie in der Londoner Regent Street links und rechts von Farmer & Co. zu Dutzenden gab. Endlich entdeckte er bei einem alten jüdischen Händler gebrauchte Kleidungsstücke der Art, die er suchte: ein Kleid mit einem karierten Schottenmuster, einen weiten Mantel und einen herrlichen Otterpelz, für den er ohne zu zögern fünfundsiebzig Pfund Sterling bezahlte. Hochzufrieden kehrte er zum Bahnhof zurück.

Mrs. Aouda kam langsam wieder zu Bewußtsein. Die Rauschmittel, denen sie die Priester von Pilladschi ausgesetzt hatten, verloren allmählich ihre Wirkung, und ihre schönen Augen nahmen wieder den typisch indischen sanften Glanz an.

Der Dichter und König Usaf Uddaul pries die Reize der Königin von Ahmehnagara mit folgenden Worten:

»In der Mitte gescheitelt, umrahmt ihr glänzendes Haar zu beiden Seiten die vollendete Linie ihrer zarten und hellen Wangen, die glatt und frisch schimmernden. Über ihren Augen spannen sich ihre ebenholzfarbenen Brauen mit der Anmut und der Kraft des Bogens von Kama, dem Gott der Liebe. Unter ihren langen, samtenen Wimpern in den schwarzen Sternen ihrer feucht funkelnden Augen schwimmt, wie in den heiligen Seen des Himalaja, der reinste Widerschein des himmlischen Lichts. Wie Tautropfen im halbgeöffneten Kelch einer

Granatapfelblüte glänzen ihre Zähne, fein geformt, gleichmäßig und weiß, zwischen den lächelnden Lippen. Der Glanz der schönsten Perlen aus Ceylon und der edelsten Diamanten von Golkonda schmückt ihre reizenden, fein geschwungenen Ohren, ihre rotgefärbten Hände und ihre Füßchen, die sich zart wie Lotusblüten wölben. Schmal und biegsam und fast mit einer Hand zu umspannen, erhöht ihre Taille den Reiz der gewölbten Hüften und der vollen Brüste, die herrlichsten Schätze ihrer blühenden Jugend. Und unter den Falten ihres seidenen Gewandes scheint sie in reinem Silber von Vikvakarma, dem göttlichen Bildhauer, geformt zu sein.«

Ohne eine so üppige Beschreibung kann Mrs. Aouda, die Witwe des Radscha von Bundelkhand, nach europäischen Begriffen durchaus als eine sehr attraktive Frau bezeichnet werden. Sie sprach fast akzentfrei Englisch, und der Parse hatte nicht übertrieben, als er sagte, daß man sie ihrem Auftreten und ihrer Bildung nach für eine Europäerin hätte halten können.

Die Abfahrt des Zuges stand unmittelbar bevor. Der Treiber wartete auf seinen Lohn, und Mr. Fogg bezahlte ihm die vereinbarte Summe und nicht einen Penny mehr. Das erstaunte nun wieder Passepartout, der daran dachte, was sein Herr dem Mahout zu verdanken hatte, der bei der Pagode von Pilladschi immerhin sein Leben aufs Spiel gesetzt hatte. Und falls er je in die Hände dieser fanatischen Hindus geriete, würden sie schreckliche Rache an ihm nehmen.

Und was sollte mit Kiuni geschehen, einem Elefanten, der ein Vermögen gekostet hatte?

Phileas Fogg hatte die Frage bereits entschieden, als er zu dem jungen Parsen sagte: »Du hast uns gut und ergeben gedient. Ich habe dich für deine Dienste bezahlt, aber noch nicht für deine Ergebenheit. Wenn du diesen Elefanten willst, gehört er dir!«

Die Augen des jungen Mannes leuchteten. »Der Herr schenkt mir ja ein ganzes Vermögen!« rief er.

»Nimm es ruhig an, Mahout«, erwiderte Fogg. »Ich werde auch dann noch in deiner Schuld stehen.«

»Gut so!« rief Passepartout. »Greif zu, guter Freund! Kiuni ist ein gutes und tapferes Tier!« Dann ging er zu dem Elefanten und reichte ihm ein paar Stückchen Zucker. »Hier, Kiuni, nimm!«

Der Elefant trompete zufrieden. Dann packte er Passepartout mit dem Rüssel um die Hüften und hob ihn auf seinen Kopf hoch. Der Franzose zeigte kein bißchen Angst und streichelte das Tier, bis dieses ihn wieder sanft auf die Erde setzte. Anschließend reichte ihm der Elefant den Rüssel, den Passepartout wie eine ausgestreckte Hand ergriff und kräftig schüttelte.

Wenige Augenblicke später saßen Phileas Fogg, Sir Francis Cromarty und Passepartout bequem in einem Abteil zusammen mit Mrs. Aouda, die den besten Platz einnahm, und ihr Zug fuhr mit Volldampf Benares entgegen. Die knapp einhundertzwanzig Kilometer bis zu dieser Stadt legten sie in zwei Stunden zurück.

Während dieser Fahrt kam die junge Inderin wieder ganz zu Bewußtsein, da die restliche Wirkung der betäubenden Drogen abgeklungen war. Mit unbeschreiblicher Überraschung stellte sie fest, daß sie in europäischen Kleidern im Abteil eines fahrenden Zuges mitten unter Reisenden saß, die ihr alle völlig unbekannt waren.

Ihre Reisegefährten zeigten sich sehr aufmerksam und reichten ihr etwas Likör, der ihre Lebenskräfte wieder weckte. Dann erzählte ihr der Brigadegeneral alles, was vorgefallen war. Er betonte besonders, wie sehr Phileas Fogg sich für sie eingesetzt und daß er sogar sein Leben riskiert habe, um sie zu retten. Mit der Schilderung der tapferen und geistesgegenwärtigen Tat von Passepartout beendete er seinen Bericht.

Fogg schwieg die ganze Zeit über, aber Passepartout wurde ganz verlegen und murmelte, das sei doch nicht der Rede wert.

Bewegt wollte sich Mrs. Aouda bei ihren Rettern bedanken.

Der Franzose zeigte kein bißchen Angst

Sie brachte jedoch kaum ein Wort hervor, aber der Blick ihrer tränenverschleierten Augen sagte alles. Nach und nach kamen ihr auch die Bilder der Erinnerung an das Sati wieder, an Land und Leute, und bei dem Gedanken an die Gefahren, die immer noch in Indien auf sie lauerten, schauderte es sie.

Phileas Fogg begriff sehr gut, was in der jungen Frau vorging. Um sie zu beruhigen, bot er ihr – allerdings in kühlen Worten – an, sie nach Hongkong mitzunehmen, wo sie warten könnte, bis die Geschichte in Vergessenheit geraten wäre.

Dieses Angebot nahm Mrs. Aouda dankbar an. In Hongkong wohnte nämlich ein Verwandter, Parse wie sie und einer der bedeutendsten Kaufleute dieser Kolonie an der chinesischen Küste, in der es ganz britisch zuging.

Um halb eins hielt der Zug im Bahnhof von Benares. In den Legenden der Brahmanen wurde behauptet, daß sich hier einst die sagenhafte Stadt Kasi befunden habe, die wie das Grab des Propheten Mohammed zwischen Himmel und Erde geschwebt habe. Aber in der nüchternen Zeit unserer Erzählung stand die Stadt Benares, die von den Orientkennern als das Athen von Indien bezeichnet wird, auf festem Boden. Und Passepartout konnte beim Einfahren des Zuges kurz ihre ärmlichen Backsteinhäuser und Lehmhütten erkennen, die gar nichts Göttliches hatten, sondern einen recht irdischen und faden Eindruck hinterließen.

In Benares mußte Sir Francis Cromarty aussteigen. Das Lager seines Truppenteils befand sich einige Kilometer nördlich der Stadt. Der Brigadegeneral verabschiedete sich von Phileas Fogg mit den besten Wünschen für ein gutes Gelingen seiner Reise. Er hoffe, daß Fogg seine Weltreise unter normaleren Bedingungen fortsetzen könne, damit er etwas mehr davon habe. Fogg äußerte sich nicht dazu und dankte ihm bloß mit einem leichten Händedruck. Mrs. Aouda nahm herzlichen Abschied von Sir Francis und bedankte sich überschwenglich. Sie würde nie vergessen, was Sir Francis Cromarty für sie getan habe. Selbst Passepartout erhielt einen richtigen Generalshändedruck, und er fragte sich, wie und wann er sich für diese Ehre durch seine Dienste revanchieren könne. Dann trennte man sich.

Hinter Benares führte die Eisenbahnstrecke teilweise durch das Tal des Ganges. Unter einem freundlichen Himmel zeigte sich vor den Fenstern des Abteils die vielgestaltige Landschaft der Region Bihar mit bewaldeten Bergrücken, Roggen-, Weizen- und Maisfeldern, mit Flüssen und Teichen voller grüner Gaviale, wie die Krokodile des Ganges hießen. Saubere Dörfer lagen zwischen Wäldern, die noch frisches Grün trugen. Einige Elefanten und Zebus mit dicken Höckern badeten im heiligen Fluß, und nicht weit davon führten, in der kühlen Luft der bereits fortgeschrittenen Jahreszeit, Hindus beiderlei Geschlechts die rituellen Waschungen aus. Die Anhänger des hinduistischen Glaubens sind fanatische Gegner der Buddhisten. Die Hindus glauben an die Dreifaltigkeit von Wischnu, dem Sonnengott, Schiwa, dem Gott der Schöpfung und Zerstörung, und Brahma, dem höchsten Lehrer und Herrn der Herrscher und Priester. Was hielten die Götter Indiens wohl von ihrem britannisierten Land, in dem Dampfer tutend das Wasser des heiligen Flusses aufwirbelten, die Möwen erschreckten, die Schildkröten von ihrer Brut am Flußufer vertrieben und die Gläubigen bei ihren Waschungen störten?

Dies alles flog in Windeseile vor dem Blick der Reisenden vorüber, und manche Einzelheit verschleierte die weiße Dampfwolke der Lokomotive. So konnten sie kaum das Fort Khunar erkennen, die dreißig Kilometer südöstliche gelegene ehemalige Festung der Radschas von Bihar, und sahen wenig von Ghasipur mit seinen Rosenölmanufakturen, und das Grabmal des Marquis von Cornwallis am linken Flußufer blieb ihren Blicken ganz verborgen. Wenig sahen sie auch von der befestigten Stadt Buxar, der Handels- und Industriestadt Patna mit dem größten Opiummarkt Indiens und von der Stadt Monghir, einer ganz und gar europäisierten Stadt, die aus den hohen Schornsteinen ihrer Eisengießereien und

Hindus beiderlei Geschlechts führten die rituellen Waschungen aus

Werkzeug- und Waffenfabriken den blauen Himmel Brahmas mit schwarzen Rußwolken beschmutzte – ein richtiger Schandfleck in diesem märchenhaft schönen Land!

Dann kam die Nacht, und der Zug fuhr mit voller Geschwindigkeit durch die Dunkelheit, in der die Tiger, Bären und Wölfe wütend aufschrien, während sie sich vor dem Getöse der Lokomotive in Sicherheit brachten. Von den Perlen unter den Städten in Bengalen war nichts mehr zu sehen. Weder von Golkonda noch von den Ruinen von Gour, weder von der früheren Hauptstadt Bengalens Murschedabad noch von Burdwan, Hugli oder Chandarnagor, wo Passepartout hätte stolz die Flagge seines Heimatlandes wehen sehen können.

Um sieben Uhr morgens trafen sie endlich in Kalkutta ein. Der Dampfer nach Hongkong sollte erst am Mittag die Anker lichten. Bis dahin blieben Phileas Fogg also noch fünf Stunden.

Laut Reiseplan mußte Mr. Fogg am 25. Oktober, dreiundzwanzig Tage nach seiner Abfahrt aus London, in der indischen Hauptstadt eintreffen. Und das tat er auch, so daß er weder einen Vorsprung noch eine Verspätung zu verbuchen hatte. Leider hatte er die zwischen London und Bombay gewonnenen zwei Tage bei der Durchquerung der indischen Halbinsel wieder verloren, wie wir wissen. Aber es ist anzunehmen, daß er das nicht bereute.

XV

Die Tasche mit den Banknoten wird noch einmal um einige tausend Pfund leichter

Der Zug war im Bahnhof von Kalkutta angekommen. Passepartout stieg aus, Mr. Fogg folgte und war seiner jungen Begleiterin beim Aussteigen behilflich. Phileas Fogg hatte vor, sich sofort auf dem Dampfer nach Hongkong einzuschiffen, um Mrs. Aouda dort unterzubringen. Er wollte sie nicht aus den Augen lassen, solange sie sich in diesem Land aufhielt, wo ihr solche Gefahren für Leib und Leben drohten.

Als die drei gerade den Bahnhof verlassen wollten, kam ein Polizist auf sie zu und fragte: »Sind Sie Mr. Phileas Fogg?«

»Ja, das bin ich.«

»Und dieser Mann ist Ihr Diener?« fragte der Polizist weiter und zeigte auf Passepartout.

»Ja.«

»Dann kommen Sie bitte mit.«

Mr. Fogg schien nicht im geringsten überrascht zu sein. Dieser englische Polizeibeamte verkörperte das Gesetz, und für jeden Engländer ist das Gesetz heilig. Passepartout, der als Franzose ganz andere Ansichten über das Gesetz hatte, wollte eine Diskussion beginnen, aber der Polizist tippte ihn nur mit seinem Stock an, und sein Herr machte ihm ein Zeichen zu gehorchen.

»Darf die junge Dame uns begleiten?« fragte Fogg.

»Ja, bitte«, erwiderte der Polizist und führte sie zu einem vierrädrigen Palki-ghari, der gerade vier Sitzplätze bot. Als alle eingestiegen waren, zogen die zwei Pferde an, und sie fuhren los. Während der Fahrt, die etwa zwanzig Minuten dauerte, sprach niemand ein Wort.

Der Wagen fuhr zuerst durch die sogenannte schwarze Stadt mit ihren engen Straßen und baufälligen Hütten und ihrer ungeheuren Menge schmutziger und zerlumpter Bewohner aller Länder und Rassen. Dann ging es weiter durch den europäischen Teil der Stadt, wo freundliche Backsteinhäuser standen und Palmen Schatten spendeten und überall Fahnenmasten aufragten. Trotz der frühen Morgenstunde waren viele Reiter und herrliche Gespanne unterwegs.

Der Palki-ghari hielt vor einem einfachen Haus, das allerdings nicht zu Wohnzwecken zu dienen schien. Der Polizist hieß seine Gefangenen – so konnte man sie wohl nennen – aussteigen und führte sie in einen Raum des Hauses mit vergitterten Fenstern. »Um halb neun werden Sie dem Richter Obadiah vorgeführt«, sagte er, ehe er sich zurückzog und die Tür schloß.

»Wir sitzen fest!« rief Passepartout und sank niedergeschlagen auf einen Stuhl.

Die Stimme von Mrs. Aouda verriet ihre Erregung, als sie Fogg vorschlug: »Sie müssen mich hier zurücklassen! Nehmen Sie keine Rücksicht auf mich! Sicher werden Sie nur meinetwegen verfolgt ... weil sie mich gerettet haben.«

Phileas Fogg entgegnete darauf gelassen, daß er dies für ausgeschlossen hielt. Die englische Justiz würde ihn nie wegen der Vorfälle bei diesem Sati verfolgen. Das war undenkbar. Wie sollte denn die Anklage lauten? Bestimmt handelte es sich um ein Mißverständnis. Und Fogg fügte hinzu, daß er die junge Frau nicht im Stich lassen, sondern sicher nach Hongkong geleiten werde.

»Aber das Schiff geht um zwölf!« warf Passepartout ein.

»Wir werden noch vor Mittag an Bord sein«, erwiderte sein Herr ungerührt.

Das klang so überzeugend, daß Passepartout sich diese Worte unwillkürlich wiederholen mußte: »Wir werden noch vor Mittag an Bord sein. Das steht fest, Donnerwetter noch mal!« Aber glauben konnte er es dennoch nicht.

Um halb neun öffnete sich die Türe. Der Polizist erschien und führte die Gefangenen in den Nachbarraum. Es war ein Verhandlungssaal, wo schon zahlreiche Zuschauer, Europäer wie Inder, auf den Bänken warteten.

Mr. Fogg, Mrs. Aouda und Passepartout nahmen auf der Bank vor den Pulten des Richters und des Gerichtsschreibers Platz.

Gleich danach betraten der Richter Obadiah und hinter ihm der Gerichtsschreiber den Saal. Der Richter war ein wohlbeleibter Mann, rund wie eine Tonne. Von einem Nagel an der Wand nahm er eine Perücke, die er sich schwungvoll aufsetzte.

»Den ersten Fall!« befahl er. Dann griff er sich an den Kopf und rief: »Aber das ist ja gar nicht meine Perücke!«

»Ja, wirklich, Sir, es ist meine«, bemerkte der Schreiber.

»Mein lieber Mr. Oysterpuf, was glauben Sie, wie ein Richter mit der Perücke eines Schreibers Recht sprechen soll?«

Sie tauschten ihre Perücken aus. Passepartout saß wie auf Kohlen. Ihm schien, als bewege sich der große Zeiger auf der riesigen Wanduhr im Gerichtssaal außergewöhnlich schnell.

»Den ersten Fall«, wiederholte Richter Obadiah.

»Phileas Fogg?« rief der Schreiber.

»Hier«, antwortete dieser.

»Passepartout?«

»Anwesend!«

»Gut«, sagte Richter Obadiah. »Seit zwei Tagen haben wir die beiden Angeklagten mit jedem Zug aus Bombay erwartet.«

»Wieso Angeklagte?« rief Passepartout ungeduldig dazwischen.

»Das werden Sie gleich erfahren«, antwortete der Richter.

»Sir, ich bin englischer Staatsbürger«, meldete sich Fogg nun auch zu Wort, »und ich habe das Recht …«

»Hat man Sie ungerecht behandelt?« fragte Richter Obadiah.

»Nicht im geringsten.«

»Gut. Die Kläger sollen eintreten!«

Auf den Befehl des Richters öffnete sich eine Tür, und drei Brahmanen wurden von einer Wache hereingeführt.

»Also doch«, murmelte Passepartout vor sich hin. »Das sind die Spitzbuben, die unsere junge Dame verbrennen wollten!«

Die Priester stellten sich vor dem Richter auf, und der Schreiber las laut die Anklage vor. Darin wurden Mr. Phileas Fogg und sein Diener Passepartout beschuldigt, einen heiligen Ort der brahmanischen Religion geschändet zu haben.

»Haben Sie die Anklage gehört?« erkundigte sich der Richter bei Phileas Fogg.

»Ja, Sir«, antwortete Fogg und sah auf seine Uhr. »Und ich gestehe.«

»Oh! Sie gestehen, daß ...«

»Ich gestehe, und ich erwarte, daß diese drei Priester gestehen, was sie bei der Pagode von Pilladschi vorhatten.«

Die Brahmanen sahen sich an. Sie schienen die Worte des Angeklagten nicht verstanden zu haben.

»Genau!« rief Passepartout. »Bei der Pagode von Pilladschi, wo sie ihr Opfer verbrennen wollten!«

Wieder sahen sich die Priester unsicher an, wieder fragte Richter Obadiah verblüfft: »Welches Opfer? Wieso verbrennen? Mitten in Bombay?«

»Bombay?« fragte Passepartout.

»Ja, sicher. Wir reden hier nicht von der Pagode von Pilladschi, sondern vom Tempel von Malabar Hill in Bombay.«

»Und hier ist das Beweismaterial«, sagte der Schreiber und stellte ein Paar Schuhe auf sein Pult. »Die Schuhe des Tempelschänders.«

»Das sind meine Schuhe!« entfuhr es Passepartout, der völlig überrascht war.

Die Verwirrung von Herr und Diener kann man sich vorstellen, da sie den Vorfall in Bombay, der ihnen hier zur Last gelegt wurde, längst vergessen hatten.

Inspektor Fix hatte dort seine Chance erkannt, dem Herrn Fogg aus diesem unglückseligen Vorfall den Strick zu drehen. Er hatte den Zug, in dem Fogg saß, abfahren lassen und sich dann mit den Brahmanen von Malabar Hill abgesprochen: Ihnen stünde eine beträchtliche Entschädigung zu, weil die englische Verwaltung solche Verstöße bekanntlich streng ahndete. Mit dem nächsten Zug hatte er zusammen mit den Brahmanen die Verfolgung der Tempelschänder aufgenommen, war aber früher als Fogg mit ihnen in Kalkutta angekommen, da Fogg durch die Befreiungsaktion Zeit verloren hatte. So mußten Fix und die von ihm benachrichtigte Polizei vierundzwanzig Stunden vergeblich warten. Und während er am Bahnhof Wache hielt, folterte er sich mit Fragen, zum Beispiel, ob Fogg unterwegs in die südlichen Provinzen ver-

»Das sind meine Schuhe!«
entfuhr es Passepartout

schwunden sei. Um so größer war seine Freude, als er aus dem Frühzug endlich den Mann aussteigen sah, der allerdings in Begleitung einer jungen Dame war, deren Anwesenheit sich Fix nicht erklären konnte. Sofort schickte er den Polizisten los, der die Reisenden in Gewahrsam nahm. Und so kam es, daß Mr. Fogg, Passepartout und die Witwe des Radscha von Bundelkhand vor Richter Obadiah erscheinen mußten.

Wenn Passepartout weniger mit dem Prozeßgeschehen beschäftigt gewesen wäre, hätte er in einer Ecke des Gerichtssaales den Inspektor entdecken können, der die Verhandlung mit einem verständlicherweise großen Interesse verfolgte. Denn wie in Suez und Bombay hatte er auch in Kalkutta noch keinen Haftbefehl in der Hand!

Indessen hatte Richter Obadiah das Geständnis von Passepartout offiziell zur Kenntnis genommen. Dieser hätte gern alles gegeben, um seine unvorsichtige Äußerung rückgängig zu machen.

»Die Angeklagten sind also geständig?« fragte der Richter.

»Ja, Euer Ehren«, erwiderte Phileas Fogg seelenruhig.

»Angesichts der Tatsache, daß nach englischem Recht allen Religionen der Völker von Indien gleichermaßen ein besonders hoher Schutz zusteht, wird das Vergehen des Herrn Passepartout, der die Schändung der Pagode von Malabar Hill am 20. Oktober gestanden hat, mit fünfzehn Tagen Gefängnis und einer Geldstrafe von dreihundert Pfund Sterling geahndet.«

»Dreihundert Pfund!?« rief Passepartout, der nur dem Strafgeld Beachtung schenkte.

»Ruhe!« kreischte der Gerichtsdiener.

»Und angesichts der Tatsache«, fuhr Richter Obadiah fort, »daß es nicht bewiesen ist, daß der Diener nicht im Einverständnis mit seinem Herrn gehandelt hat, und weil der Herr in jedem Falle für Handel und Wandel seines Dieners verantwortlich ist, wird besagter Phileas Fogg ebenfalls schuldig gesprochen und zu acht Tagen Gefängnis und einer Geldstrafe von einhundert Pfund Sterling verurteilt. Gerichtsschreiber! Den nächsten Fall!«

Inspektor Fix war glücklich. Phileas Fogg wurde acht Tage in Kalkutta zurückgehalten! Das bedeutete mehr Zeit als nötig, bis der Haftbefehl eingetroffen sein würde.

Passepartout war völlig niedergeschlagen. Dieses Urteil war der Ruin für seinen Herrn, der eine Wette über zwanzigtausend Pfund verlor, nur weil sein trotteliger Diener in diese verfluchte Pagode gelatscht war!

Phileas Fogg hatte bei der Urteilsverkündung nicht mit der Wimper gezuckt, als berühre ihn dies alles in keiner Weise. Als aber der Gerichtsdiener den nächsten Fall aufrufen wollte, erhob er sich und sagte: »Ich biete eine Kaution an.«

»Das ist Ihr gutes Recht«, entgegnete der Richter.

Das war wie eine kalte Dusche für Inspektor Fix. Doch gleich wurde es ihm wieder wärmer, als er den Richter »angesichts der Tatsache, daß Herr Phileas Fogg und sein Diener Ausländer sind«, die Kaution auf die ungeheure Summe von tausend Pfund, und zwar pro Person, festsetzen hörte. Wenn Mister Fogg seine Strafe nicht absitzen wollte, müßte er somit zweitausend Pfund Sterling auf den Tisch legen.

»Ich bezahle die Summe«, sagte der Gentleman, ließ sich von Passepartout die Reisetasche reichen und zog ein Bündel Geldscheine daraus hervor, das er auf das Pult des Gerichtsschreibers legte.

»Sobald Sie Ihre Haftstrafe verbüßt haben, erhalten Sie diese Geldsumme zurück«, sagte der Richter. »In der Zwischenzeit sind Sie auf Kaution freigelassen.«

»Kommen Sie!« sagte Phileas Fogg zu seinem Diener.

»Aber die sollen mir wenigstens meine Schuhe wiedergeben!« schrie Passepartout endlich seine Wut hinaus.

Er erhielt die Schuhe zurück.

»Ein teures Paar Schuhe ist das!« murmelte er vor sich hin. »Ein Schuh tausend Pfund. Abgesehen davon, daß sie drücken.«

Ein tief gegrämter Passepartout verließ hinter seinem Herrn, der Mrs. Aouda den Arm geboten hatte, den Saal.

Da Fix hoffte, daß sein Dieb nie und nimmer die zweitausend Pfund in den Wind schreiben, sondern lieber seine acht Tage absitzen würde, blieb er den dreien auf den Fersen.

Mr. Fogg nahm draußen einen Wagen, den alle drei bestiegen. Fix lief hinter dem Wagen her, der schon bald auf einem der Kais anhielt.

Eine halbe Meile entfernt lag die *Rangoon* vor Anker und hatte den Abfahrtswimpel an der Mastspitze gehißt. Es schlug elf Uhr. Mr. Fogg war eine Stunde zu früh dran. Fix sah, wie Mr. Fogg, Mrs. Aouda und Passepartout aus dem Wagen stiegen und in ein Boot kletterten. Wütend stampfte er mit dem Fuß auf.

»Dieser Gauner!« schrie Fix. »Da fährt er! Opfert einfach zweitausend Pfund! So verschwenderisch kann nur ein Dieb sein! Aber ich verfolge ihn bis ans Ende der Welt, wenn es sein muß. Bloß wird das ganze Geld dann weg sein, wenn er so weitermacht.«

Mit dieser Befürchtung hatte Inspektor Fix den Nagel auf den Kopf getroffen. Seit seiner Abreise aus London hatte Phileas Fogg an Reisekosten, Schmiergeldern, Elefantenkauf, Kaution und Strafen bereits mehr als fünftausend Pfund unter die Leute gebracht. Und mit jeder weiteren Ausgabe sank die Prämie, die den Kriminalbeamten für die wiederbeschaffte Summe versprochen war.

XVI

Inspektor Fix spielt den Ahnungslosen

Die *Rangoon* war ein Dampfer der Peninsular and Oriental Steam Navigation Company, der im Chinesischen und Japanischen Meer eingesetzt wurde. Der Schraubendampfer mit seinen siebzehnhundertsiebzig Bruttoregistertonnen und vierhundert Pferdestärken konnte es mit der *Mongolia* an Schnelligkeit, aber nicht an Komfort aufnehmen. Daher war Mrs. Aouda nicht so gut untergebracht, wie Phileas Fogg es gern gesehen hätte. Aber sie würden auf der dreitausendfünfhundert Meilen langen Strecke nur elf bis zwölf Tage unterwegs sein, und die junge Frau stellte keine großen Ansprüche.

Nun hatte Mrs. Aouda die Möglichkeit, Phileas Fogg näher kennenzulernen. Bei jeder Gelegenheit zeigte sie, wie dankbar sie ihm war. Der Gentleman nahm ihre Dankesbezeugungen, wie es schien, mit größter Zurückhaltung auf, ohne daß er mit einem Wort oder mit einer Geste irgendein Gefühl verraten hätte. Er achtete darauf, daß es der jungen Frau an nichts fehlte. Regelmäßig zu bestimmten Zeiten leistete er ihr Gesellschaft und hörte ihr zu, wenngleich er selbst kaum etwas sagte. Er war die Höflichkeit in Person, entfaltete dabei jedoch den Charme und die Spontaneität eines eigens zu diesem Zweck programmierten Automaten. Mrs. Aouda wußte zuerst nicht, was sie davon halten sollte. Passepartout klärte sie ein wenig über die Eigenart seines Herrn auf und erzählte ihr auch von der Wette, die den Gentleman auf eine Reise um die Erde geführt hatte. Mrs. Aouda hörte lächelnd zu. Schließlich verdankte sie diesem Mann ihr Leben, und ihrem Retter schadete es ja nicht, wenn sie ihn weiterhin dankbar ansah.

Die junge Inderin bestätigte die ergreifende Geschichte, die der Mahout ihnen über ihr Schicksal erzählt hatte. Sie gehörte tatsächlich den gesellschaftlich hochstehenden Parsen an, in deren Reihen es reiche Kaufleute gibt, die ihr Vermögen im Baumwollhandel erworben haben. Einer von diesen, Sir James Dschidschibhoy aus Bombay, war von der englischen Krone geadelt worden. Mrs. Aouda war mit Sir James verwandt, und in Hongkong wollte sie seinen Vetter, den ehrenwerten Dschidschi, besuchen. Ob sie bei diesem wirklich Zuflucht und Hilfe finden würde, konnte sie nicht mit Sicherheit sagen. Auf sol-

Bei jeder Gelegenheit zeigte sie,
wie dankbar sie ihm war

chen Zweifel entgegnete Mr. Fogg, daß sie sich keine Sorgen zu machen brauche und daß, wie er wörtlich sagte, sich alles »mathematisch einwandfrei« entwickeln werde.

Ob die junge Frau diesen fürchterlichen Ausdruck verstanden hat? Man weiß es nicht. Jedenfalls sah sie Mr. Fogg aus ihren schimmernden Augen an, diesen großen Augen, auf die das Dichterwort zutraf, daß sie »rein leuchteten, wie die heiligen Seen des Himalaja«. Aber Mr. Fogg war nicht zu rühren und, zugeknöpfter denn je, war er nicht im Traum versucht, sich in die schimmernden Fluten zu stürzen.

Der erste Abschnitt der Reise mit der *Rangoon* verlief bei günstigem Wetter sehr angenehm. Und der Dampfer kam schnell in den Teil des Golfes von Bengalen, der bei den Seeleuten als »die Ellen von Bengalen« bekannt ist. Dort zeigte sich ihnen die Hauptinsel der Andamanen mit dem Saddle Peak, einem malerischen achthundert Meter hohen Berg, der der Seefahrt als Navigationspunkt dient.

Sie fuhren nahe an der Küste der Andamanen-Inseln entlang, wo sich allerdings keine wilden Papuas zeigten. Diese Eingeborenen stehen auf der untersten Stufe der menschlichen Entwicklung, aber sie werden zu Unrecht als Menschenfresser bezeichnet.

Die Inseln entfalteten ihr herrliches Panorama vor den Reisenden. Ungeheure Wälder aus Bambus, Fächer- und Arekapalmen, Muskat-, Teak- und riesenhaften Mimosenbäumen und hohen Farnen bedeckten das Land an der Küste. Im Hintergrund zeichnete sich die elegant geschwungene Silhouette der Berge ab. In den Höhlen am Strand wimmelte es von Tausenden von Salanganen, Seglervögeln, deren eßbare Nester in China als Delikatesse gelten. Das abwechslungsreiche Schauspiel, das die Andamanen den Reisenden boten, zog schnell vorüber, und die *Rangoon* dampfte in schneller Fahrt auf die Straße von Malakka zu, durch die der Weg zum Südchinesischen Meer führt.

Aber was machte während dieser Zeit eigentlich Inspektor

Fix, der sich gezwungenermaßen auch auf einer Reise um die Erde befand? Nachdem er in Kalkutta Anweisung gegeben hatte, ihm den irgendwann einmal eintreffenden Haftbefehl nach Hongkong nachzuschicken, hatte er sich noch rechtzeitig auf der *Rangoon* einschiffen können. Er war von Passepartout nicht bemerkt worden und hoffte bis zum Ende der Reise unentdeckt zu bleiben. Es wäre ihm doch ziemlich schwergefallen, seine Anwesenheit an Bord zu erklären, ohne daß Passepartout, der ihn in Bombay wähnte, Verdacht geschöpft hätte. Wie wir noch sehen werden, mußte er schließlich doch die Bekanntschaft mit dem jungen Mann erneuern.

Alle Hoffnungen des Inspektors richteten sich nun auf einen einzigen Ort der Welt, auf Hongkong. In Singapur würde der Aufenthalt zu kurz sein, als daß er an Land etwas ausrichten konnte. Aber in Hongkong mußte er den Dieb fassen! Sonst würde er ihm sozusagen auf Nimmerwiedersehen entkommen.

Hongkong war nämlich der letzte Ort der Reiseroute, der noch britisches Territorium war. Danach boten China, Japan und Amerika Herrn Fogg sicheren Aufenthalt. Wenn Fix in Hongkong endlich den Haftbefehl in Händen hatte, der ihm offensichtlich hinterherreiste, konnte er Fogg verhaften und der örtlichen Polizei übergeben. Eine problemlose Angelegenheit. Später würde der Haftbefehl nicht mehr ausreichen, ein Auslieferungsgesuch müßte gestellt, bearbeitet und genehmigt werden. Das könnte endlos dauern. Und in der Zwischenzeit könnte sich der Gauner endgültig aus dem Staub machen. In Hongkong durfte also nichts schiefgehen, sonst hatte er wohl seine letzte Chance verspielt.

»Entweder ist der Haftbefehl in Hongkong, und ich verhafte den Mann«, wiederholte sich Fix in den langen Stunden, die er in seiner Kabine eingeschlossen verbrachte, »oder er ist nicht da, und dann muß ich diesmal seine Weiterreise um jeden Preis verzögern! In Bombay habe ich versagt und in Kalkutta ebenso! Wenn ich meine Chance in Hongkong verpasse, habe ich meinen Ruf verspielt! Ich muß ihn fassen, koste es, was es wolle. Aber wie soll ich es anstellen, die Weiterreise dieses verfluchten Mr. Fogg, wenn nötig, hinauszuzögern?«

Ein letzter Ausweg wäre es, diesen Passepartout darüber aufzuklären, was für einem Gauner er diente. Denn der Diener war sicher nicht der Komplize seines Herrn. Wenn Passepartout Bescheid wüßte, würde er bestimmt um seinen guten Ruf fürchten und sich mit ihm, Fix, zusammentun. Aber dieses gewagte Spiel wollte er nur im Notfall riskieren, denn ein Wort von Passepartout zu seinem Herrn würde seine ganze Mühe unwiderruflich zunichte machen.

Inspektor Fix befand sich somit in einer ziemlich mißlichen Lage, als ihm die Anwesenheit von Mrs. Aouda in Begleitung von Phileas Fogg ganz neue Aussichten eröffnete.

Wer war diese Frau? Welche Umstände hatten dazu geführt, daß sie auf der *Rangoon* als Begleiterin von Fogg auftrat? Offensichtlich waren sie sich zwischen Bombay und Kalkutta begegnet. Aber wo genau? Hatte sie der Zufall zusammengeführt, oder hatte der Gentleman die Reise quer durch Indien nur deswegen unternommen, weil er die bezaubernde junge Dame treffen wollte? Und bezaubernd war sie! Das hatte Fix im Gerichtssaal in Kalkutta sehr wohl bemerkt.

Es ist nur allzu verständlich, wie sehr plötzlich die Phantasie des Kriminalbeamten angeregt wurde. Er fragte sich, ob es bei der Sache nicht auch noch um eine Entführung ging. Ja, das war's! Dieser Gedanke nistete sich in seinem Gehirn ein, und schon hatte er alle die Vorteile vor Augen, die er aus diesem Sachverhalt ziehen konnte. Ob die junge Frau verheiratet war oder nicht, es handelte sich um eine Entführung. Jetzt hatte er etwas in der Hand, und in Hongkong würde er dem Entführer das Netz über den Kopf werfen, aus dem sich dieser mit keiner noch so hohen Kaution mehr befreien konnte.

Aber er durfte gar nicht die Ankunft der *Rangoon* in Hongkong abwarten. Dieser Fogg hatte die äußerst unangenehme Eigenschaft, von einem Schiff ins nächste zu steigen. Ehe nach der Ankunft etwas ins Rollen käme, wäre er womöglich schon in weiter Ferne.

Es war also wichtig, die zuständigen britischen Behörden über die Angelegenheit zu unterrichten, bevor die *Rangoon* in Hongkong eintraf. Das stellte gar kein Problem dar, denn der Dampfer legte in Singapur an, und von dieser Stadt aus bestand eine telegrafische Verbindung zur chinesischen Küste.

Trotzdem wollte Fix, um ganz sicherzugehen, zuvor mit Passepartout reden und bei ihm ein wenig auf den Busch klopfen, auch wenn er wußte, daß es nicht leicht war, den jungen Mann zum Sprechen zu bringen. Er beschloß daher, nun doch die Abgeschiedenheit seiner Kabine zu verlassen, schließlich blieb ihm nicht mehr viel Zeit. Es war bereits der 30. Oktober, und am nächsten Tag sollte die *Rangoon* im Hafen von Singapur festmachen.

So stieg er noch am selben Tag an Deck mit der festen Absicht, die Initiative zu ergreifen und Passepartout als erster und mit allen Zeichen der größten Überraschung anzusprechen. Der Franzose flanierte gerade über das Vordeck, als der Inspektor auf ihn zustürzte.

»Was? Sie sind auch auf der *Rangoon*?«

»Monsieur Fix? Hier an Bord?« wunderte sich Passepartout, der sich gut an seinen Reisegefährten von der *Mongolia* erinnerte. »Aber Sie wollten doch in Bombay bleiben, und jetzt sind Sie auf der Fahrt nach Hongkong!? Machen Sie denn ebenfalls eine Reise um die Erde?«

»Nein, bewahre«, erwiderte Fix. »Ich will nur bis Hongkong und werde mich dort zumindest einige Tage aufhalten.«

»Ach so!« sagte Passepartout wiederum überrascht. »Wie kommt es bloß, daß ich Sie die ganze Zeit hier nicht gesehen habe?«

»Na ja, ich war ein wenig seekrank. Da mußte ich in der Kabine das Bett hüten. Der Golf von Bengalen bekam mir nicht so gut wie der Indische Ozean. Und wie geht's Ihrem Herrn, Mr. Phileas Fogg?«

»Er erfreut sich ausgezeichneter Gesundheit und ist pünktlich wie sein Fahrplan. Wir haben keinen einzigen Tag Verspätung! Ach, und Herr Fix, das wissen Sie ja noch gar nicht! Wir haben eine junge Dame bei uns.«

»Eine junge Dame?« wiederholte der Inspektor und spielte sehr überzeugend den Ahnungslosen.

Passepartout hatte ihm bald die ganze Geschichte erzählt. Er berichtete von seinem Mißgeschick in der Pagode von Malabar Hill in Bombay, vom Kauf des zweitausend Pfund teuren Elefanten, von der vereitelten Witwenverbrennung und der Entführung von Mrs. Aouda, von der Verurteilung durch das Gericht in Kalkutta und der Freilassung gegen eine Kautionszahlung. Obwohl Fix den letzten Teil der Geschichte sehr wohl kannte, tat er auch hier so, als wisse er von nichts. Und Passepartout gefiel sich in der Rolle des Erzählers von Abenteuergeschichten, für die sein Gegenüber ein so großes Interesse zu haben schien.

»Hat Ihr Herr am Ende die Absicht, die junge Frau nach Europa mitzunehmen?« wollte Fix wissen.

»Aber nein, Monsieur Fix, aber nein! Wir übergeben sie nur der Obhut eines Verwandten, der ein reicher Kaufmann in Hongkong ist.«

Nichts zu machen, sagte sich Fix und verbarg seine Enttäuschung.

»Ein Gläschen Gin, Herr Passepartout?«

»Gern, Monsieur Fix. Es ist doch das mindeste, daß wir auf unser Wiedersehen an Bord der *Rangoon* anstoßen!«

XVII

Auf der Überfahrt von Singapur nach Hongkong gibt es ein Hin und Her von Wellen und Gedanken

Von da an sahen sich Passepartout und der Inspektor häufig. Aber Fix hielt sich sehr zurück und versuchte nicht mehr, den jungen Mann zum Reden zu bringen. Nur ein oder zwei Mal erblickte er Mr. Fogg, der es gewöhnlich vorzog, seine Tage im großen Salon der *Rangoon* zu verbringen, wo er Mrs. Aouda Gesellschaft leistete oder seiner beständigen Leidenschaft für das Whistspiel frönte.

Passepartout hatte damit begonnen, sich ernsthaft Gedanken über den sonderbaren Zufall zu machen, der erneut Herrn Fix die Reiseroute von Mr. Fogg kreuzen ließ. Es war doch schon sehr verwunderlich, daß dieser freundliche und unterhaltsame Herr zuerst in Suez auf den Plan trat, sich dann auf der *Mongolia* einschiffte, in Bombay von Bord ging, wo er eigentlich bleiben wollte, dann aber an Bord der *Rangoon* auf der Fahrt nach Hongkong wieder auftauchte, also kurz gesagt auf fast allen Etappen der Reise von Mr. Fogg dabei war. Dieses eigenartige Zusammentreffen gab zumindest zu denken. Auf wen hatte es dieser Herr Fix denn abgesehen? Passepartout war schon soweit, seine Pantoffeln zu wetten, die er sorgfältig aufbewahrt hatte, daß dieser Herr Fix gleichzeitig mit ihnen – und sehr wahrscheinlich auf demselben Dampfer – von Hongkong abreisen würde.

Aber der gute Passepartout hätte sich endlos das Hirn zermartern können, er hätte doch nie erraten, daß Phileas Fogg als Dieb von einem Kriminalinspektor rund um den Erdball verfolgt wurde. Aber da es ein menschliches Grundbedürfnis ist, für alles eine Erklärung zu besitzen, legte sich auch Passepartout in einem hellen Moment eine solche für die ständige Anwesenheit von Herrn Fix zurecht. Und sie war wirklich sehr

Nur ein oder zwei Mal erblickte er Mr. Fogg

einleuchtend: Er hielt Herrn Fix für einen Detektiv, den die Wettpartner von Mr. Fogg aus dem Reform-Club damit beauftragt hatten, nachzuprüfen, ob sein Herr die vereinbarte Reiseroute genau einhielt.

»Logisch! Ganz logisch!« sagte sich der junge Mann immer wieder voller Stolz auf seinen Scharfsinn. »Einen Spion haben uns die Herren nachgeschickt. Nicht sehr fein, so etwas! Wo doch Mr. Fogg die Korrektheit und Ehrenhaftigkeit in Person ist, da lassen sie ihn ausspionieren! Ach, ihr Herren vom Reform-Club, das wird euch noch teuer zu stehen kommen!«

Obwohl er entzückt war, daß er das Rätsel jetzt gelöst hatte, entschloß sich Passepartout, seinem Herrn nichts davon zu sagen, da er fürchtete, dieser könne durch das Mißtrauen seiner Wettgegner nur verletzt werden. Dafür schwor er sich, den Herrn Fix bei der nächstbesten Gelegenheit so richtig auf die Schippe zu nehmen, natürlich ohne zu verraten, daß er ihn durchschaut hatte.

Am Mittwoch, den 30. Oktober, nachmittags, fuhr die *Rangoon* in die Straße von Malakka ein, die zwischen der gleichnamigen Halbinsel und der Insel Sumatra liegt. Kleine malerische Inseln voller steilaufragender Berge versperrten den Reisenden den Blick auf Sumatra.

Gegen vier Uhr am nächsten Morgen legte die *Rangoon* in Singapur an, um dort ihren Kohlevorrat aufzufüllen. Der Dampfer hatte einen halben Tag Vorsprung herausgefahren.

Phileas Fogg trug diesen Zeitgewinn in die Rubrik »Vorsprung« seiner Reisetabelle ein und ging diesmal von Bord, um Mrs. Aouda zu begleiten, die den Wunsch geäußert hatte, für ein paar Stunden an Land zu gehen.

Da Inspektor Fix jede Unternehmung von Mr. Fogg grundsätzlich verdächtig erschien, folgte er ihnen unbemerkt. Passepartout lachte sich ins Fäustchen, als er Herrn Fix in Aktion sah, und ging seine üblichen Einkäufe erledigen.

Die Insel Singapur ist weder groß noch großartig. Sie hat keine Berge, es fehlt ihr sozusagen an Profil. Aber auch wenn

Die Insel besitzt den Reiz einer Parklandschaft

sie flach ist, besitzt sie doch den Reiz einer Parklandschaft, durch die schöne Straßen führen. Rassige Pferde aus Neu-Holland, wie Australien einmal hieß, zogen die hübsche Kutsche, mit der Mrs. Aouda und Phileas Fogg durch dichte Haine von sattgrünen Palmen und von Nelkenbäumen fuhren. Die halbgeöffneten Nelkenblüten wurden als Gewürz gesammelt. Hier säumten Pfeffersträucher die Feldraine, wo in Europa Dornhecken wuchsen. Die Sagopalme, eine Fiederpalmenart, trug mit ihren herrlich Palmwedeln zum abwechslungsreichen Bild dieser tropischen Landschaft bei. Muskatbäume mit glänzenden Blättern füllten die Luft mit ihrem durchdringenden Duft. In den Bäumen lärmten Horden flinker, feixender Affen, und im tiefen Dschungel lauerten wohl auch die Tiger. Es mag verwundern, daß diese Raubtiere auf dem relativ kleinen Eiland nicht schon ausgerottet sind. Aber man muß wissen, daß immer wieder welche von der Halbinsel Malakka herüberkommen: sie schwimmen durchs Meer.

Nach einer zweistündigen Fahrt über Land kehrten Mrs. Aouda und ihr zerstreut in die Runde blickender Begleiter in die Stadt zurück. Singapur-Stadt ist eine riesige Ansammlung von massigen, niederen Häusern, die von reizvollen Gärten umrahmt werden, in denen Mangos, Ananas und alle schönen Früchte der Welt gedeihen.

Um zehn Uhr kehrten die Ausflügler an Bord des Dampfers zurück. Ohne daß sie es bemerkt hatten, war ihnen die ganze Zeit über Inspektor Fix gefolgt, dem die Anmietung einer Kutsche beträchtliche Unkosten verursacht hatte.

Passepartout erwartete die Herrschaften auf Deck. Er hatte ein Dutzend apfelgroße Mangofrüchte gekauft, die unter der rot-grünen Schale dem echten Genießer die unvergleichliche Delikatesse ihres leuchtend gelborangefarbenen Fruchtfleischs bieten. Glücklich und stolz bot Passepartout sie der Dame an, und Mrs. Aouda bedankte sich mit anmutigen Worten.

Um elf Uhr hatte die *Rangoon* genügend Kohle geladen, die Taue wurden losgemacht, und wenige Stunden später waren am Horizont hinter ihr die hohen Berge von Malakka verschwunden, durch deren Wälder die schönsten Tiger der Erde streifen.

Rund zweitausend Kilometer beträgt die Entfernung von Singapur nach Hongkong, der kleinen britischen Inselkolonie vor dem chinesischen Festland. Phileas Fogg durfte für diese Strecke nicht mehr als sechs Tage brauchen, wenn er in Hongkong das Schiff erreichen wollte, das am 6. November nach Yokohama, einem der bedeutendsten japanischen Häfen, auslief.

Die *Rangoon* war vollbesetzt. In Singapur waren viele Passagiere zugestiegen – Inder, Ceylonesen, Chinesen, Malaiien, Portugiesen –, die fast alle zweiter Klasse reisten.

Das bisher schöne Wetter verschlechterte sich, als der abnehmende Mond ins letzte Viertel trat. Ein stürmischer Wind wühlte die See auf, kam aber glücklicherweise aus Südost, so daß er das Schiff vor sich hertrieb. Sooft es nur ging, ließ der Kapitän die Segel setzen. Die *Rangoon* wurde als Zweimaster getakelt, und mit zwei Marssegeln und einem Focksegel nutzte sie gleichzeitig Wind und Dampfkraft für eine schnelle Fahrt. So fuhr sie auf einer unruhigen See, die den Passagieren sehr zu schaffen machte, an der süd- und nordvietnamesischen Küste von Cochinchina entlang.

Daß die Reise so beschwerlich wurde, lag allerdings eher an der *Rangoon* als an der rauhen See.

Die Dampfer der Peninsular and Oriental Steam Navigation Company, die in den chinesischen Meeren fahren, hatten nämlich einen schwerwiegenden Konstruktionsfehler. Das Verhältnis zwischen ihrem Tiefgang bei Vollast und ihrem Hohlraum war falsch berechnet worden, was eine schlechte Seegängigkeit zur Folge hatte. Da ihr Hohlraum zu klein war, lagen sie zu tief, und es mußten nur einige Brecher über dem Deck zusammenschlagen, schon war die Navigation beeinträchtigt. Diese Schiffe waren also den französischen Frachtschiffen vom Typ der *Impératrice* oder der *Cambodge* unterlegen, wenn nicht vom Motor- und Dampfaggregat, so doch von der Konstruktion her. Ingenieure haben berechnet, daß diese französischen Dampfer ihr Eigengewicht an Meereswasser tragen konnten, ohne »abzusaufen«, wie es in der Seemannssprache heißt. Dagegen konnten die Schiffe der Peninsular and Oriental Steam Navigation Company, wie zum Beispiel die *Golgonda,* die *Corea* und eben auch die *Rangoon* nur ein Sechstel davon bewältigen, ohne unterzugehen.

Bei schlechtem Wetter mußten deshalb strenge Vorsichtsmaßnahmen beachtet werden. Und manchmal fuhr die *Rangoon* nur mit gerefften Segeln und halber Maschinenkraft. Der Zeitverlust, der dadurch entstand, schien Phileas Fogg nicht zu kümmern, aber Passepartout zeigte sich äußerst verärgert. Er schimpfte auf den Kapitän, den Maschinisten, die Schiffahrtsgesellschaft und jedermann, der irgendwie im Passagiertransport tätig war. Vielleicht rührte seine Verärgerung sogar zum großen Teil von dem Gedanken an die noch immer brennende Gasheizung in seinem Dienstbotenzimmer in der Savile Row her.

»Haben Sie es so eilig, nach Hongkong zu kommen?« fragte ihn eines Tages Inspektor Fix.

»Sehr eilig!« bestätigte Passepartout.

»Und Sie glauben, daß Mr. Fogg es eilig hat, auf den Dampfer nach Yokohama zu kommen?«

»Schrecklich eilig.«

»Sie sind jetzt also von dieser seltsamen Reise um die Erde überzeugt?«

»Völlig überzeugt. Und Sie, Monsieur Fix?«

»Ich? Ich glaube kein Wort davon.«

»Sie sind ein Schalk!« sagte Passepartout und zwinkerte mit einem Auge.

Der Inspektor wußte nicht mehr, was er sagen sollte. Dieser Ausdruck beunruhigte ihn, ohne daß er recht verstand, warum. Ob der Franzose ihn durchschaut hatte? Schwer zu sagen. Wie hätte denn Passepartout erraten sollen, daß er Kriminalbeamter war? Davon wußte doch nur er, Fix, etwas. Aber da er den Ausdruck nun einmal verwendet hatte, mußte sich der junge Mann zweifellos etwas dabei gedacht haben.

An einem der folgenden Tage wurde Passepartout noch deutlicher. Er war eben kein Meister in der Selbstbeherrschung.

»Sagen Sie mal, Monsieur Fix«, begann er in süffisantem Ton, »wenn wir in Hongkong angekommen sind, müssen wir dann auf Ihre weitere Begleitung verzichten?«

»Na ja«, erwiderte Fix ziemlich verlegen, »ich weiß noch nicht ...«

»Ach, Monsieur Fix, es wäre ein Glück für mich, wenn Sie uns weiter begleiteten! Ein Angehöriger der Peninsular Company darf doch nicht auf halben Wege haltmachen! Sie wollten nur nach Bombay, und jetzt sind Sie beinahe schon in China! Auch Amerika ist nicht mehr weit, und von da ist es nur noch ein Sprung bis nach Europa!«

Fix studierte aufmerksam das Gesicht seines Gegenübers, das ihn überaus freundlich anlächelte, und beschloß, gute Miene zum bösen Spiel zu machen. Passepartout war jetzt richtig in Fahrt und fragte, ob »mit dieser Art von Arbeit gutes Geld zu verdienen« sei?

»Ja und nein«, erwiderte Fix, ohne mit der Wimper zu zucken. »Es gibt gute und weniger gute Aufträge. Aber Sie werden sich denken können, daß ich nicht auf eigene Rechnung reise.«

»Ja, da bin ich ganz sicher!« rief Passepartout aus und lachte noch lauter.

Nach dieser Unterhaltung kehrte Fix sehr nachdenklich in seine Kabine zurück. Der Franzose hatte ihn offensichtlich durchschaut und irgendwie herausbekommen, daß er Kriminalbeamter war. Aber hatte er auch seinen Herrn gewarnt? Und welche Rolle spielte er bei der Sache? War er ein Komplize oder nicht? War seine ganze Mission jetzt bekannt und daher gescheitert? Fix quälte sich stundenlang, indem er zwischen der Annahme, daß alles verloren sei, und der Hoffnung, daß Fogg doch nicht Bescheid wußte, hin und her schwankte und sich letztlich für keine der beiden Möglichkeiten entscheiden konnte.

Als er wieder ruhig denken konnte, beschloß er, ganz offen zu Passepartout zu sein. Wenn die Umstände für eine Verhaftung Foggs in Hongkong ungünstig wären und wenn dieser vorhatte, diesmal endgültig britischen Boden zu verlassen, würde Fix die ganze Geschichte Passepartout erzählen. Dann würde es sich herausstellen, ob der Diener der Komplize seines Herrn war – und ihn über Fix aufgeklärt hatte, so daß alles verloren war – oder ob der Diener mit dem Diebstahl nichts zu hatte. Dann lag es in seinem Interesse, dem Dieb seine Dienste aufzukündigen.

So stellte sich die Lage für Fix und Passepartout dar, während Phileas Fogg über den beiden in erhabenem Gleichmut schwebte. Er bewegte sich mathematisch genau auf seiner Erdumlaufbahn, ohne die kleinen Trabanten zu beachten, die sich um ihn drehten.

Dabei gab es in nächster Nähe ein Gestirn – um im Bilde zu bleiben –, das durchaus im Gravitationszentrum dieses Herrn, nämlich in seinem Herzen, einiges hätte durcheinanderbringen können. Aber weit gefehlt! Mrs. Aoudas reizendes Wesen zeigte keinerlei Wirkung auf ihn, wie Passepartout erstaunt feststellte. Und wenn es doch irgendwelche Turbulenzen gegeben haben mochte, so waren sie schwieriger festzustellen als jene auf dem Uranus, die zur Entdeckung von Neptun geführt hatten.

Passepartout konnte sich nur jeden Tag aufs neue wundern! In den Augen der jungen Frau war eine solche Ergebenheit zu lesen, aber sein Herr hatte nur ein Herz, um sich tapfer zu zeigen. Verliebt? Niemals! Er ließ sich auch nie anmerken, daß er sich Sorgen machte, ob die Reise mit all ihren Wagnissen gelingen würde, während Passepartout in ständigen Ängsten deswegen lebte. Eines Tages lehnte der Diener am Geländer des Maschinenraumes und betrachtete die gewaltige Dampfmaschine, die manchmal aus dem Rhythmus kam, wenn die Schiffsschraube in starker See aus dem Wasser geriet und leerlief. Dann zischte der Dampf nur so aus den Ventilen, was den jungen Mann jedesmal wütend machte.

»Diese Ventile stehen nicht genug unter Dampf!« rief er dann. »Wir machen keine Fahrt! Typisch Engländer! Wenn wir auf einem amerikanischen Schiff wären, würden wir vielleicht in die Luft fliegen, aber schneller ginge es allemal!«

XVIII

Phileas Fogg, Passepartout und Inspektor Fix reagieren sehr unterschiedlich

Während der letzten Tage der Fahrt nach Hongkong wurde das Wetter richtig schlecht. Der Wind hatte stark aufgefrischt, auf Nordwest gedreht und die Fahrt der *Rangoon* verlangsamt. Ohne ausreichende Stabilität kam das Schiff erheblich ins Rollen. Verständlicherweise blickten die Passagiere voller Zorn auf die lang heranrollenden Wellenzüge, die der Wind hochdrückte und die ihnen und dem Schiff die Kräfte raubten.

Am 3. und 4. November war das Unwetter da. Sturmböen peitschten das Meer mit wütender Gewalt. Die *Rangoon* mußte den halben Tag über beidrehen, und die Schraube machte nur noch zehn Umdrehungen in der Minute, damit sie die schweren Seen mit dem Bug schneiden konnte. Alle Segel waren gerefft, aber auch jetzt noch pfiff der Sturm unheilvoll in der Takelage.

Natürlich verlor der Dampfer viel Zeit, und man schätzte die Verspätung, mit der er in Hongkong eintreffen würde, bereits auf zwanzig Stunden. Wenn sich der Sturm nicht legte, konnten es noch mehr werden.

Phileas Fogg erlebte das Schauspiel, das die tobende See gegen ihn persönlich aufzuführen schien, wie üblich ganz gelassen. Seine Miene verdüsterte sich nicht einen Augenblick, obwohl eine Verspätung von zwanzig Stunden seinen Reiseplan gefährden konnte, weil er dann den Dampfer nach Yokohama verpassen würde. Aber dieser Mann ohne Nerven war weder ungeduldig noch ärgerlich. Es schien gerade so, als sei auch dieses Unwetter in seiner Planung vorgesehen. Wenn Mrs. Aouda mit ihrem Reisegefährten über den Sturm sprach, erlebte sie ihn so ruhig und gelassen wie sonst auch.

Inspektor Fix sah die Dinge ganz anders. Ihm kam der Sturm sehr gelegen, und er wäre grenzenlos glücklich gewesen, wenn die *Rangoon* gar wegen des Unwetters hätte umkehren müssen. Jede Verzögerung war ihm recht, die den Herrn Fogg zwingen würde, sich ein paar Tage in Hongkong aufzuhalten. So war er dem Himmel dankbar für dieses Unwetter, auch wenn es ihm ein bißchen zusetzte – was machte das schon! Er zählte nicht mehr, wie oft ihm übel wurde. Aber jedesmal, wenn sich sein Körper vor Schmerzen krümmte, frohlockte er im Geiste.

Man kann sich denken, mit welcher Wut im Bauch Passepartout diese harte Prüfung erlebte. Bisher hatte doch alles so vorzüglich geklappt! Die Elemente schienen seinem Herrn so wohlgesonnen. Dampfer und Eisenbahnen standen stets pünktlich zu Diensten. Natur und Maschinen unterstützten das Reiseprojekt mit vereinten Kräften. Sollten alle schönen Hoffnungen jetzt enttäuscht werden? Passepartout war am Boden zerstört, als müßte er die zwanzigtausend Pfund Sterling aus seiner eigenen Tasche bezahlen. Er war wütend auf das Unwetter und auf jede einzelne Sturmböe und hätte die wogende See am liebsten mit der Peitsche zur Räson gebracht! Der arme Junge, dachte Fix, und hütete sich wohl, seine eigene Genugtuung zu zeigen. Zum Glück, da Passepartout ihm bestimmt die Hölle heiß gemacht hätte, wenn er etwas gemerkt hätte.

Der junge Franzose blieb die ganze Zeit während des Unwetters oben auf Deck der *Rangoon*, nichts hätte ihn unter Deck gehalten. Er erstaunte die Schiffsmannschaft, indem er geschickt wie ein Affe ins Mastwerk stieg und überall half, wo Not am Mann war. Hundert Mal stellte er dem Kapitän, den Offizieren und den Matrosen dieselben Fragen, und die konnten sich das Lachen nicht verkneifen über den Burschen, der völlig die Fassung verloren hatte. Wenn er wissen wollte, wie lange das Unwetter noch dauere, schickte man ihn zum Barometer, das sich allerdings nicht nach oben bewegte. Passepartout packte es, schüttelte es, aber weder Beschimpfungen noch Gewalt änderten etwas: Das unschuldige Instrument tat seine Pflicht, das anzuzeigen, was der Fall war.

Endlich ließ der Sturm nach. Am 4. November glätteten sich die Wogen. Der Wind schlug um, kam jetzt aus Süden und begünstigte die Fahrt.

Mit dem Wetter beruhigte sich auch Passepartout wieder. Mars- und Focksegel konnten wieder gesetzt werden, und die *Rangoon* nahm wunderbar Fahrt auf.

Allerdings mußten sich die Passagiere damit abfinden, daß die ganze verlorene Zeit nicht wieder aufzuholen war. Erst am 6. November um fünf Uhr morgens kam Land in Sicht, was für Phileas Fogg eine vierundzwanzigstündige Verspätung bedeutete. Der Dampfer nach Yokohama war nicht mehr zu erreichen.

Um sechs Uhr stieg der Lotse an Bord und kletterte auf die Kommandobrücke, um die *Rangoon* sicher an den Untiefen vorbei in den Hafen von Hongkong zu dirigieren.

Passepartout hätte von dem Mann brennend gern erfahren, ob der Dampfer nach Yokohama schon ausgelaufen sei, wagte es aber nicht, sich dadurch womöglich der letzten Hoffnung zu berauben, die ihm noch geblieben war. Er sprach mit Fix darüber, und der schlaue Fuchs tröstete ihn, Mr. Fogg könne doch getrost den nächsten Dampfer nehmen. Worauf Passepartout ganz weiß vor Zorn wurde.

Mr. Fogg hatte dagegen keine Bedenken, den Lotsen zu befragen, und nachdem er in seinem *Bradshaw* nachgeschaut

Er half überall, wo Not am Mann war

hatte, erkundigte er sich ganz ruhig, ob der Lotse wüßte, wann das nächste Schiff von Hongkong nach Yokohama ginge.

»Morgen früh mit der Flut«, antwortete der Lotse.

»Aha!« sagte Mr. Fogg, ohne besonders erstaunt zu wirken.

Passepartout hörte die Antwort des Lotsen auch und wäre ihm am liebsten um den Hals gefallen, den Inspektor Fix dem Mann liebend gern umgedreht hätte.

»Wie heißt denn dieses Schiff?« erkundigte sich Phileas Fogg weiter.

»Das ist die *Carnatic*«, antwortete der Lotse.

»Hätte die nicht gestern auslaufen sollen?«

»Ja, schon. Aber einer ihrer Kessel mußte repariert werden, und deshalb hat sich die Abfahrt auf morgen verschoben.«

»Ich danke Ihnen«, erwiderte Mr. Fogg und begab sich gemessenen Schrittes in den Salon der *Rangoon.*

Passepartout ergriff die Hand des Lotsen und schüttelte sie kräftig. »Sie sind ein guter Mensch, Herr Lotse!« sagte er.

Dieser hat sicher nie erfahren, warum seine einfachen Auskünfte eine so herzliche Reaktion ausgelöst haben. Er wandte sich nun wieder seiner Aufgabe zu und steuerte die *Rangoon* mitten durch die Armada von Dschunken, Tankas, Fischerbooten und sonstigen Wasserfahrzeugen, die die Hafeneinfahrt von Hongkong verstopften.

Um ein Uhr mittags legte die *Rangoon* im Hafen an, und die Passagiere gingen von Bord.

Man muß zugeben, daß der Zufall es wirklich sehr gut mit Mr. Fogg meinte. Wenn die Kesselreparatur auf der *Carnatic* nicht nötig geworden wäre, wäre sie bereits am Vortag ausgelaufen, und die Passagiere hätten eine Woche bis zur Abfahrt des nächsten Schiffs nach Japan warten müssen.

Mr. Foggs vierundzwanzigstündige Verspätung hatte nun keine nachteilige Auswirkung mehr auf den weiteren Verlauf seiner Reise, da ihm der Umstand zugute kam, daß der Dampfer von Yokohama nach San Francisco auf jeden Fall auf die *Carnatic* aus Hongkong warten würde. Den Rückstand von einem Tag würde der Anschlußdampfer auf der zweiundzwanzig Tage dauernden Fahrt nach Kalifornien mühelos wieder aufholen. Abgesehen von den vierundzwanzig Stunden erfüllte Phileas Fogg also, fünfunddreißig Tage nach seiner Abfahrt von London, immer noch genau seinen Zeitplan.

Da die *Carnatic* erst um fünf Uhr am nächsten Morgen auslief, hatte Mr. Fogg sechzehn Stunden Zeit, sich um seine Angelegenheiten zu kümmern, genauer gesagt um die von Mrs. Aouda. Als sie an Land waren, bot er der jungen Frau seinen Arm und führte sie zu einer Sänfte. Er fragte die Träger nach einem Hotel, und diese nannten ihm das *Club Hotel.* Die Sänftenträger setzten sich in Bewegung, Passepartout folgte hinterdrein, und zwanzig Minuten später waren sie an ihrem Ziel.

Phileas Fogg reservierte ein Zimmer für die junge Frau und sorgte dafür, daß es ihr an nichts fehlte. Dann versprach er, unverzüglich auf die Suche nach ihrem Verwandten zu gehen, in dessen Obhut er sie übergeben sollte. Passepartout gab er den Auftrag, bis zu seiner Rückkehr im Hotel zu bleiben und Mrs. Aouda Gesellschaft zu leisten.

Anschließend ließ sich der Gentleman zur Börse bringen. Dort kannte man zweifellos eine Persönlichkeit wie den ehrenwerten Dschidschi, der einer der reichsten Kaufleute Hongkongs war.

Tatsächlich kannte der Börsenmakler, an den sich Fogg wandte, den parsischen Kaufmann. Allerdings hatte der Gesuchte, nachdem er sich hier ein Vermögen erworben hatte, vor zwei Jahren Asien verlassen und sich in Europa niedergelassen. Da er viele Geschäftsbeziehungen mit Holland unterhalten hatte, nahm man an, daß er nun dort lebte.

Phileas Fogg kehrte ins *Club Hotel* zurück. Er ließ sich sofort bei Mrs. Aouda melden und eröffnete ihr ohne Umschweife das Ergebnis seiner Suche.

Mrs. Aouda antwortete nicht gleich. Sie fuhr sich mit der

Hand über die Stirn und dachte nach. Dann sagte sie mit ihrer sanften Stimme: »Was soll ich tun, Mr. Fogg?«

»Ganz einfach«, erwiderte der Gentleman. »Kommen Sie mit nach Europa.«

»Aber ich kann Ihnen doch nicht länger zur Last ...«

»Sie fallen mir nicht zur Last. Ihre Anwesenheit stört in keiner Weise mein Reiseprogramm ... Passepartout?«

»Gnädiger Herr?«

»Gehen Sie zur *Carnatic* und reservieren Sie drei Kabinen.«

Passepartout ging sofort los. Er war richtig glücklich darüber, daß er die Reise in der Begleitung dieser jungen Frau fortsetzen würde, die immer so liebenswürdig zu ihm war.

XIX

Passepartout engagiert sich zu sehr für seinen Herrn, und das hat Folgen

Hongkong war ein kleines Inselterritorium, das seit dem Krieg von 1842 durch den Vertrag von Nanking zur englischen Krone gehörte. Das britische Kolonialisierungsgenie hatte hier innerhalb weniger Jahre eine bedeutende Stadt zusammen mit dem Victoria-Hafen entstehen lassen. Hongkong liegt an einer Bucht, in die der Kantonfluß mündet. Keine hundert Kilometer entfernt ist die portugiesische Kolonie Macao, auf der anderen Seite der Bucht. Es war absehbar, daß Hongkong dem portugiesischen Macao den Rang als Handelsmacht ablaufen würde, und inzwischen kontrollierten die Briten auch den größten Teil des Handels mit China. Mit ihren Docks, Werften, Lagerhäusern, Krankenhäusern, der neugotischen Kathedrale und den geteerten Straßen erweckte die Stadt den Eindruck, als wäre eines der handelstüchtigen Städtchen der Grafschaften Kent oder Surrey um den halben Erdball gewandert, um sich hier neu anzusiedeln.

Passepartout schlenderte, die Hände in die Hosentaschen gesteckt, zum Victoria-Hafen und bestaunte unterwegs die Sänften und die Schubkarren mit den kleinen Segeln, die im Reich der Mitte noch in Mode waren. Eine Menge Chinesen, Japaner und Europäer drängte sich in den Straßen. Fast hätte man meinen können, er befände sich in Bombay oder Kalkutta, so sehr ähnelte sich das Völkergemisch, verbunden mit dem durch und durch britischen Charakter dieser Städte, die sich wie eine Kette um den ganzen Globus zogen.

Der Diener kam schließlich in den Victoria-Hafen an der Mündung des Kantonflusses. Dort herrschte ein Durcheinander von Schiffen aus aller Herren Länder: Sie kamen aus England, Frankreich, den Vereinigten Staaten und Holland, es waren Kriegsschiffe und Handelsschiffe, japanische und chinesische Boote, Dschunken und Hausboote, die wie schwimmende Gärten aussahen.

Während Passepartout durch die Menge streifte, fielen ihm einige sehr alte Chinesen auf, die alle gelbe Gewänder trugen. Als er sich bei einem chinesischen Barbier rasieren ließ, erfuhr er von diesem, der ziemlich gut Englisch sprach, daß die Greise alle über achtzig Jahre alt waren und daß ihnen ihr Alter das Recht gab, die kaiserliche Farbe Gelb zu tragen. Der Franzose fand das sehr komisch, ohne recht zu wissen, warum.

Als er rasiert war, ging er zum Anlegeplatz der *Carnatic.* Er war nicht erstaunt, Fix auf dem Kai auf und ab gehen zu sehen. Aber der Kriminalinspektor schien sehr enttäuscht zu sein.

»Na ja«, sagte sich Passepartout, »für die Herren vom Reform-Club sieht es eben schlecht aus.« Und er begrüßte Fix mit seinem freundlichen Lächeln, ohne dem verärgerten Gesichtsausdruck seines Gegenübers Beachtung zu schenken.

Der Kriminalbeamte hatte wirklich Grund, dem Pech zu grollen, das ihn verfolgte. Der Haftbefehl ließ auf sich warten! Es lag auf der Hand, daß das Papier immer hinter ihm herreiste und ihn nur erreichen würde, wenn er sich einige Tage in der Stadt aufhielte. Aber da Fogg sich in Hongkong zum

Ihm fielen einige sehr alte Chinesen auf

letzten Mal während seiner Reise auf britischem Territorium befand, würde er ihm bald endgültig entkommen, wenn er ihn hier nicht aufhalten konnte.

»Nun, Monsieur Fix, sind Sie entschlossen, uns nach Amerika zu begleiten?« fragte Passepartout.

»Ja«, stieß Fix zwischen den Zähnen hervor.

»Na, so was!« rief Passepartout und lachte schallend. »Wußte ich doch, daß Sie sich nicht von uns trennen können. Kommen Sie, Sie müssen Ihre Passage buchen! Kommen Sie!«

Und die beiden betraten das Büro der Schiffahrtsgesellschaft und reservierten insgesamt vier Kabinen. Der Angestellte machte sie darauf aufmerksam, daß die Reparaturarbeiten früher als erwartet beendet seien, so daß der Dampfer schon um acht Uhr abends auslief und nicht erst am andern Morgen um fünf, wie es ursprünglich geheißen hatte.

»Ausgezeichnet!« erwiderte Passepartout. »Das kommt meinem Herrn sehr gelegen. Ich werde es ihm sofort mitteilen.«

In diesem Augenblick entschloß sich Fix, alles auf eine Karte zu setzen. Er wollte Passepartout in die ganze Geschichte einweihen. Das war vielleicht das einzige Mittel, das er noch hatte, um Phileas Fogg in Hongkong für einige Tage zurückzuhalten.

Als sie aus dem Büro traten, lud Fix seinen Begleiter zu einem Gläschen in ein Hafenlokal ein. Der Franzose war nicht in Eile und nahm die Einladung an.

Am selben Kai lag ein Lokal, das von außen besehen einen guten Eindruck machte. Dorthin gingen sie und befanden sich in einem großen, gut eingerichteten Raum. Im Hintergrund stand ein Feldbett mit vielen Kissen, auf dem sich einige Schläfer ausgestreckt hatten.

Im Schankraum saßen etwa dreißig Gäste an kleinen Tischchen aus Rohrgeflecht. Einige tranken englisches Bier, Ale oder Porter, andere gossen sich aus Karaffen Gin oder Brandy ein. Die meisten aber rauchten aus langen Tonpfeifen kleine Opiumkugeln, die mit Rosenessenz vermischt waren. Von Zeit zu Zeit kippte einer der Raucher besinnungslos vom Stuhl, worauf ihn zwei Männer vom Personal am Kopf und an den Füßen hochhoben und zu den anderen Schläfern auf das Bett trugen. Dort lagen bald zwanzig völlig berauschte Gesellen Seite an Seite.

Fix und Passepartout begriffen, daß sie in einer Opiumhöhle gelandet waren, wo sich die elenden, abgestumpften, abgemagerten und verblödeten Gestalten einfanden, denen die geschäftstüchtigen Engländer jährlich für zweihundertsechzig Millionen Francs das teuflische Rauschgift namens Opium verkauften. Ein beklagenswertes Millionengeschäft wurde da mit der beklagenswertesten Sucht der Menschen gemacht!

Die chinesische Regierung hat Anstrengungen unternommen, die Opiumsucht durch strengere Gesetze zu bekämpfen, aber ohne Erfolg. Das Opiumrauchen war zuerst ein Privileg der Oberschicht gewesen, hatte sich dann aber bis in die untersten Schichten des Volkes ausgebreitet. Jetzt war die Flut nicht mehr einzudämmen. Im Reich der Mitte wurde immer und überall Opium geraucht. Männer wie Frauen verfielen diesem Laster und kamen von der Sucht nicht mehr los, denn sobald sie es versuchten, litten sie unter den grausamsten Magenkrämpfen. Ein richtig süchtiger Raucher konnte bis zu acht Pfeifen am Tag rauchen. Aber nach fünf Jahren war er tot.

In eine dieser Opiumhöhlen, die auch in Hongkong nur so aus dem Boden sprießten, waren Fix und Passepartout geraten, die ein Gläschen zur Erfrischung trinken wollten. Passepartout hatte kein Geld dabei und akzeptierte es gern, daß sein Begleiter »so freundlich war«, ihm etwas Geld zu leihen, das er bei nächster Gelegenheit zurückzahlen wollte.

Sie bestellten zwei Flaschen Portwein, von dem sich der Franzose tüchtig einschenkte, während sich Fix zurückhielt und dabei den jungen Mann sehr aufmerksam beobachtete. Sie unterhielten sich über dies und das, aber vor allem über die glänzende Idee von Fix, sich auch auf der *Carnatic* einzuschiffen. Als sie von dem Dampfer sprachen, dessen Abfahrt um einige Stunden vorverlegt worden war – und da die beiden Flaschen leer waren –, erhob sich der junge Franzose, um seinem Herrn die Nachricht zu überbringen.

Fix hielt ihn zurück. »Einen Augenblick noch«, sagte er.

»Was gibt's denn, Monsieur Fix?«

»Ich muß eine ernste Angelegenheit mit Ihnen besprechen.«

»Eine ernste Angelegenheit!« rief Passepartout aus und leerte die letzten Tropfen Portwein aus seinem Glas. »Darüber sprechen wir morgen. Heute habe ich keine Zeit mehr.«

»So bleiben Sie doch«, beharrte Fix, »es handelt sich um Ihren Herrn!«

Das wirkte. Passepartout blickte seinen Gesprächspartner angestrengt an. Fix hatte so einen seltsamen Ausdruck im Gesicht. Der junge Mann setzte sich wieder. »Was haben Sie mir denn zu sagen?«

Fix legte seine Hand auf den Arm des Franzosen. »Sie haben meine wahre Identität erraten?«

»Weiß Gott!« antwortete Passepartout lächelnd.

»Dann werde ich Ihnen jetzt die ganze Geschichte erzählen, wie ...«

»Jetzt, wo ich schon alles weiß? Das macht nicht viel Sinn. Aber von mir aus, erzählen Sie. Ich will Ihnen nur gleich sagen, daß sich die Herren vom Club völlig unnötig in Unkosten gestürzt haben.«

»Unnötig?« echote Fix. »Sie machen es sich ein bißchen zu leicht. Ich glaube, Sie wissen gar nicht, um welche Summe es eigentlich geht.«

»Aber natürlich! Zwanzigtausend Pfund Sterling.«

»Fünfundfünfzigtausend!« erwiderte Fix und drückte den Arm des Franzosen mit Nachdruck.

»Was?!« rief Passepartout. »Mr. Fogg soll eine solche Summe ... Fünfundfünfzigtausend Pfund! Aber um so mehr haben wir keinen Augenblick zu verlieren«, fügte er hinzu und erhob sich wieder.

»Fünfundfünfzigtausend Pfund«, wiederholte Fix und zog den jungen Mann auf seinen Stuhl zurück. Er bestellte eine Karaffe Brandy und sagte dann: »Wenn ich ganze Arbeit leiste, bekomme ich eine Prämie von zweitausend Pfund. Wollen Sie sich fünfhundert Pfund verdienen? Das sind in Ihrer Landeswährung zwölftausendfünfhundert Francs. Sie brauchen mir nur etwas behilflich sein.«

»Ihnen behilflich sein?« rief Passepartout und riß die Augen auf.

»Ja, Sie müssen mir behilflich sein, Herrn Fogg ein paar Tage in Hongkong aufzuhalten.«

»Was? Wie bitte? Reicht es diesen Gentlemen nicht, wenn sie meinen Herrn beschatten lassen und seine Ehrlichkeit anzweifeln? Wollen Sie ihm auch noch Steine in den Weg legen? Das ist ja schamlos!«

»Was soll denn das heißen?«

»Das soll heißen, daß sie sich anständig benehmen sollen, statt Mr. Fogg in die Mangel zu nehmen und ihm das Geld aus der Tasche zu ziehen!«

»Das ist genau das, was wir vorhaben!«

»Aber das ist ein Hinterhalt!« rief Passepartout. Er wurde immer erregter. Der Brandy, den Fix ihm eingoß und den er zerstreut in sich hineintrank, tat seine Wirkung. »Ein ganz gemeiner Hinterhalt ist das! Und das sollen Gentlemen sein! Club-Freunde!«

Fix verstand langsam gar nichts mehr.

»Club-Freunde!« schrie Passepartout noch einmal. »Aus dem Reform-Club! Hören Sie, Monsieur Fix! Mein Herr ist ein Ehrenmann. Und wenn er eine Wette eingeht, dann versucht er sie nur auf ehrliche Weise zu gewinnen!«

»Aber für wen halten Sie mich eigentlich?« fragte Fix und fixierte Passepartout mit seinem Blick.

»Himmel noch mal! Für einen Spitzel der Mitglieder des Reform-Clubs. Sie haben den Auftrag, den Reiseweg meines Herrn zu kontrollieren. Erniedrigend ist das! Und deshalb habe ich Mr. Fogg auch nichts davon erzählt, obwohl ich Sie schon seit einiger Zeit durchschaut habe.«

»Was? Er weiß von nichts?« fragte Fix schnell.

»Nein«, antwortete Passepartout und leerte erneut sein Glas.

Der Kriminalinspektor fuhr sich mit der Hand über die Stirn. Er zögerte weiterzureden. Was sollte er tun? Daß sich Passepartout irrte, war klar. Aber das erschwerte sein Vorhaben. Der junge Mann war ganz offensichtlich überzeugt von dem, was er sagte. Er war nie und nimmer ein Komplize seines Herrn – was Fix bisher nicht hatte ausschließen können. Nun, sagte sich Fix, wenn er nicht sein Komplize ist, wird er mir helfen.

Fix beschloß zum zweiten Mal, dem Diener alles zu erzählen. Er konnte nicht warten, weil er Fogg um jeden Preis in Hongkong zurückhalten mußte.

»Hören Sie«, sagte Fix in einem geschäftsmäßigen Ton, »hören Sie gut zu! Ich bin nicht, wie Sie glauben, ein Spion der Herren vom Reform-Club ...«

»Paaah!« machte Passepartout und schaute ihn grinsend an.

»Ich bin Kriminalinspektor und reise im Auftrag des Polizeipräsidiums ...«

»Sie ... und Kriminalinspektor?«

»Ja, und ich kann es Ihnen beweisen. Hier ist mein Einsatzbefehl!«

Der Kriminalbeamte zog aus seiner Brieftasche ein Papier, das vom Londoner Polizeipräsidenten unterzeichnet war. Passepartout war wie vor den Kopf geschlagen und starrte Fix an, ohne ein Wort herauszubringen.

»Die Wette, die Herr Fogg abgeschlossen hat«, fuhr Fix fort, »ist nur ein Vorwand, mit dem er Sie ebenso wie die Herren vom Reform-Club hinters Licht geführt hat. Er brauchte nämlich Ihre Komplizenschaft, ohne daß Sie von der Sache wußten.«

»Aber warum denn?« rief Passepartout.

»Hören Sie nur zu. Am 29. September dieses Jahres wurden

»Hier ist mein Einsatzbefehl!«

in der Bank von England fünfundfünfzigtausend Pfund Sterling gestohlen. Und zwar von einem Individuum, dessen Personenbeschreibung wir haben. Diese Beschreibung paßt aber haargenau auf diesen Herrn Fogg.«

»Jetzt reicht es aber!« schrie Passepartout und schlug mit seiner kräftigen Faust auf den Tisch. »Mein Herr ist der anständigste Mensch auf der Welt!«

»Wissen Sie das so genau?« fragte Fix. »Sie kennen ihn doch gar nicht! Sie sind doch gerade am Tag Ihrer Abreise in seine Dienste getreten. Diese Abreise erfolgte überstürzt und unter einem unsinnigen Vorwand, aber der Herr hatte eine Tasche voller Banknoten dabei! Wollen Sie immer noch behaupten, daß das ein anständiger Mensch ist?«

»Ja! Ja!« wiederholte der arme Passepartout automatisch.

»Wollen Sie, daß man Sie als seinen Komplizen auch verhaftet?«

Passepartout hatte seinen Kopf zwischen die Hände genommen. Er war nicht mehr wiederzuerkennen und wagte nicht, den Inspektor anzusehen. Phileas Fogg, ein Dieb! Er, der großzügige und tapfere Retter von Mrs. Aouda, wurde als Schwerverbrecher verdächtigt! Passepartout versuchte die Zweifel, die sich in seine Gedanken einschleichen wollten, zurückzudrängen. Er wollte nicht an die Schuld seines Herrn glauben.

»Und was wollen Sie jetzt von mir?« fragte er, nur mühsam beherrscht, den Kriminalinspektor.

»Das sage ich Ihnen«, erwiderte Fix. »Ich bin diesem Herrn Fogg bis hierher nachgereist. Aber ich habe den Haftbefehl, den ich in London angefordert habe, noch nicht erhalten. Sie müssen mir also helfen, Mr. Fogg in Hongkong zurückzuhalten …«

»Ich? Ich soll …«

»Und im Gegenzug teile ich mit Ihnen die Belohnung von zweitausend Pfund, die die Bank von England ausgesetzt hat!«

»Niemals!« antwortete Passepartout und wollte aufstehen, fiel aber auf seinen Stuhl zurück. Er spürte, wie ihn Verstand und Körperkräfte gleichzeitig verließen.

»M'sieur Fix, wenn es so ... sogar so wäre«, sagte er stammelnd, »wie Sie sagen, ... wenn mein Herr der Dieb wäre, den Sie ... suchen, was ich bezweifle, ... ich war ... ich bin sein Diener, ich habe erlebt, daß er großzügig und gut ist ... Ihn verraten, nein, nie, nicht für alles Gold der Welt ... So einer bin ich nicht!«

»Sie weigern sich?«

»Ich weigere mich.«

»Dann tun wir so, als hätte ich nichts gesagt«, entgegnete Fix, »trinken wir.«

»Ja, trinken wir.« Passepartout fühlte sich von der Trunkenheit mehr und mehr umnebelt.

Fix hatte eingesehen, daß er ihn unbedingt von seinem Herrn trennen mußte. Er wollte ihm den Rest geben. Auf dem Tisch lagen auch gefüllte Opiumpfeifen. Er drückte Passepartout eine davon in die Hand. Der nahm sie, führte sie an den Mund, zündete sie an und zog ein paarmal daran, dann fiel sein Kopf schwer auf die Tischplatte. Das Rauschgift hatte gewirkt.

»Endlich«, murmelte Fix, als er den jungen Mann besinnungslos daliegen sah. »Jetzt erfährt der Herr Fogg nicht rechtzeitig davon, daß die Abfahrt der *Carnatic* vorverlegt wurde. Und falls er doch abreist, dann wenigstens ohne diesen verflixten Franzosen hier!«

Dann verließ er das Lokal, nachdem er die Rechnung bezahlt hatte.

XX

Fix nimmt direkten Kontakt mit Phileas Fogg auf

Während der soeben geschilderten Geschehnisse, die sich auf die Zukunft von Mr. Fogg sehr negativ auswirken konnten, spazierte dieser mit Mrs. Aouda durch die Straßen der britischen Kronkolonie. Nachdem Mrs. Aouda sein Angebot angenommen hatte, in seiner Begleitung nach Europa zu reisen, hatte er alle Einzelheiten einer solchen Reise bedenken müssen. Daß ein Engländer wie er zu einer Reise um die Erde mit einer einzigen Reisetasche aufbrach, mochte noch angehen. Aber eine Frau konnte so nicht auf Reise gehen. Kleider und viele andere Dinge für die lange Reise mußten besorgt werden. Mr. Fogg kümmerte sich darum in der ihm eigenen ruhigen Art, und wenn es der jungen Witwe peinlich war, ihm solche Umstände und Unkosten zu verursachen, gab er immer wieder dieselbe Antwort: »Das paßt sehr gut in mein Reiseprogramm. Es ist alles einkalkuliert.«

Als alle Besorgungen erledigt waren, kehrten Mr. Fogg und die junge Frau ins Hotel zurück und nahmen an einer üppig gedeckten Gästetafel ihr Abendessen ein. Danach zog sich Mrs. Aouda auf ihr Zimmer zurück, um sich von den Anstrengungen des Tages auszuruhen. Sie verabschiedete sich ganz englisch mit einem Händedruck von ihrem zurückhaltenden Retter.

Dieser vertiefte sich den restlichen Abend über in die Lektür der *Times* und der *Illustrated London News.*

Wenn er jemand gewesen wäre, der sich über bestimmte Dinge wundert, hätte er dies tun können, als zur Schlafenszeit noch nichts von seinem Diener zu sehen war. Aber da er sicher wußte, daß der Dampfer nach Yokohama nicht vor dem nächsten Morgen von Hongkong auslief, dachte er nicht weiter darüber nach.

Aber am nächsten Morgen erschien Passepartout auch nicht, als Fogg nach ihm läutete. Was der ehrenwerte Gentleman nun dachte, als er erfuhr, daß sein Diener gar nicht ins Hotel zurückgekehrt war, kann niemand sagen. Er griff nach seiner Tasche, ließ Mrs. Aouda Bescheid geben und bestellte eine Sänfte.

Es war jetzt acht Uhr. Die Flut, die die *Carnatic* bei der Ausfahrt über die Untiefen tragen sollte, war für halb zehn angesagt.

Mr. Fogg und Mrs. Aouda bestiegen vor dem Hotel die komfortable Sänfte, ihr Gepäck wurde auf einem Karren hinterhergebracht.

Eine halbe Stunde später stiegen die Reisenden im Hafen aus, und nun erfuhr Mr. Fogg, daß die *Carnatic* am Abend zuvor ausgelaufen war.

Mr. Fogg hatte erwartet, hier sowohl seinen Diener wie den Dampfer nach Yokohama vorzufinden, und jetzt war keiner von beiden zu sehen. Aber sein Gesicht verriet keinerlei Enttäuschung. Erst als Mrs. Aouda ihn beunruhigt anschaute, bemerkte er knapp: »Ein kleiner Zwischenfall, gnädige Frau, nichts weiter.«

In diesem Augenblick trat eine untersetzte Gestalt auf ihn zu, die ihn schon länger aufmerksam beobachtet hatte. Es war Inspektor Fix, der ihn grüßte und sagte: »Sind Sie nicht, wie ich, gestern mit der *Rangoon* hier angekommen, Sir?«

»Ja, Sir«, erwiderte Fogg sehr kühl, »aber ich hatte nicht die Ehre ...«

»Entschuldigen Sie bitte, aber ich hatte geglaubt, ich würde hier Ihren Diener antreffen.«

»Wissen Sie, wo er ist, Sir?« erkundigte sich die junge Frau lebhaft.

»Was? Ist er denn nicht bei Ihnen?« tat Fix überrascht.

»Nein«, antwortete Mrs. Aouda. »Seit gestern ist er nicht mehr erschienen. Er wird sich doch nicht ohne uns auf der *Carnatic* eingeschifft haben?«

»Ohne Sie, gnädige Frau? Entschuldigen Sie die Frage, aber wollten Sie denn auch mit diesem Dampfer fahren?«

»Ja, Sir.«

»Ich ebenfalls, gnädige Frau. Und ich brauche Ihnen nicht zu sagen, wie enttäuscht ich bin. Die *Carnatic* ist, nachdem die Reparatur abgeschlossen war, zwölf Stunden früher als geplant ausgelaufen. Niemand wurde benachrichtigt, und jetzt kann man acht Tage auf die nächste Verbindung warten!«

Als er die Worte »acht Tage« aussprach, fühlte Fix sein Herz vor Freude einen Sprung machen. Acht Tage! Acht Tage wurde Phileas Fogg in Hongkong zurückgehalten! In dieser Zeit konnte der Haftbefehl endlich eintreffen. Das Glück schien sich dem Vertreter des Gesetzes zuzuwenden.

Da kann man sich denken, daß es für Inspektor Fix wie ein Schlag vor den Kopf wirkte, als er Phileas Fogg in ruhigem Ton sagen hörte: »Aber, wie mir scheint, gibt es im Hafen von Hongkong noch andere Schiffe als die *Carnatic.*«

Nach diesen Worten reichte Mr. Fogg seiner Begleiterin den Arm und machte sich mit ihr auf die Suche nach einem auslaufenden Schiff im Victoria-Hafen.

Völlig entgeistert folgte ihnen Fix, als sei er durch ein unsichtbares Band untrennbar an diesen Fogg gebunden.

Doch das Glück schien sich nicht wieder dem zuzuwenden, den es bislang so begünstigt hatte. Drei Stunden ging Fogg kreuz und quer durch den Hafen. Er war entschlossen, notfalls ein Schiff zu chartern, das ihn nach Yokohama bringen könnte. Aber er sah nur Schiffe, die gerade be- oder entladen wurden und folglich nicht auslaufen konnten. Fix schöpfte wieder Hoffnung.

Mr. Fogg ließ sich aber nicht aus der Ruhe bringen und fuhr mit seiner Suche fort. Vielleicht hätte er noch im Hafen von Macao weitergesucht, wenn ihn nicht ein Seemann weit draußen bei den letzten Kais angesprochen hätte.

»Sucht der gnädige Herr ein Schiff?« fragte er, nachdem er höflich seine Mütze abgenommen hatte.

»Sucht der gnädige Herr ein Schiff?«

»Haben Sie eins, das fertig zum Auslaufen ist?« fragte Fogg zurück.

»Ja, gnädiger Herr, ein Lotsenboot. Die Nummer dreiundvierzig. Es ist das beste Boot der Flotte.«

»Und es fährt gut?«

»Acht bis neun Meilen etwa. Möchten Sie es einmal sehen?«

»Ja.«

»Der gnädige Herr wird zufrieden sein. Soll es eine Spazierfahrt werden?«

»Bringen Sie mich damit nach Yokohama?«

Der Seemann blieb bei dieser Frage mit offenem Mund, hängenden Armen und aufgerissenen Augen stehen. Schließlich fragte er: »Der gnädige Herr macht Witze, oder?«

»Nein. Ich habe die Abfahrt der *Carnatic* versäumt, und ich muß spätestens am 14. November in Yokohama sein, weil ich dort auf den Dampfer nach San Francisco muß.«

»Es tut mit leid«, erwiderte der Lotse, »aber das ist unmöglich.«

»Ich biete Ihnen einhundert Pfund Sterling am Tag. Und eine Prämie von zweihundert Pfund, wenn wir rechtzeitig ankommen.«

»Ist das Ihr Ernst?«

»Mein voller Ernst.«

Der Lotse war ein paar Schritte abseits gegangen. Er schaute aufs Meer hinaus und war offensichtlich hin- und hergerissen zwischen dem Wunsch, eine riesige Summe Geld zu verdienen, und der Angst, eine so weite Fahrt zu wagen. Fix befürchtete das Schlimmste.

Phileas Fogg hatte sich Mrs. Aouda zugewandt und fragte sie: »Hätten Sie auch keine Angst vor dieser Fahrt, gnädige Frau?«

»Nicht in Ihrer Begleitung, Mr. Fogg«, erwiderte die junge Frau.

Der Lotse kam zurück. Er drehte seine Mütze in den Händen.

»Nun, Herr Lotse?« sagte Fogg.

»Ja, also, gnädiger Herr«, antwortete der Mann umständlich, »ich kann es nicht riskieren, das Risiko für meine Männer, für mich und auch für Sie ist zu groß, in einem so kleinen Schiff von zwanzig Tonnen eine so lange Reise zu machen. Und dazu in dieser Jahreszeit. Wir würden übrigens nie rechtzeitig ankommen. Es sind sechzehnhundertfünfzig Meilen von Hongkong nach Yokohama.«

»Es sind genau sechzehnhundert«, korrigierte ihn Fogg.

»Das kommt aufs gleiche hinaus.«

Fix holte tief Luft.

»Aber ich könnte Ihnen vielleicht einen anderen Vorschlag machen«, fuhr der Lotse vorsichtig fort.

Fix hielt wieder den Atem an.

»Der wäre?« fragte Fogg.

»Wenn man nach Nagasaki im äußersten Süden von Japan fahren würde, das sind elfhundert Meilen. Oder nur nach Schanghai, das sind achthundert Meilen von Hongkong. Dann entfernt man sich nicht von der chinesischen Küste und hat den Vorteil, daß man mit den Strömungen fährt, die nach Norden treiben.«

»Ich muß aber den Dampfer nach San Francisco in Yokohama nehmen, Lotse, und nicht in Nagasaki oder Schanghai.«

»Warum nicht?« fragte der Mann. »Der Dampfer nach San Francisco fährt nicht von Yokohama ab. Er legt in Nagasaki und Yokohama an, aber sein Ausgangshafen ist Schanghai.«

»Sind Sie ganz sicher?«

»Ganz sicher.«

»Und wann läuft er von Schanghai aus?«

»Am elften, um sieben Uhr abends. Wir haben also vier Tage Zeit. Das sind sechsundneunzig Stunden. Wenn wir acht Meilen in der Stunde rechnen und der Wind auf Südost steht und das Meer ruhig bleibt, dürften wir die achthundert Meilen nach Schanghai schaffen.«

»Und wann könnten Sie ...«

»In einer Stunde. Ich muß noch Proviant kaufen und das Schiff klarmachen.«

»Abgemacht! Sind Sie der Eigentümer des Schiffes?«

»Ja. John Bunsby, Eigentümer der *Tankadère.*«

»Möchten Sie einen Vorschuß?«

»Wenn es Ihnen nichts ausmacht, gnädiger Herr.«

»Hier sind zweihundert Pfund Anzahlung.« Fogg wandte sich zu Fix um. »Wenn Sie sich uns anschließen wollen, Sir?«

»Ach, gerade wollte ich Sie fragen«, antwortete Fix schnell entschlossen.

»Gut. In einer halben Stunden treffen wir uns an Bord.«

»Aber dieser arme junge Mann«, meldete sich Mrs. Aouda zu Wort, die sich große Sorgen wegen des Verschwindens von Passepartout machte.

»Ich werde mein möglichstes für ihn tun«, versprach Fogg.

Und während sich Fix wütend und erregt wie im Fieber zu dem Lotsenschiff begab, gingen Fogg und seine Begleiterin zum Büro der Hafenpolizei von Hongkong. Dort gab Fogg eine Personenbeschreibung seines Dieners ab und hinterlegte genügend Geld für seine Heimreise. Dasselbe machte er im Büro des französischen Konsuls. Nachdem sie ihr Gepäck im Hotel abgeholt hatten, brachte die Reisenden eine Sänfte wieder zum Außenhafen.

Es schlug drei Uhr. Das Lotsenschiff Nummer 43 mit seiner Besatzung und dem Proviant an Bord war klar zum Ablegen.

Die *Tankadère* war ein hübscher kleiner Gaffelschoner mit schmalem Bug und elegantem, langgestrecktem Schiffskörper und zwanzig Bruttotonnen schwer. Man hätte sie fast für eine Rennjacht halten können. Die blanken Kupferbeschläge, die verzinkten Eisenteile und ihr elfenbeinweißes Deck zeugten davon, daß der Schiffseigner John Bunsby sie gut in Schuß zu halten verstand. Ihre beiden Masten neigten sich etwas nach hinten. Sie konnte mit Gaffel-, Fock-, Vorstag-, Klüver- und Gaffeltoppsegel getakelt werden, und für den Wind von hinten konnte man noch ein Hilfssegel setzen. Sie machte einen guten Eindruck und hatte auch schon öfters Preise bei Wettfahrten der Lotsenschiffe untereinander gewonnen.

Die Mannschaft der *Tankadère* bestand aus dem Eigentümer John Bunsby und vier Seeleuten. Es waren kühne Männer, die bei jedem Wetter jedes Schiff auf See ausfindig machten und sich auf diesen Meeren in bewundernswerter Weise auskannten. John Bunsby selbst war Mitte Vierzig, kräftig gebaut, sonnenverbrannt, und flößte mit seinem wachen Blick, seinem energischen und auf seine Aufgabe konzentrierten Auftreten und seiner geraden Haltung jedem auch noch so Ängstlichen echtes Vertrauen ein.

Phileas Fogg und Mrs. Aouda stiegen an Bord. Fix war schon auf dem Schiff. Der Niedergang achtern führte in einen quadratischen Raum mit Schlafkojen und einer gepolsterten rundum laufenden Sitzbank. Über dem Tisch in der Mitte leuchtete eine Sturmlaterne.

»Ich bedaure, Ihnen nichts Besseres anbieten zu können«, sagte Fogg an Fix gewandt, der sich wortlos verbeugte.

Inspektor Fix spürte fast so etwas wie Beschämung, daß er derart von der Gefälligkeit des Herrn Fogg profitierte. Er ist zweifellos ein sehr höflicher Schuft, dachte er, aber er ist ein Schuft!

Zehn Minuten nach drei wurden die Segel gesetzt. An der Gaffel flatterte die englische Flagge. Die Passagiere saßen an Deck. Mr. Fogg und Mrs. Aouda warfen einen letzten Blick auf den Kai, um zu sehen, ob Passepartout irgendwo auftauchen würde.

Für Fix war der Gedanke, daß der junge Mann, dem er so übel mitgespielt hatte, doch noch erscheinen könnte, eher ein Anlaß zur Sorge. Die dann fällige Erklärung wäre nicht zu seinen Gunsten ausgefallen. Aber der Franzose zeigte sich nicht. Das betäubende Rauschgift hielt ihn wohl noch immer in der Bewußtlosigkeit gefangen.

Die *Tankadère* erreichte schon bald das offene Meer, ihre Segel bauschten sich im Wind, und sie glitt in schneller Fahrt über die Wellen.

»Ich bedaure, Ihnen nichts Besseres anbieten zu können«

XXI

John Bunsby scheint auf die Prämie von zweihundert Pfund Sterling verzichten zu müssen

Die achthundert Meilen weite Fahrt auf einem Schiffchen von zwanzig Tonnen war vor allem zu dieser Jahreszeit ein waghalsiges Abenteuer. Die chinesischen Meere sind allgemein für ihre schlechte Witterung bekannt. Besonders schlimm ist es hier in der Zeit der Tag- und Nachtgleichen im Frühjahr und im Herbst, und jetzt war es erst Anfang November.

Für den Lotsen John Bunsby wäre es finanziell gesehen sehr viel einträglicher gewesen, seine Passagiere nach Yokohama zu bringen, da er pro Reisetag bezahlt wurde. Aber es wäre auch äußerst unklug gewesen, unter diesen Bedingungen eine solche Fahrt zu wagen. Schon die Überfahrt nach Schanghai war sehr gewagt. Nur hatte John Bunsby großes Vertrauen zu seiner *Tankadère*, die leicht wie eine Malvenblüte über die Wellen glitt. Und vielleicht hatte er nicht unrecht.

Während der letzten Stunden des Tages steuerte er die *Tankadère* durch die tückischen Untiefen der Gewässer vor Hongkong, und ob der Wind von vorn oder von achtern kam, sie hielt sich tadellos.

»Ich muß wohl nicht betonen, Lotse, daß wir in höchster Eile sind«, bemerkte Phileas Fogg, als sie das offene Meer erreicht hatten.

»Sie können sich auf mich verlassen, gnädiger Herr«, erwiderte John Bunsby. »Wir haben alles gesetzt, was der Wind uns erlaubt. Nur die Gaffeltoppsegel fehlen, die uns eher schaden als nützen würden.«

»Sie sind der Fachmann, Lotse, nicht ich. Sie haben mein Vertrauen.«

Aufrecht und breitbeinig stand Phileas Fogg wie ein Seemann an Deck und schaute unverwandt auf die wogende See hinaus. Die junge Inderin saß im Heck und betrachtete tief berührt den in der Dämmerung schon dunkler gefärbten Ozean, über den sie die Reise in einem so zerbrechlichen Gefährt wagte. Über ihrem Kopf entfalteten sich weiße Schleier, die das Schiffchen ins Weite trugen wie übergroße Flügel. Der Wind hob den Schoner hoch und höher, bis er zu fliegen schien.

Die Nacht brach herein. Der zunehmende Mond war in seinem ersten Viertel. Sein schwacher Lichtschein würde bald in den Nebeln über dem Horizont verglimmen. Von Osten jagten Wolken heran und bedeckten bereits einen Teil des Himmels.

Der Lotse hatte die Positionslichter gesetzt, eine Vorsichtsmaßnahme, die in diesen vielbefahrenen Küstengewässern unerläßlich war. Man begegnete nicht selten Schiffen, und bei der Geschwindigkeit der *Tankadère* wäre ein Zusammenstoß das sichere Ende des Schoners gewesen.

Fix wußte mittlerweile, daß Fogg nicht sehr gesprächig war. Er hielt sich am Bug auf und hing seinen Gedanken nach. Es wäre ihm sowieso sehr unangenehm gewesen, mit diesem Mann auch noch zu reden, dessen Gefälligkeit er angenommen hatte. Fix dachte auch an die Zukunft. Er hielt es für sicher, daß dieser Herr ohne Aufenthalt in Yokohama sofort auf den Dampfer nach San Francisco steigen würde, um nach Amerika zu kommen, in dessen unendlicher Weite er sich ungestraft in Sicherheit fühlen konnte.

Der Plan von Phileas Fogg erschien Fix so einfach wie genial. Statt sich von England aus in die Vereinigten Staaten einzuschiffen, wie ein gewöhnlicher Krimineller es getan hätte, hatte dieser Fogg eine Weltreise unternommen und drei Viertel des Globus umrundet, um desto sicherer den amerikanischen Kontinent zu erreichen. Nachdem er die Polizei so an der Nase herumgeführt hatte, würde er dort in aller Ruhe das geraubte Geld verprassen können.

Und was sollte Fix tun, wenn er sich dann auf amerikani-

Die junge Inderin saß im Heck

schem Boden befand? Den Mann laufenlassen? Nein, und noch mal nein! Er würde ihm auf den Fersen klebenbleiben, bis das Auslieferungsgesuch angenommen war. Er kannte seine Pflicht, und er würde sie erfüllen. Wenigstens ein glücklicher Umstand war zu verbuchen: Passepartout begleitete seinen Herrn nicht mehr, und es war wichtig, daß sich Herr und Diener nicht mehr sahen, nachdem Fix letzterem die Wahrheit enthüllt hatte.

Auch Phileas Fogg mußte an seinen Diener denken, dessen Verschwinden doch sehr eigenartig war. Nach langen Überlegungen schien es ihm nicht ausgeschlossen, daß der junge Franzose einem Mißverständnis erlegen war und sich noch im letzten Augenblick auf der *Carnatic* eingeschifft hatte. Dieser Ansicht war auch Mrs. Aouda, die den treuen Diener, dem sie so viel verdankte, sehr vermißte. Aber in Yokohama konnte man ihn durchaus wiedersehen, und wenn er auf der *Carnatic* mitgefahren war, wäre es einfach, ihn ausfindig zu machen.

Gegen zehn Uhr abends frischte der Wind auf. Vielleicht wäre es klug gewesen, die Segel zu raffen. Aber nachdem der Lotse den Himmel studiert hatte, entschied er sich dagegen. Die *Tankadère* lief ausgezeichnet mit dem Wind, da sie einen guten Tiefgang hatte, und außerdem waren alle Mann bereit zum Segel einholen, falls der Wind zu böig werden sollte.

Um Mitternacht stiegen Mrs. Aouda und Phileas Fogg in ihre Kabinen hinunter. Fix hatte sich schon vor ihnen in seine Kajüte zurückgezogen und hatte sich in einer der Kojen ausgestreckt. Der Lotse und seine Mannschaft blieben die ganze Nacht über an Deck.

Am nächsten Morgen, dem 8. November, hatte die *Tankadère* bereits über hundert Meilen zurückgelegt. Häufig wurde das Log ausgeworfen, und man ermittelte eine Durchschnittsgeschwindigkeit von achteinhalb Meilen in der Stunde. Der Schoner bekam den Wind voll in die Segel und erreichte so seine Höchstgeschwindigkeit. Wenn der Wind Richtung und

Stärke beibehielt, standen die Chancen für das Schiff gut, das Ziel in der vorgegebenen Zeit zu erreichen.

Den ganzen Tag über blieb die *Tankadère* in Küstennähe, weil die Strömungen sie dort vorantrieben. Die Küste lag nicht weiter als fünf Meilen backbords entfernt und war nur zuweilen im Dunst als unterschiedlich ausgeprägte Linie zu erkennen. Da der Wind vom Land her blies, beruhigte sich das Meer. Das war ein Glück für den Schoner, denn leichte Schiffe haben besonders unter langen Brechern zu leiden, die ihre Fahrt bremsen oder »abtöten«, wie es in der Seemannssprache heißt.

Gegen Mittag flaute der Wind ein wenig ab und drehte auf Südost. Der Lotse ließ die Toppsegel setzen, die aber nach zwei Stunden wieder gerafft werden mußten, weil der Wind wieder stürmischer geworden war.

Mr. Fogg und Mrs. Aouda waren glücklicherweise gegen die Seekrankheit gefeit und aßen mit Appetit Konserven und Schiffszwieback, die ihnen serviert wurden. Fix wurde zu der Mahlzeit mit eingeladen und mußte annehmen, da er wohl wußte, daß man sich um den Magen ebenso kümmern muß wie um das Schiff. Aber es ärgerte ihn doch sehr! Auf Kosten dieses Herrn zu reisen und auch noch von ihm verköstigt zu werden, das verstieß doch gegen seine Berufsehre. Er pickte an dem Essen wie ein Hühnchen – aber er aß mit.

Nach der Mahlzeit glaubte Fix, unter vier Augen mit Fogg reden zu müssen. »Sir«, begann er, und es kostete ihn große Überwindung, diesen »Herrn« nicht am Kragen zu packen. »Sie waren so freundlich, Sir, mir die Fahrt auf dem Schiff, das Sie gemietet haben, anzubieten. Meine Mittel erlauben mir zwar nicht großzügige Ausgaben, wie Sie sie machen können, dennoch möchte ich meinen Anteil bezahlen an ...«

»Sprechen wir nicht davon«, unterbrach ihn Fogg.

»Doch, doch. Ich bestehe darauf, daß ...«

»Nein, Sir«, entgegnete Fogg in einem Ton, der keinen Widerspruch duldete, »das geht auf Geschäftskosten!«

Fix fügte sich. Er hätte auch vor Wut kein Wort mehr herausgebracht. Er legte sich in einen Liegestuhl am Bug und redete den ganzen Tag kein Wort mehr.

Das Schiff kam gut voran. John Bunsby war sehr optimistisch und versicherte Phileas Fogg immer wieder, daß man rechtzeitig in Schanghai ankommen würde. Fogg antwortete bloß, daß er sich darauf verlasse. Übrigens war die ganze Mannschaft des Schoners mit Feuereifer bei der Sache. Die Prämie hatte den Leuten den Kopf verdreht. Da hing keine Leine schlaff durch! Da wurde kein Segel nachlässig gesetzt! Da hielt der Mann am Steuer einwandfrei den Kurs! Im Königlichen Jachtclub hätte man keine sorgfältigeren Manöver erleben können.

Bis zum Abend hatte der Lotse mit dem Lotblei errechnet, daß sie eine Strecke von zweihundertfünfzig Meilen zurückgelegt hatten. Und Phileas Fogg konnte damit rechnen, daß er bei der Ankunft in Yokohama keinen Rückstand auf seinen Reiseplan zu verzeichnen hatte. Der erste ernste Zwischenfall auf seiner Reise würde ihm somit überhaupt nicht geschadet haben.

In den ersten Stunden des nächsten Tages fuhr die *Tankadère* in die Formosa-Straße ein, die die große Insel vom chinesischen Festland trennt. Und dort überquerte sie auch den Wendekreis des Krebses. Die See war hier sehr rauh, viele gegenläufige Strömungen bildeten zahlreiche Wirbel. Der Schoner verlor an Fahrt. Kurze Wellen machten ihm zu schaffen. An Deck fand man keinen guten Halt mehr.

In der Morgendämmerung wurde der Wind noch stärker. Es sah nach einem Sturm aus. Das Barometer kündigte einen baldigen Wetterumschwung an, es fiel und stieg abwechselnd den ganzen Tag über. Auch das Thermometer schwankte launisch. Im Südosten stiegen große Seen auf. Es roch förmlich nach einem Unwetter. Am Abend zuvor war die Sonne feuerrot in einem Nebel über dem Horizont untergegangen, der Ozean hatte an seiner Oberfläche gefunkelt und geleuchtet.

Der Lotse hatte alle diese Zeichen lange beobachtet. Und er

murmelte immer wieder unverständliche Sätze zwischen seinen Zähnen. Als er einmal an Fogg vorbeikam, flüsterte er seinem Passagier zu: »Darf ich offen zu Ihnen sein, gnädiger Herr?«

»Ganz offen«, antwortete Fogg.

»Es wird Sturm geben.«

»Von Norden oder aus Süden?« fragte Fogg bloß.

»Aus Süden. Es ist ein Taifun, der da auf uns zukommt.«

»Ein Taifun aus Süden ist nicht schlecht. Der treibt uns doch in die richtige Richtung.«

»Wenn Sie es so auffassen, habe ich nichts hinzuzufügen, Sir!«

Was John Bunsby vorausgesagt hatte, sollte eintreffen. Wenn es früher im Jahr gewesen wäre, wäre der Taifun, nach der Aussage eines berühmten Meteorologen, wie ein leuchtender Funkenflug von elektrischen Entladungen verlaufen, aber so kurz nach der Tagundnachtgleiche im Herbst war ein gewaltiger Wirbelsturm zu befürchten.

Der Lotse traf frühzeitig die nötigen Vorsichtsmaßnahmen. Er ließ alle Segel des Schoners einholen und die Rahen und den Toppsegelmast auf Deck festbinden. Der Klüverbaum wurde in Sicherheit gebracht. Die Luken wurden sorgfältig dichtgemacht, so daß kein Tropfen Wasser mehr in den Schiffskörper eindringen konnte. Ein einziges Focksegel aus starker Leinwand blieb gesetzt, damit man das Schiff vor dem Wind halten konnte. Dann hieß es abwarten.

John Bunsby hatte seine Passagiere gebeten, unter Deck zu gehen. Aber die Enge, die stickige Luft und die heftigen Schaukelbewegungen des Schiffes machten den Aufenthalt dort so unangenehm, daß nicht nur Fogg und Mrs. Aouda, sondern auch Fix es vorzogen, an Deck zu bleiben.

Gegen acht Uhr abends brachen Sturm und Regenfluten auf das Schiff herein. Der kleine Leinwandfetzen genügte, daß die *Tankadère* wie eine Feder von einem Wind gejagt wurde, dessen Gewalt man schlecht beschreiben kann. Man denke

Die Tankadère wurde wie eine Feder vom Wind gejagt

sich die vierfache Geschwindigkeit einer Lokomotive unter Volldampf und erreicht damit nur andeutungsweise die Vorstellung von seiner wirklichen Stärke.

Den ganzen Tag schoß das Schiffchen über die riesigen Seen nach Norden, hielt aber glücklicherweise mit den schnellen Wogen Schritt. Unzählige Male drohten Wellenberge es von achtern zu überrollen. Aber jedesmal gelang es ihm durch ein geschicktes Steuermanöver des Lotsen, der Gefahr zu entkommen. Immer wieder wurden die Passagiere von der Gischt überspült, aber sie ertrugen es mit stoischer Ruhe. Fix schimpfte verbittert, aber Mrs. Aouda wandte ihren Blick nicht von ihrem Begleiter, dessen unerschütterliche Ruhe sie immerzu bewunderte, und zeigte sich seiner würdig, indem sie dem Unwetter an seiner Seite tapfer trotzte. Phileas Fogg machte den Eindruck, als hielte er diesen Taifun für einen Teil seines vorausberechneten Reiseprogramms.

Nachdem die *Tankadère* den ganzen Tag nach Norden getrieben war, drehte abends der Wind auf Nordwest. Jetzt bot der Schoner Wind und Wellen die Breitseite, und sie schüttelten ihn hin und her und schlugen ihn mit solch roher Gewalt, daß man zu Tode erschrecken mußte, wenn man nicht wußte, wie fest alle Teile eines stabilen Schiffskörpers zusammenhalten.

Als es Nacht wurde, wuchs die Wut des Unwetters noch. John Bunsby machte sich nun ernsthaft Sorgen und fragte sich, ob es nicht an der Zeit wäre, den Kampf aufzugeben.

Nachdem er sich mit seiner Mannschaft beraten hatte, wandte er sich an Fogg: »Ich glaube, gnädiger Herr«, sagte er, »daß wir gut daran tun, wenn wir einen Hafen an der Küste anlaufen.«

»Das glaube ich auch«, erwiderte Phileas Fogg.

»Ach, ja? Aber welchen?«

»Ich wüßte nur einen«, antwortete Fogg.

»Und wie heißt …«

»Schanghai.«

Diese Antwort blieb dem Lotsen eine Zeitlang ganz unverständlich. Er begriff einfach nicht, welchen Starrsinn, welche Hartnäckigkeit sie zum Ausdruck brachte. Dann rief er: »Ja! Aber natürlich! Der gnädige Herr hat recht! Es geht nach Schanghai!«

Und der Kurs der *Tankadère* wurde unverändert beibehalten.

Wie schrecklich war diese Nacht! Es war ein Wunder, daß der kleine Schoner nicht für immer darin verschwand. Zweimal war es fast soweit, daß alles von Bord gerissen wurde, doch die Taue hielten. Mrs. Aouda war am Ende ihrer Kraft, aber sie ließ keine Klagen hören. Mehr als einmal mußte Fogg zu ihr hinstürzen, um sich schützend vor sie gegen die hereinbrechende See zu stellen.

Der neue Tag brach an. Immer noch wütete das Unwetter mit schrecklicher Gewalt. Doch der Wind drehte wieder auf Südwest. Das war eine glückliche Wendung, und die *Tankadère* nahm auf der wilden See wieder Fahrt auf, wo nun die Wellenberge aus der alten und der neuen Windrichtung gegeneinanderschlugen. Der Zusammenprall der gegenläufigen Seen hätte jedes weniger stabile Gefährt zertrümmert.

Von Zeit zu Zeit konnte man ein Stück der Küste zwischen den Nebelfetzen sehen, ein anderes Schiff kam nicht in Sicht. Die *Tankadère* war allein bei ihrem Kampf auf dem Meer.

Um die Mittagszeit gab es die ersten Anzeichen dafür, daß das Unwetter nachließ. Und als die Sonne hinter dem Horizont verschwand, wurde es merklich ruhiger.

Daß das Unwetter nur so kurz gedauert hatte, lag an seiner Heftigkeit. Die Passagiere, die sehr mitgenommen waren, konnten endlich wieder ein wenig essen und sich ausruhen.

Die Nacht verlief verhältnismäßig ruhig. Der Lotse ließ die unteren Segel wieder setzen. Die Geschwindigkeit des Schiffes war beträchtlich. Am nächsten Tag, dem 11. November, wurde bei Tagesgrauen die Küste gesichtet, und John Bunsby konnte verkünden, daß Schanghai keine hundert Meilen mehr entfernt war.

Aber es blieb nur noch dieser Tag, um die hundert Meilen

zu bewältigen. Am selben Abend mußte man in Schanghai ankommen, damit man nicht den Dampfer nach Yokohama versäumte. Ohne den Taifun, der sie einige Stunden gekostet hatte, wären sie jetzt schon dreißig Meilen vor dem Hafen von Schanghai.

Der Wind ließ merklich nach, aber zum Glück wurde auch das Meer wieder ruhiger. Alle Segel wurden aufgezogen, und das Schiff schnitt so schnell durch die Wellen, daß das Wasser am Bug aufschäumte.

Mittags waren es noch fünfundvierzig Meilen nach Schanghai. In sechs Stunden mußten sie im Hafen sein, sonst fuhr der Dampfer nach Yokohama ohne sie ab.

An Bord der *Tankadère* waren die Befürchtungen groß. Alle wollten unbedingt rechtzeitig ankommen. Allen – mit Ausnahme von Phileas Fogg natürlich – schlug das Herz vor Ungeduld bis zum Hals. Der kleine Schoner mußte mindestens neun Meilen pro Stunde schaffen, und der Wind wurde immer schwächer! Er blies unregelmäßig und sandte kleine, unberechenbare Böen vom Land her. Sobald sie vorbei waren, glättete sich das Meer sofort wieder.

Doch das Schiffchen war so leicht, seine Segel aus leichtem Tuch saßen so hoch und fingen die wilden Böen so gut ein, daß die *Tankadère* von John Bunsby um sechs Uhr abends, mit Unterstützung günstiger Strömungen nur noch zehn Meilen von der Mündung vor Schanghai entfernt war, die man hinauffahren mußte, um zu der zwölf Meilen oberhalb gelegenen Stadt zu gelangen.

Um sieben war der Schoner immer noch drei Meilen von Schanghai entfernt. Ein kräftiger Fluch kam über die Lippen des Lotsen – er würde auf die Prämie verzichten müssen! Er blickte zu Phileas Fogg hinüber, der ganz unbeteiligt aussah, als stünde nicht sein ganzes Vermögen auf dem Spiel.

In diesem Augenblick tauchte am Horizont ein langer schwarzer Schornstein auf, über dem eine Rauchfahne hing. Der amerikanische Dampfer war pünktlich ausgelaufen.

»Verflucht! Verflucht!« rief John Bunsby und schlug wütend und verzweifelt auf das Steuerrad.

»Signale geben!« befahl Fogg.

Im Bug der *Tankadère* stand eine kleine Bronzekanone, mit der in dichtem Nebel Warnschüsse abgegeben werden konnten. Die wurde jetzt mit Pulver vollgestopft, und der Lotse hielt schon den brennenden Kienspan an die Zündschnur, als Fogg befahl: »Flagge auf Halbmast setzen!«

Die Flagge wurde auf Halbmast gehißt. Und nun konnte man nur noch hoffen, daß der amerikanische Dampfer das Notsignal bemerken und einen Augenblick von seiner Route abweichen würde, um dem Schoner zu Hilfe zu kommen.

»Feuer!« befahl Fogg.

Der Knall aus der kleinen Bronzekanone zerriß die Abendstille.

XXII

Passepartout sieht ein, daß man auch auf der anderen Seite der Welt besser dran ist, wenn man etwas Geld in der Tasche hat

Die *Carnatic* war von Hongkong am 7. November um halb sieben Uhr abends ausgelaufen und fuhr mit Volldampf in Richtung der japanischen Inseln. Ihre Frachträumne waren voll beladen und ihre Passagierkabinen gut belegt. Achtern waren zwei davon leer geblieben. Sie waren für Mr. Phileas Fogg reserviert worden.

Am nächsten Morgen konnten Matrosen vorschiffs einen Passagier beobachten, der mit wirrem Blick, schwankendem Gang und zerzaustem Haar aus der zweiten Klasse an Deck heraufstieg, auf ein Rettungsboot zuschwankte und sich darauf niederließ.

Dieser Passagier war niemand anders als Passepartout. Aber wie war er hierhergekommen?

Kurz nachdem Fix die Opiumhöhle im Hafen von Hongkong verlassen hatte, waren zwei Angestellte des Lokals gekommen und hatten den schlafenden Passepartout gepackt und zu den anderen berauschten Schläfern auf die Gemeinschaftsliege gelegt. Drei Stunden später war der Franzose, den noch bis in seine Alpträume hinein der Gedanke an einen bestimmten Auftrag verfolgte, erwacht und hatte sich, gegen die betäubende Wirkung des Rauschgifts ankämpfend, erhoben. Der Schrecken über sein Versagen verhalf ihm zu einem halbwegs nüchternen Kopf und trieb ihn an. Schwankend entfernte er sich von der Liege, tastete sich an Wänden, Tischen und Stühlen entlang, stolperte und fiel, stand wieder auf und torkelte zur Tür, die er aufriß, und schrie, als drücke ihn immer noch der Alptraum: »Die *Carnatic*! Die *Carnatic*!«

Er kam bei dem Dampfer an, der fertig zum Auslaufen war und dessen Schornstein bereits rauchte. Passepartout war nur noch wenige Schritte entfernt. Er stürzte auf die schwimmende Brücke, kletterte das Fallreep hinauf und über die Reling und brach dann bewußtlos auf dem Vorderdeck zusammen, als die Leinen des Dampfers losgemacht wurden.

Ein paar Matrosen, die dergleichen Szenen aus eigener Erfahrung kannten, schnappten sich den jungen Mann und brachten ihn in einer Kajüte der zweiten Klasse unter. Dort erwachte Passepartout erst wieder am nächsten Morgen, dreihundertfünfunddreißig Kilometer von der chinesischen Küste entfernt.

Und nun stand er in der frischen Morgenluft an Deck und atmete sie in tiefen Zügen ein. Das tat gut und machte nüchtern. Er begann, sich die Geschehnisse ins Gedächtnis zu rufen, was nicht leicht war. Nach und nach erinnerte er sich aber doch an die einzelnen Szenen, an die Enthüllung von Fix und die Vorgänge in dieser Opiumhöhle.

»Ich habe einen fürchterlichen Rausch gehabt, soviel ist

sicher!« sagte er sich. »Was wird mein Herr dazu sagen? Aber jedenfalls habe ich die Abfahrt des Dampfers nicht versäumt, das ist das wichtigste!«

Dann mußte er an Fix denken und hoffte, daß sie den Mann los waren und daß er nicht gewagt hatte, ihnen auf die *Carnatic* zu folgen. Ein Inspektor der Kriminalpolizei, der seinen Herrn bespitzelte, der seinen Herrn beschuldigte, die Bank von England beraubt zu haben! Nein! Das war zuviel! Mr. Fogg war sosehr ein Dieb, wie er, Passepartout, ein Mörder war!

Passepartout überlegte, ob er seinem Herrn die ganze Geschichte erzählen sollte. Wäre es richtig, wenn er ihn über die Rolle von Fix aufklärte? Oder sollte er nicht lieber warten, bis sie wieder in London waren, um Mr. Fogg dann zu erzählen, daß ihn ein Kriminalinspektor aus London um den ganzen Erdball verfolgt hatte – damit sie über diesen Witz beide kräftig lachen konnten? Ja, wahrscheinlich wäre das am besten. Er mußte noch mal darüber nachdenken. Das vordringlichste war jetzt, Mr. Fogg aufzusuchen und um Entschuldigung für sein unmögliches Verhalten zu bitten.

Passepartout stand auf. Das Meer wogte, und der Dampfer rollte stark. Der treue Diener gelangte mit Mühe nach achtern, da seine wackeligen Beine ihn nicht besonders sicher trugen. Dort konnte er keine Passagiere auf Deck erkennen, die Mrs. Aouda oder Mr. Fogg geähnelt hätten.

»Na, ja«, murmelte er vor sich hin, »Mrs. Aouda pflegt um diese Zeit noch zu schlafen, und Mr. Fogg wird einige Whistspieler gefunden haben und wie gewöhnlich …«

Er stieg zum Salon hinunter, wo er Fogg aber auch nicht vorfand. Da blieb Passepartout nur noch eines übrig: Er mußte sich beim Zahlmeister erkundigen, welche Kabine Mr. Fogg belegt hatte. Der Offizier erklärte ihm, daß unter den Passagieren an Bord kein Herr dieses Namens sei.

»Aber entschuldigen Sie«, sagte Passepartout, »es handelt sich um einen Gentleman. Er ist groß, sehr zurückhaltend, spricht kaum mit jemand. In seiner Begleitung befindet sich eine junge Dame ...«

»Es gibt keine junge Dame an Bord«, erwiderte der Zahlmeister. »Hier haben Sie die Passagierliste, schauen Sie selbst, wenn Sie's nicht glauben.«

Passepartout studierte die Liste, ohne Foggs Namen darauf zu finden. Ein Schwindelgefühl packte ihn. Dann schoß ihm ein Gedanke durch den Kopf.

»Bin ich hier überhaupt auf der *Carnatic*?«

»Ja«, antwortete der Offizier.

»Und auf der Fahrt nach Yokohama?«

»Ganz genau.«

Diese Furcht war also unbegründet gewesen. Er befand sich auf der *Carnatic*, soviel war sicher, aber sein Herr nicht. Soviel war auch sicher.

Da traf ihn die Erkenntnis wie ein Blitz. Passepartout ließ sich in einen Sessel fallen. Licht kam in die Sache. Er erinnerte sich wieder, daß die Abfahrt der *Carnatic* vorverlegt worden war. Daß er seinen Herrn hätte benachrichtigen sollen. Und daß er das nicht getan hatte! Somit war er schuld daran, daß Mr. Fogg und Mrs. Aouda die Abfahrt des Dampfers verpaßt hatten!

Ja, es war seine Schuld, aber dieser hinterhältige Fix war der Hauptschuldige! Er hatte ihn betrunken und vom Opium berauscht gemacht, damit er seinen Herrn nicht erreichte und dieser in Hongkong aufgehalten würde! Endlich war er dem Polizisten auf die Schliche gekommen. Aber Mr. Fogg war sicher ruiniert, da er die Wette verloren hatte, und er war vielleicht verhaftet, womöglich sogar eingesperrt worden?

Bei diesem Gedanken raufte sich Passepartout verzweifelt die Haare. Dieser Fix sollte ihm bloß nicht noch einmal über den Weg laufen! Mit dem würde er abrechnen!

Nach einer Weile erholte sich Passepartout wieder, benutzte seinen Kopf und analysierte die Situation. Sie war nicht beneidenswert. Der Franzose befand sich auf dem Weg nach Japan.

Er würde sicher ankommen, aber wie würde er von dort wieder wegkommen? Seine Taschen waren leer. Er besaß keinen einzigen Penny! Die Fahrt auf der *Carnatic* und die Verpflegung an Bord waren allerdings bezahlt. Passepartout hatte also fünf bis sechs sorgenfreie Tage vor sich. Und die nützte er weidlich zum Essen und zum Trinken, wenn man es noch so nennen will. Denn er stopfte und goß in sich hinein, was eigentlich für drei Personen gedacht war, als ob Japan, wo er an Land gehen sollte, eine einzige Wüste wäre, in der nirgends etwas Eßbares zu finden war.

Am 13. November lief die *Carnatic* morgens mit der ersten Flut in den Hafen von Yokohama ein.

Es war einer der wichtigsten Häfen im pazifischen Raum, den alle Post- und Passagierschiffe zwischen Nordamerika, China, Japan und dem Malaiischen Archipel anlaufen. Yokohama lag in der Yeddo-Bucht, der Bucht von Tokio, ganz in der Nähe dieser Riesenstadt, die der jahrhundertelang regierende weltliche Kriegerkaiser der Japaner, der Shogun, als Hauptstadt gewählt hatte. Die Rivalin von Tokio war Kyoto, wo der machtlose traditionelle Kaiser, der Mikado, residierte, der seine Abstammung von den Göttern herleitete.

Die *Carnatic* legte im Hafen, zwischen Schiffen aller Nationen, nahe am Hafendamm und bei den Zollschuppen an.

Passepartout war nicht sehr begeistert, das Land der »Söhne der Sonne« zu betreten. Er hatte nichts Bestimmtes vor, als sich einfach vom Zufall durch die Straßen der Stadt führen zu lassen.

Zuerst kam er durch einen Teil der Stadt, der ganz europäisch war. Hier standen niedrige Häuser mit vornehmen, säulengeschmückten Eingängen, über denen Balkone thronten. Die Straßen, Plätze, Docks und Handelshäuser dieses Viertels erstreckten sich vom Vorgebirge bis zum Ufer der Bucht. Dort unten am Wasser, im Hafen, wimmelte wie in Hongkong und Kalkutta ein Vielvölkergemisch durch die Gassen, in dem sich der Franzose genauso fremd fühlte, als wäre er irgendwo im afrikanischen Busch gelandet.

Passepartout hätte durchaus die Möglichkeit gehabt, sich an das französische oder an das englische Konsulat in Yokohama zu wenden. Aber es widerstrebte ihm, dort seine Geschichte erzählen zu müssen, weil er damit auch seinen Herrn blamiert hätte. Ehe er das tat, wollte er lieber auskundschaften, welche Möglichkeiten es noch gab.

Nachdem er das Europäerviertel von Yokohama durchstreift hatte, ohne daß ihm der Zufall eine nützliche Begegnung beschert hätte, ging er weiter in den japanischen Teil der Stadt. Er war sogar entschlossen, wenn es sein mußte, bis nach Tokio weiterzumarschieren.

Der japanische Teil von Yokohama hieß Benten und war nach einer Meeresgöttin benannt, die auf den Nachbarinseln verehrt wurde. In Benten konnte man Fichten- und Zedernalleen bewundern und Torbogen fremdartig gestalteter Gebäude. Halb verborgen zwischen Bambus- und Schilfdickichten spannten sich Brücken über Teiche und standen Tempel im Schatten von melancholisch anmutenden, uralten Zedern. Manchmal fiel der Blick auch in ein Kloster, in dem buddhistische Mönche oder Anhänger des Konfuzius still im Gebet versunken waren. In dem endlosen Gassengewirr tollten scharenweise rotwangige Kinder herum, die geradewegs den japanischen Wandschirmen entsprungen zu sein schienen, von denen wir diese kleinen Menschenkinder kennen. Sie spielten zwischen kurzbeinigen Hunden und schwanzlosen gelben Katzen, die sehr faul und sehr anschmiegsam waren.

In den Straßen wimmelte es von Menschen, und in dem Hin und Her zog eine Prozession von monoton die Trommel schlagenden Mönchen vorüber, hinter ihnen Zoll- und Polizeibeamte mit lackierten Helmen und zwei Säbeln am Gürtel, Soldaten in blau und weiß gestreiften Baumwolluniformen mit einem Karabiner über der Schulter, kaiserliche Wachen in Kettenhemd und Seidenwams und zahlreiche andere Angehörige von Kriegerkasten. In Japan wurde der Kriegerstand so sehr geschätzt, wie man ihn in China verachtete. Außerdem gab es Bettelmönche und Pilger in langen Gewändern, und dazwischen einfache Japaner mit glattem tiefschwarzen Haar, runden Köpfen, langem Oberkörper und dürren Beinen. Ihre Gesichtsfarbe variierte zwischen einem dunklem Kupferton und mattem Weiß, war aber nie gelblich wie die der Chinesen, von denen sich die Japaner sehr stark unterschieden. Und hin und wieder sah man zwischen den Wagen, den Sänften mit Lackwänden und den weichen Bambussänften, den Pferden, den Trägern und den Karren mit Segeln ein paar Frauen sich mit trippelnden Schritten bewegen. Sie trugen Schuhe aus Stoff, Sandalen aus Stroh oder fein geschnitzte Holzpantinen an den zierlichen Füßen und waren für Passepartouts Geschmack nicht gerade hübsch mit ihren Schlitzaugen, der flach geschnürten Brust und den modisch schwarz gefärbten Zähnen. Aber sie bewegten sich elegant in ihrer Nationaltracht, dem Kimono mit Seidenschärpe, die auf dem Rücken zu einem kunstvollen Knoten gebunden wurde. Die modischen Pariserinnen haben sich wohl hier ihr Vorbild abgeguckt.

Passepartout streifte einige Stunden durch dieses bunte Gewimmel und warf auch Blicke in die eigenartigen, überquellenden Trödelläden und Schmuckbasare und sah mit Bändern und Fähnchen geschmückte Speisehäuser, die er nicht betreten durfte, ferner Teehäuser, in denen zur duftenden Tasse Tee der Reiswein Sake gereicht wurde, und Rauchstuben, wo man einen sehr feinen Tabak rauchte, aber kein Opium, das in Japan so gut wie unbekannt war.

Schließlich gelangte Passepartout aufs flache Land und befand sich inmitten von weiten Reisfeldern. Dort blühten und dufteten noch leuchtende Kamelien, die in Japan nicht als Sträucher, sondern als richtige Bäume wachsen. Und in den mit Bambus eingezäunten Gärten standen Kirsch-, Pflaumen- und Apfelbäume, die hier weniger wegen der Früchte als wegen der Blüten angebaut werden und die von grellbunten Vogelscheuchen und lärmenden Windrädchen gegen Spatzen, Tauben, Raben und anderes gefräßiges Vogelvieh verteidigt werden. Auf fast jeder der majestätischen Zedern saß ein ausgewachsener Adler, im schützenden Grün der Trauerweiden döste fast immer ein Reiher auf einem Fuß vor sich hin. Und wohin Passepartout auch sah, erblickte er Krähen, Sperber, Wildgänse und Kraniche, die von den Japanern als Sinnbilder für Langlebigkeit und Glück verehrt werden.

Auf seinem Streifgang entdeckte er auch einige Veilchen im Gras, die er gern zum Abendessen verspeist hätte. Er roch daran, aber sie hatten überhaupt keinen Geruch. Pech! dachte er.

Der junge Mann hatte zwar vorsorglich beim letzten Frühstück auf der *Carnatic* so viel in sich hineingestopft, wie er nur konnte, aber nachdem er den ganzen Tag auf den Füßen war, knurrte ihm nun der Magen. Es war ihm schon aufgefallen, daß in den Auslagen der Metzger kein Schaf-, Ziegen- oder Schweinefleisch zu sehen war, und da er wußte, daß man die Rinder in Japan nicht töten, sondern nur in der Landwirtschaft einsetzen durfte, schloß er, daß es hier nicht viel Fleisch zu essen gab. Und damit hatte er recht. Er hätte aber auf Fleischwaren vom Metzger gern zugunsten eines saftigen Wildschwein- oder Rehbratens, eines Rebhuhns oder einer Wachtel, eines Hähnchens oder eines Fischgerichts verzichtet. Schweren Herzen mußte er solche Genüsse jedoch ganz entbehren und konnte nur hoffen, daß ihm das Schicksal am folgenden Tag günstiger gestimmt wäre.

Als es Nacht wurde, kehrte Passepartout in die Stadt zurück, deren Straßengewirr jetzt von bunten Laternen beleuchtet wurde. Gauklertrupps führten ihre Kunststücke vor, die Sterndeuter und Wahrsager versammelten ein zahlreiches Publikum um sich. Dann hatte er den Hafen wiedergefunden und sah Männer beim Schein ihrer Harzfackeln fischen.

Endlich leerten sich die Straßen. Statt der Menschenmassen zogen Polizisten auf Patrouille durch die Stadt. Die Polizeioffiziere in ihren prächtigen Uniformen kamen Passepartout wie

Als es Nacht wurde,
kehrte Passepartout in die Stadt zurück

Gesandte vor, und jedesmal, wenn einer von ihnen mit seinem Begleittrupp vorbeikam, wiederholte Passepartout, scherzhaft vor sich hin murmelnd: »Ah, schau an. Da reist wieder ein japanischer Botschafter mit seinem Gefolge nach Europa!«

XXIII

Passepartouts Nase wird übermäßig lang

Am nächsten Morgen sagte sich Passepartout, der sich wie erschlagen und halb verhungert vorkam, daß er etwas essen müsse, je eher, desto besser. Er hätte zwar seine geliebte Taschenuhr verkaufen können, aber lieber wollte er Hungers sterben, als sich von ihr zu trennen. Da erinnerte sich der junge Franzose, daß die Natur ihn mit einer kräftigen, ja sogar wohlklingenden Stimme ausgestattet hatte.

Er kannte ein paar französische und englische Liedchen und beschloß, sie zum besten zu geben. Die Japaner waren wohl große Musikfreunde, da bei ihnen alles von Zimbel-, Trommel- und Tamburinklängen begleitet wurde, und sie würden sicher die Talente eines europäischen Klangkünstlers zu schätzen wissen.

Nur war es vielleicht noch etwas früh für ein Konzert, das die Musikliebhaber unsanft aus dem Schlaf reißen würde, so daß sie seine Kunst nicht mit Geldstücken, auf die das Bildnis ihres Mikado gedruckt war, vergelten würden.

Passepartout beschloß, noch einige Stunden zu warten. Während er weiter umherschlenderte, kam ihm der Gedanke, daß er für einen Straßensänger zu gut gekleidet sein könnte und daß ein schäbigerer Aufzug besser zu seinem geplanten Auftritt passen würde. Außerdem konnte er bei einem solchen Tauschgeschäft gleichzeitig etwas verdienen, womit sich sein Hunger schon ein bißchen stillen ließe.

Nun hieß es aber, den Entschluß in die Tat umzusetzen. Erst

nach langem Suchen entdeckte Passepartout einen japanischen Trödler, dem er seinen Wunsch auseinandersetzte. Die europäische Kleidung gefiel dem Händler, und schon bald verließ Passepartout den Laden in einem langen japanischen Gewand und mit einer ausgebleichten, turbanähnlichen Kopfbedeckung. Und tatsächlich klimperten in seiner Tasche ein paar japanische Geldstücke. Na ja, dachte er, ich brauche mir bloß vorzustellen, es sei Karneval!

Nachdem er sich so »japanisiert« hatte, suchte Passepartout als erstes ein einfaches Teehaus auf, wo er mit ein wenig Hühnchenfleisch und ein paar Handvoll Reis die Mittagsmahlzeit zu sich nahm in dem Bewußtsein, daß die Frage, was er zu Abend essen sollte, noch lange nicht beantwortet war.

Als er seinen Hunger gestillt hatte, sagte er sich, daß er sich von Gedanken ans Abendessen nicht verrückt machen lassen durfte. Er besaß jetzt nur noch sein japanisches Gewand, das er höchstens gegen ein schäbigeres tauschen konnte. Er mußte Mittel und Wege finden, um aus diesem Land der aufgehenden Sonne wieder herauszukommen, dem er bestimmt keine Träne nachweinen würde!

Der nächste Gedanke von Passepartout galt den Dampfern, die nach Amerika auslaufen würden. Auf denen wollte er sich als Koch oder als Diener vorstellen und für seine Arbeit nicht mehr verlangen als die Passage und die Verpflegung. Sobald er in San Francisco angekommen war, würde er sich weiterzuhelfen wissen. Das wichtigste war jetzt erst einmal, den Pazifik zu überqueren, der sich zwischen Japan und der Neuen Welt über siebentausend Kilometer dehnt.

Passepartout war nicht der Mann, der sich lange mit Grübeleien aufhielt. Er ging gleich in den Hafen von Yokohama. Aber je näher er den Docks kam, um so unausführbarer erschien ihm die Idee, die ihm anfangs so einfach vorgekommen war. Warum sollte man auf diesen Dampfern ausgerechnet einen Koch oder einen Diener suchen? Und wer würde ihn in diesem Aufzug schon vertrauenswürdig genug für eine

Passepartout verließ den Laden in einem langen japanischen Gewand

Anstellung finden? Welche Referenzen hätte er denn zu bieten? Welche Empfehlungen könnte er vorweisen?

Während er noch nachdachte, fiel sein Blick auf ein riesiges Plakat, das ein als Clown gekleideter Plakatträger durch die Straßen trug. Auf Englisch wurde darauf angekündigt: »Der ehrenwerte William Batulcar und seine japanische Akrobatentruppe – Die letzten Vorstellungen vor der Abreise in die USA – Die langnasigen Langnasen unter dem Schutz des Gottes Tingu – Die Attraktion! Die Sensation!«

»In die USA!« rief Passepartout. »Das ist doch was für mich!«

Er ging dem Plakatträger nach, der ihn wieder in den japanischen Teil der Stadt führte. Eine Viertelstunde später standen sie vor einem mächtigen Gebäude, dessen Dachfirst mit mehreren Bündeln Fähnchen geschmückt war und auf dessen Außenwänden primitive Gemälde in schreienden Farben eine ganze Truppe von Jongleuren zeigten.

Hier waren der ehrenwerte Batulcar und seine Zirkustruppe aus Gauklern, Jongleuren, Clowns, Akrobaten, Seiltänzern und Turnern untergebracht, die nach den letzten Vorstellungen, wie das Plakat verkündete, in die USA abreisen würden.

Passepartout trat durch den säulengeschmückten Vorbau und fragte in dem Gebäude nach Herrn Batulcar. Dieser erschien höchstpersönlich.

»Was wollen Sie denn?« fragte er Passepartout, den er zuerst für einen Einheimischen hielt.

»Benötigen Sie einen Diener?« fragte Passepartout zurück.

»Einen Diener?« rief Batulcar aus und strich sich über seinen grauen Bart. »Ich hab doch schon zwei. Gehorsame, treue Seelen, die mich noch nie im Stich gelassen haben und praktisch umsonst für mich arbeiten, wenn ich sie nur mit Nahrung versorge. Hier – das sind sie!« rief er und zeigte dabei auf seine beiden kräftigen Arme, auf denen sich die Adern prall wie die Saiten von einem Kontrabaß abzeichneten.

»Kann ich Ihnen denn mit gar nichts dienen?«

»Nein, mit gar nichts.«

»Teufel auch! Ich wäre doch zu gern mit Ihnen zusammen abgereist.«

»Ach so! Sie sind so wenig Japaner, wie ich ein Affe bin! Warum laufen Sie denn in diesen Klamotten herum?«

»Man trägt, was man kann!«

»Stimmt auch wieder. Sie sind Franzose, richtig?«

»Ja, ein Pariser aus Paris.«

»Dann müssen Sie doch ein paar Grimassen schneiden können, oder?«

»Ja, was glauben Sie denn?« antwortete Passepartout verärgert darüber, daß sein Land und seine Leute verspottet werden sollten, »natürlich können wir Franzosen Gesichter schneiden. Aber nicht besser als die Amerikaner!«

»Wieder richtig. Na, wenn ich Sie nicht als Diener brauche, dann vielleicht als Clown. Sie verstehen mich doch, mein Lieber? In Frankreich nimmt man den Ausländer aufs Korn, der zu dick aufträgt. Und im Ausland den Franzosen, der zu sehr angibt!«

»Aha!«

»Haben Sie eigentlich Kraft?«

»Hauptsächlich, wenn ich vom Essen aufstehe.«

»Und können Sie singen?«

»Ja«, antwortete Passepartout, der früher bei ein paar Straßenfesten lautstark mitgewirkt hatte.

»Aber können Sie auch im Handstand singen und dabei einen Kreisel auf der linken und einen Säbel auf der rechten Fußsohle balancieren?«

»Und wie!« rief Passepartout, der sich an seine ersten derartigen Versuche in der Kindheit erinnerte.

»Dann sind wir uns einig!« rief der ehrenwerte Batulcar. Damit war Passepartout engagiert.

Endlich hatte er wieder eine Anstellung gefunden. Wenn auch als Mädchen für alles in der berühmten japanischen Akrobatiktruppe. Aber in weniger als acht Tagen würde er schon auf dem Weg nach San Francisco sein.

Die nächste Vorstellung, die der ehrenwerte Batulcar lärmend ankündigte, sollte um drei Uhr beginnen. Immer mehr Musikanten stellten sich am Eingang auf und begannen mit Trommel und Tamburin Musik zu machen. Verständlicherweise hatte Passepartout keine Nummer mehr üben können. So wurde er mit seinen kräftigen Schultern in den Unterbau der »menschlichen Pyramide« der Langnasen des Gottes Tingu eingebaut. Diese Attraktion und Sensation sollte den Schluß und Höhepunkt des Programms bilden.

Schon vor drei Uhr waren die Zuschauer in das Gebäude geströmt. Die Logen und die schmalen Sitzbänke der Ränge waren bald von Europäern und einheimischen Japanern und Chinesen, von Männern, Frauen und Kindern besetzt. Die Musiker kamen auch herein, das Orchester vervollständigte sich mit Becken, Pauken, Klappern und Flöten und vollführte einen Höllenlärm.

Die Vorstellung bot den üblichen akrobatischen Zauber. Allerdings muß man zugeben, daß die Japaner die besten Zirkuskünstler der Welt haben. Einer der Künstler führte mit Fächern und Papierschnitzeln die bekannte Blumen- und Schmetterlingsnummer vor. Ein anderer zeichnete mit dem bläulichen Rauch seiner brennenden Pfeife blitzschnell eine Reihe von Wörtern in die Luft, die ein Kompliment an die Adresse des Publikums darstellten. Ein dritter jonglierte mit brennenden Kerzen, die er eine nach der anderen ausblies und wieder entzündete, ohne ein einziges Mal den Flug der Kerzen zu unterbrechen. Dann kam einer, der mit Kreiseln wahre Wunder vollbrachte: Sie schienen von seiner Hand zu einem eigenen Leben in endlosen Drehbewegungen zu erwachen, liefen auf Eisenrohren und Säbelschneiden entlang und über ganz dünne Drähte, die über die gesamte Bühne gespannt waren, sie surrten um große Kristallvasen, kletterten Bambustreppen hinauf, sie liefen nach allen Seiten auseinander und vereinigten dabei ihre einzelnen Summtöne zu einem eigenartig harmonischen Klanggebilde. Andere Jongleure nahmen sie auf, ließen sie durch die Luft schwirren und wie Drachen steigen, und sie drehten sich immer noch. Sie steckten sie in die Tasche und holten sie wieder heraus, und sie drehten sich immer noch – bis sie alle zusammen im selben Augenblick durch einen verborgenen Mechanismus explodierten und sich in einem Feuerwerk leuchtender, sprühender Funken auflösten.

Es gab zahllose wundervolle gymnastische und akrobatische Vorführungen, die man gar nicht alle im einzelnen beschreiben kann. Auf Leitern, Stangen, Kugeln und Tonnen wurden die Kunststücke perfekt ausgeführt. Die Hauptattraktion der Vorstellung war aber tatsächlich das, was die Langnasen zeigten, diese erstaunlichen Balancekünstler, die man in Europa noch nicht kannte.

Die Langnasen waren eine Gruppe von Künstlern, deren Schirmherr der Gott Tingu war. Sie waren wie mittelalterliche Herolde gekleidet und trugen ein Paar Flügel auf den Schultern. Besonders auffällig aber waren ihre künstlichen Nasen und was sie damit machten. Die Nasen waren aus Bambusrohr und eineinhalb bis drei Meter lang, die einen gerade, die anderen gebogen, die einen mit glatter, die anderen mit unregelmäßiger Oberfläche. Sie waren fest am Kopf der Langnasen angebracht, und auf ihnen wurden die Kunststücke der Truppe ausgeführt. Ein Dutzend Anhänger von Tingu legte sich auf den Rücken. Ihre Kameraden sprangen auf ihre Nasen, die wie Blitzableiter in die Luft standen, und turnten dort die unglaublichsten Figuren vor.

Abschluß und Höhepunkt der Darbietungen war die menschliche Pyramide, mit der etwa fünfzig Akrobaten den »Wagen Dschagannaths«, des Weltenlenkers Krischna, darstellen sollten. Allerdings stützten sie sich gegenseitig nicht mit ihren Schultern, sondern mußten sich dazu ihrer Nasen bedienen. Ein Akrobat aus der Basis der Pyramide hatte die Truppe verlassen, und da es an dieser Stelle genügte, stark und standhaft zu sein, war Passepartout dazu ausersehen worden, ihn zu ersetzen.

Der Franzose fühlte sich zwar ganz elend, als er in das mittelalterliche Kostüm geschlüpft war und sich dabei an seine Kindheit erinnert hatte – die bunten Flügel wurden auf seinen Schultern und die künstliche, ein Meter achtzig lange Nase wurde an seinem Kopf befestigt. Aber mit dieser Nase sollte er sein Geld verdienen, und so fügte er sich seinem Schicksal.

Passepartout betrat die Bühne und stellte sich mit seinen Zirkuskameraden, die ebenfalls den Unterbau des Wagens von Krischna bildeten, in eine Reihe. Dann legten sie sich alle auf den Rücken, so daß die Nase nach oben zeigte. Die zweite Riege der Akrobaten kletterte auf die Nasen, eine dritte Riege stieg wiederum auf diese, und dann kam noch eine vierte. Auf den Nasen, die sich nur an ihren Spitzen berührten, wuchs so die menschliche Pyramide der Decke des Theaters entgegen.

Beifall brauste auf, und das Orchester lärmte mit aller Kraft, als die Pyramide plötzlich ins Wanken geriet! Alles kam aus dem Gleichgewicht, und Krischnas Wagen stürzte wie ein Kartenhaus in sich zusammen, weil eine Nase sich aus dem Unterbau gelöst hatte.

Das war Passepartouts Schuld, denn er hatte seinen Posten verlassen, war – ohne seine Flügel benützen zu müssen – über die Rampe in den Zuschauerraum gesprungen und auf den rechten Rang hinauf gehastet, wo er vor einem Zuschauer auf die Knie sank und rief: »Oh, mein Herr! Mein Herr!«

»Sie, Passepartout?«

»Ich bin's!«

»Dann nichts wie auf den Dampfer!«

Mr. Fogg, seine Begleiterin Mrs. Aouda und Passepartout stürzten durch die Gänge des Zirkusgebäudes nach draußen, wo sich ihnen der ehrenwerte Batulcar wutschnaubend in den Weg stellte. Er verlangte Schadensersatz für den »kaputten Wagen«, und Phileas Fogg besänftigte ihn mit einer Handvoll Banknoten. Um halb sieben trafen Fogg und Mrs. Aouda auf dem amerikanischen Dampfer ein, der soeben ablegte. Passe-

Die menschliche Pyramide stürzte wie ein Kartenhaus in sich zusammen

partout sprang nach ihnen an Bord. Da er noch keine Zeit gefunden hatte, sie abzunehmen, trug er noch immer die Flügel auf den Schultern und die fast zwei Meter lange Nase am Kopf angeschnallt.

XXIV

Der Pazifik wird überquert

Was sich vor Schanghai abgespielt hatte, läßt sich leicht denken. Die Signale der *Tankadère* waren auf dem nach Yokohama auslaufenden Dampfer erkannt worden. Als der Kapitän das Notsignal der *Tankadère* gesehen hatte, hatte er beigedreht. Wenig später bezahlte Phileas Fogg dem Lotsen John Bunsby die vereinbarten fünfhundert Pfund Sterling. Dann stieg er mit Mrs. Aouda und Fix an Bord des Dampfers, der seine Fahrt nach Nagasaki und Kyoto fortsetzte.

Nachdem Phileas Fogg am 14. November planmäßig in Yokohama angekommen war, ließ er Fix seinen eigenen Angelegenheiten nachgehen und begab sich mit Mrs. Aouda an Bord der *Carnatic*, wo er zur großen Freude seiner Begleiterin – und vielleicht auch seiner eigenen, die er aber nicht zeigte – erfuhr, daß ein Franzose namens Passepartout tatsächlich am Abend zuvor in Yokohama angekommen war.

Phileas Fogg, der am folgenden Abend nach San Francisco weiterreisen wollte, machte sich sofort auf die Suche nach seinem Diener. Vergeblich fragte er beim französischen und beim englischen Konsulat nach. Als er auch ohne Erfolg in den Straßen von Yokohama Ausschau gehalten hatte, glaubte er nicht mehr daran, den guten Passepartout finden zu können. Der Zufall, oder vielleicht eine Art Vorahnung, führte ihn zum Etablissement des ehrenwerten Batulcar. Bestimmt hätte er sei-

Er trug noch immer die Flügel auf den Schultern

nen Diener in dem außergewöhnlichen Kostüm der Langnasen nicht wiedererkannt. Aber dieser hatte, auf dem Rücken liegend, seinen Herrn auf dem rechten Rang erspäht: Er zuckte unwillkürlich mit der Nase, das Gleichgewicht der Pyramide war gestört, und was folgte, wissen wir bereits.

Dies alles erfuhr Passepartout von Mrs. Aouda, die ihm auch die Überfahrt von Hongkong nach Schanghai und von dort nach Yokohama schilderte.

Als sie Inspektor Fix erwähnte, zuckte Passepartout nicht mit der Wimper. Er wollte in diesem Augenblick noch nichts von seinem Erlebnis mit dem Polizeiinspektor erzählen. Daher nahm er die ganze Schuld an seiner Verspätung auf sich und berichtete nur davon, daß er in einer Hafenkneipe den berauschenden Wirkungen des Opiums erlegen war.

Fogg hörte kommentarlos zu, dann gab er ihm so viel Geld, wie nötig war, damit sich der Diener auf dem Schiff passende Kleidung besorgen konnte. Nach einer Stunde hatte sich der gute Passepartout seiner Flügel und der langen Nase entledigt und war wieder europäisch gekleidet, so daß nichts mehr an ihm an einen Jünger des Gottes Tingu erinnerte.

Das Postschiff *General Grant*, das von Yokohama nach San Francisco fuhr, gehörte der Pacific-Mail-Steam-Gesellschaft. Es war ein großer, zweitausendfünfhundert Tonnen schwerer Raddampfer, dessen gute technische Ausrüstung eine hohe Geschwindigkeit ermöglichte. Ein riesiger Hebelarm über dem Deck hob und senkte sich in gleichmäßigem Takt. An einem Ende war der Hebel mit einer Kolbenstange verbunden, am anderen mit einer Kurbelwelle, die die gerade Bewegung des Hebels in die Kreisbewegung der Räder übersetzte. Die *General Grant* war als Dreimastschoner getakelt, und die große Segelfläche unterstützte die Dampfmaschine kräftig. Mit seinen zwölf Meilen in der Stunde würde das Schiff nicht länger als einundzwanzig Tage für die Überquerung des Pazifiks benötigen. Phileas Fogg konnte folglich damit rechnen, daß er am 2. Dezember in San Francisco, am 11. in New York und am 20. in London sein würde – also mit einigen Stunden Vorsprung auf die abgemachte Ankunftszeit am 21. Dezember.

Es waren sehr viele Passagiere an Bord. Engländer, viele Amerikaner, noch mehr chinesische Kulis, aber auch einige Offiziere der indischen Armee, die ihren Jahresurlaub zu einer Weltreise nutzten.

Bei dieser Überfahrt gab es keine Schwierigkeiten und keine Zwischenfälle. Der Dampfer lag mit seinen riesigen Schaufelrädern und der großen Takelage sehr ruhig im Wasser und rollte kaum. Der Pazifische, das heißt »friedliche«, Ozean machte seinem Namen alle Ehre. Fogg war ebenso ruhig und ebensowenig mitteilsam wie gewöhnlich. Seine junge Begleiterin fühlte sich durch andere Gründe als die der Dankbarkeit mit diesem Mann immer mehr verbunden. Seine ruhige und doch so großzügige Natur beeindruckte sie mehr, als ihr bewußt war, und so überließ sie sich unmerklich immer mehr den Gefühlen, die der rätselhafte Herr Fogg nicht zu kennen schien.

Mrs. Aouda interessierte sich aber auch außerordentlich für das Reisevorhaben von Mr. Fogg und war ständig besorgt, daß irgendein Hindernis den Erfolg der Reise in Frage stellen könnte. Sie unterhielt sich oft mit Passepartout, der sehr wohl aus den Zwischentönen ihre Gemütsverfassung zu deuten wußte. Der treue Diener war jetzt durch nichts mehr im Glauben an seinen Herrn zu erschüttern und lobte bei jeder sich bietenden Gelegenheit dessen ehrlichen, großzügigen und opferbereiten Charakter. Außerdem beruhigte er Mrs. Aouda, daß der Erfolg des Unternehmens nicht in Frage stünde und daß das Schlimmste schon überstanden sei, nachdem die exotischen Länder China und Japan hinter ihnen lagen und sie wieder in zivilisierte Gegenden kommen würden. Schließlich waren nur noch die Zugfahrt von San Francisco nach New York und von dort die Überfahrt nach London zu bewältigen, und diese außergewöhnliche Reise um die Erde konnte zum festgesetzten Zeitpunkt ihren Abschluß finden.

Neun Tage nach der Abfahrt aus Yokohama hatte Phileas Fogg genau die Hälfte seiner Reise um den Globus hinter sich.

Am 23. November überquerte die *General Grant* den hundertachtzigsten Längengrad, der dem Nullmeridian durch Greenwich bei London genau gegenüberliegt. Von den achtzig Tagen war Fogg bereits zweiundfünfzig unterwegs, so daß ihm nur noch achtundzwanzig blieben. Aber wenn er auch erst die Hälfte der Längengrade überschritten hatte, so hatte er doch zwei Drittel der Gesamtstrecke geschafft, die so viele Umwege – über Aden, Bombay, Kalkutta, Singapur und Yokohama – einschloß! Wenn die Reise immer auf dem fünfzigsten Breitengrad, auf dem London lag, entlanggeführt hätte, hätte die Strecke nur achtzehntausend Kilometer gemessen; die tatsächliche Route, die die Verkehrsmittel Fogg aufzwangen, betrug jedoch neununddreißigtausend Kilometer, von denen er bis zum 23. November bereits über sechsundzwanzigtausend zurückgelegt hatte. Und jetzt ging es sozusagen immer geradeaus, und es war kein Inspektor Fix mehr da, der ihnen hätte Hindernisse in den Weg legen können.

Dieser 23. November war übrigens ein großer Freudentag für Passepartout, der sich doch stets beharrlich geweigert hatte, seine Taschenuhr, das Erbstück mit der Londoner Ortszeit, umzustellen, weil er die Zeitangaben in allen Ländern, durch die sie bisher gekommen waren, für falsch hielt. Obwohl er die Uhr also nie vor- oder nachgestellt hatte, zeigte sie an diesem Tag wieder haargenau dieselbe Zeit wie alle anderen Uhren an Bord.

Natürlich triumphierte er innerlich über diesen Fix und hätte gern gewußt, was der dazu gesagt hätte.

»Der Schlaumeier hat mir mit seinen Geschichten von Meridianen, von Sonne und Mond, die Ohren vollgeschwatzt!« sagte sich Passepartout kopfschüttelnd. »Wenn man solchen Leuten glauben würde, bekäme man einen schönen Zeitsalat! Aber ich war mir ganz sicher, daß sich die Sonne eines Tages wieder nach meiner Uhr richten würde!«

Was Passepartout nicht wußte, war das folgende: Wenn sein Zifferblatt in vierundzwanzig Abschnitte aufgeteilt gewesen wäre, wie es die italienischen Uhren sind, hätte er keinen Grund zu triumphieren gesehen. Denn seine Uhr hätte dann um neun Uhr morgens fälschlicherweise neun Uhr abends angezeigt, das heißt die einundzwanzigste Stunde nach null Uhr, die diesem hundertachtzigsten Meridian im Verhältnis zur Mitteleuropäischen Zeit von Greenwich entspricht.

Auch wenn Fix diesen geophysikalischen Tatbestand richtig erklärt hätte, hätte ihn Passepartout wohl kaum begriffen, ganz sicher aber nicht akzeptiert. Hätte sich der Inspektor unerwarteterweise an Bord der *General Grant* gezeigt, hätte Passepartout in gerechtem Zorn jedenfalls sehr wahrscheinlich etwas ganz anderes mit ihm besprochen.

Wo steckte Fix eigentlich in diesem Augenblick?

Nun, er befand sich an Bord der *General Grant*.

Nach der Ankunft in Yokohama hatte sich Fix von Fogg getrennt, den er im Laufe des Tages wieder zu treffen gedachte, und hatte sofort das englische Konsulat aufgesucht. Dort hatte er endlich den Haftbefehl erhalten, der seit Bombay hinter ihm herreiste, bereits vierzig Tage alt war und ihm von Hongkong auf der *Carnatic* nachgeschickt worden war, weil man dort angenommen hatte, er sei an Bord dieses Dampfers. Die Enttäuschung des Inspektors war nur zu verständlich. Jetzt, wo er ihn hatte, war der Haftbefehl unnütz! Dieser Herr Fogg hatte britisches Territorium verlassen, und in den USA mußte über ein Auslieferungsgesuch entschieden werden, damit Fogg verhaftet werden konnte.

Sei's drum, sagte sich Fix, nachdem die erste Wut verraucht war. Hier nützt mir der Haftbefehl nichts mehr, in England schon. Dieser Verbrecher scheint nämlich wirklich in sein Vaterland zurückkehren zu wollen, weil er glaubt, daß er die Polizei genügend in die Irre geführt hat. Nun gut. Dann bleibe ich auch noch bis dahin auf seiner Spur. Ich hoffe nur, daß noch etwas von dem Geld übrig sein wird. Die Reisekosten, Schmiergelder, Kautionen und Strafen, der Elefantenkauf und andere Spesenausgaben dieses Herrn dürften sich inzwischen auf über fünftausend Pfund Sterling belaufen. Glücklicherweise hat die Bank genügend Geld!

Schnell entschlossen schiffte er sich auf der *General Grant* ein und war schon an Bord, als Fogg und Mrs. Aouda ankamen. Zu seiner größten Überraschung erkannte er unter dem Kostüm der Langnasen Passepartout. Zuerst versteckte er sich in seiner Kabine, um eine Auseinandersetzung zu vermeiden, die sein Vorhaben gefährden konnte. Doch da so viele Passagiere an Bord waren, hoffte er, von seinem Kontrahenten auch an Deck nicht erkannt zu werden. Bis er gerade am 23. November diesem auf dem Vorderdeck in die Arme lief.

Passepartout hielt sich nicht mit langen Vorreden auf, sondern stürzte sich sofort auf Fix. Zur großen Freude von einigen Amerikanern, die sofort Wetten auf ihn abschlossen, verpaßte er dem Inspektor eine tüchtige Tracht Prügel, die die haushohe Überlegenheit des französischen Boxsports über den englischen unter Beweis stellte.

Als er fertig war, fühlte sich Passepartout viel ruhiger und richtig erleichert. Fix rappelte sich auf, sah seinen Gegner an und fragte kühl: »War's das?«

»Im Augenblick schon«, antwortete der Franzose.

»Dann kommen Sie. Ich habe etwas mit Ihnen zu besprechen.«

»Daß mich ...«

»Es ist wichtig für Ihren Herrn.«

Überrumpelt von so viel Kaltblütigkeit, folgte Passepartout dem Inspektor. Sie setzten sich auf eine Bank im Vorschiff.

»Sie haben mir eine Abreibung verpaßt«, begann Fix. »Sei's drum. Aber jetzt hören Sie mir gut zu. Bisher war ich ein Gegner von Ihrem Herrn Fogg, in Zukunft werde ich sein Verbündeter sein.«

»Endlich!« rief Passepartout. »Dann halten auch Sie ihn für einen Ehrenmann?«

»Nein«, antwortete Fix kalt, »ich halte ihn für einen Gauner. Pschschscht! Bleiben Sie ganz ruhig, und lassen Sie mich ausreden! Solange sich Mr. Fogg auf britischem Territorium aufgehalten hat, mußte ich versuchen, ihn zurückzuhalten, bis ich in den Besitz eines Haftbefehls kommen konnte. Dafür habe ich alles getan, was ich konnte: Ich habe in Kalkutta die Priester aus Bombay auf ihn gehetzt, ich habe Ihnen in Hongkong zu einem Rausch verholfen, ich habe Sie von Ihrem Herrn getrennt, ich habe dafür gesorgt, daß er den Dampfer nach Yokohama versäumte.«

Passepartout hörte mit vor Wut geballten Fäusten zu.

»Wie es scheint«, fuhr Fix fort, »kehrt Mr. Fogg nach England zurück. Nun gut, ich werde ihn weiterhin nicht aus den Augen lassen. Aber von nun an werde ich mit derselben Sorgfalt und mit demselben Eifer alle Hindernisse wegräumen, die ich ihm bisher in den Weg zu stellen versucht habe. Wie Sie sehen, wende ich die umgekehrte Taktik an, weil das in meinem Interesse liegt. Und ich füge hinzu, daß mein Interesse auch das Ihre ist. Denn Sie werden erst in England mit Sicherheit erfahren, ob Sie der Diener eines Kriminellen oder eines Ehrenmannes sind!«

Passepartout hatte sehr aufmerksam zugehört und war sicher, daß Fix es ehrlich meinte.

»Sind wir Freunde?« fragte Fix.

»Freunde? Nein«, antwortete Passepartout. »Aber vielleicht Verbündete unter dem Vorbehalt, daß ich Ihnen sofort an die Gurgel springe, wenn Sie irgendeinen Hinterhalt aushecken.«

»Einverstanden«, erwiderte der Inspektor ruhig.

Elf Tage später, am 3. Dezember, lief die *General Grant* durch das Goldene Tor in die Bucht von San Francisco ein.

Phileas Fogg war seinem Reiseplan weder einen Tag voraus, noch einen Tag hinterher.

XXV

Ein »Meeting« in San Francisco

Es war sieben Uhr morgens, als Phileas Fogg, Mrs. Aouda und Passepartout den amerikanischen Kontinent betraten – oder zumindest den schwimmenden Landesteg, an dem die *General Grant* im Hafen von San Francisco anlegte. Solche Landestege, die sich mit den Gezeiten hoben und senkten, erleichterten das Be- und Entladen der Schiffe. Hier lagen alle Arten von Schiffen aus vielen Ländern, unter ihnen auch die mehrstöckigen Dampfer, die den Sacramento und seine Nebenflüsse befahren. Und hier lagerten die Waren, die der Handel nach Mexiko, Peru, Chile, Brasilien, Europa, Asien und auf die Inseln im Pazifischen Ozean verteilt.

Passepartout freute sich so sehr, endlich amerikanischen Boden erreicht zu haben, daß er glaubte, dieser Freude mit einem besonders gewagten Sprung Ausdruck verleihen zu müssen. Aber sein Sprung ließ ein paar wurmstichige Bretter des Stegs splittern, und er wäre beinahe durchgebrochen. Ganz erschrocken über seinen ersten Kontakt mit dem amerikanischen Boden, stieß er einen Schrei aus, der unzählige Kormorane und Pelikane aufscheuchte, die ständige Gäste auf den schwimmenden Kais sind.

In San Francisco erkundigte sich Mr. Fogg sofort, wann der nächste Zug nach New York fuhr. Da dieser um sechs Uhr abends abfuhr, konnten sie den ganzen Tag in der kalifornischen Hauptstadt verbringen. Fogg ließ eine Kutsche kommen und bestieg diese mit Mrs. Aouda, Passepartout durfte neben den Kutscher auf den Bock klettern. Der Kutscher, der 3$ pro Fahrt verlangte, fuhr in Richtung *International Hotel* los.

Von seiner hohen Warte aus sah sich Passepartout neugierig in der großen amerikanischen Stadt um. Es gab breite Straßen mit langen Zeilen niedriger Häuser, Kirchen im neugotischen Stil, riesengroße Docks, palastartige Lager aus Holz- oder Zie-

Passepartout glaubte, dieser Freude mit einem besonders gewagten Sprung Ausdruck verleihen zu müssen

gelbauweise. Auf den Straßen waren zahlreiche Fahrzeuge unterwegs: Omnibusse und sogenannte Straßenbahnen. Und auf den Bürgersteigen drängten sich nicht nur Amerikaner und Europäer, sondern auch Chinesen und Inder und andere Nationalitäten, die die Stadt mit ihren zweihunderttausend Einwohnern bevölkerten.

Passepartout war ziemlich überrascht. Er hatte noch das Bild von der alten Goldgräberstadt von 1849 im Kopf, in der es von Banditen, Brandstiftern und Mördern wimmelte, die von den goldenen Körnern angelockt worden waren, und die dann mit einem Säckchen voll Goldstaub am Spieltisch saßen, mit dem Colt in der einen und dem Messer in der anderen Hand. Aber diese »gute alte Zeit« war längst vorbei. San Francisco war eine Handelsmetropole geworden. Auf dem hohen Rathausturm, der das Stadtbild beherrschte, taten Wächter ihren Dienst. Zwischen den unzähligen Straßen und Avenuen, die sich im rechten Winkel schnitten, lagen viele grüne Parks. Das Chinesenviertel sah aus wie ein Spielzeugstädtchen, das man aus dem Reich der Mitte hierher importiert hatte. Man sah keine Sombreros, keine roten Goldgräberhemden und keinen indianischen Federschmuck mehr, statt dessen gingen Herren mit Zylinder und im schwarzen Anzug eilig ihren Geschäften nach. Es gab Prachtstraßen wie die Montgomery Street – die man mit der Regent Street in London, dem Boulevard des Italiens in Paris, dem Broadway in New York vergleichen kann –, die voll der prächtigsten Geschäfte waren, mit einem Warenangebot aus aller Welt in den Auslagen. Als sie im *International Hotel* angekommen waren, fragte sich Passepartout, ob sie England überhaupt verlassen hatten.

Im Erdgeschoß des Hotels war ein riesiges Imbißbuffet aufgebaut, wo sich alle Gäste kostenlos bedienen konnten. Kalter Braten, Muschelsuppe, Zwieback und Chesterkäse wurden verzehrt, ohne daß man seine Geldbörse öffnen mußte. Nur für die Getränke – Ale, Portwein oder Sherry – mußte man bezahlen. Das kam Passepartout alles sehr amerikanisch vor.

Das Restaurant des Hotels war sehr gediegen. Mr. Fogg speiste dort mit Mrs. Aouda. Sie wurden von Kellnern mit tiefschwarzer Haut bedient, die ihnen Unmengen von Speisen in winzigen Schälchen und Schüsselchen vorsetzten.

Nach dem Essen verließ Phileas Fogg in der Begleitung von Mrs. Aouda das Hotel, um im englischen Konsulat seinen Paß abstempeln zu lassen. Vor dem Hoteleingang trafen sie auf Passepartout, der eine Frage auf dem Herzen hatte. Ob es nicht ratsam wäre, wollte der Diener wissen, daß sie sich ein Dutzend Enfield-Karabiner oder Colts besorgten, ehe sie die transamerikanische Eisenbahnfahrt antraten? Passepartout hatte davon gehört, daß Sioux- und Pawnee-Indianer Züge anhielten und Reisende ausraubten, wie früher einfache Postkutschen von Wegelagerern überfallen wurden. Mr. Fogg hielt das für eine unnötige Vorsichtsmaßnahme, aber er stellte es seinem Diener frei zu tun, was er für richtig halte. Dann ging er mit seiner Begleiterin weiter.

Schon nach hundert Metern begegnete ihnen »ganz zufällig« Inspektor Fix, der »völlig überrascht« war, sie hier anzutreffen. Und sie seien sogar auf demselben Schiff hierhergekommen? Ohne sich an Bord zu sehen? Nicht zu fassen! Jedenfalls fühle er, Fix, sich geehrt, dem Gentleman, dem er so viel verdanke, wieder zu begegnen. Und da er in Geschäften nach Europa reiste, würde er sich sehr freuen, die Reise in so angenehmer Gesellschaft fortsetzen zu können.

Fogg antwortete, die Ehre sei ganz seinerseits. Aber Fix, der ihn nicht mehr aus den Augen lassen wollte, fragte gleich, ob er nicht die Herrschaften auf ihrem Rundgang durch diese interessante Stadt begleiten dürfe.

Die Bitte wurde ihm gewährt. Und so spazierten Mrs. Aouda, Phileas Fogg und Inspektor Fix durch die Straßen von San Francisco. Bald kamen sie in die Montgomery Street, wo ein unglaubliches Gedränge herrschte. Die Leute drängten sich auf den Trottoirs und – obwohl ständig Omnibusse und Straßenbahnen vorbeifuhren – auf der Fahrbahn und auf den

Straßenbahnschienen. Aber auch Ladeneingänge, die Fenster und sogar einige Dächer waren voller Menschen. Plakatträger schoben sich durch die Menschentrauben. Fahnen und Wimpel flatterten in der Luft. Von überall her ertönte Geschrei.

»Hurrah, Kamerfield!«

»Vorwärts, Mandiboy!«

Das war ein Meeting, eine politische Versammlung, dachte sich Fix und teilte Fogg seine Vermutung mit. Dann fügte er hinzu: »Wir täten wohl gut daran, Sir, dieses Durcheinander zu meiden. Hier riskieren wir bloß, Schläge abzubekommen.«

»Richtig«, stimmte ihm Fogg zu, »politisch motivierte Schläge tun genauso weh wie andere.«

Fix hielt es für angebracht, auf diese Bemerkung hin zu lächeln. Und um nicht in das Gerangel auf der Straße verwickelt zu werden, stiegen Mrs. Aouda, Fogg und Fix auf die oberste Stufe einer Treppe, die zu einer Terrasse im oberen Teil der Montgomery Street gehörte. Auf der gegenüberliegenden Straßenseite war zwischen der Laderampe einer Kohlenhandlung und einem Petroleumgeschäft eine Versammlung im Gange, zu der die Menschenmengen aus allen Richtungen zusammenströmten.

Was der Anlaß und der Zweck von diesem Meeting war, konnte Phileas Fogg nicht in Erfahrung bringen. Angesichts der leidenschaftlichen Erregung, die plötzlich die Stadt ergriffen hatte, hätte man vermuten können, daß ein hoher Militär- oder Zivilbeamter nominiert wurde oder gar der Gouverneur von Kalifornien oder ein Senator für den Kongreß in Washington.

Da ging eine Bewegung wie ein Ruck durch die Menge, und alle Hände waren in der Luft. Aber einige waren zur Faust geschlossen und schienen sich schnell auf und ab zu bewegen, während Schreie ertönten. Das war sicher eine besonders energische Art der Stimmabgabe. In die Menge kam Unruhe, die Massen drängten zurück. Die Fahnen schwankten, verschwanden und tauchten als Fetzen wieder auf. Das Wogen der Menge machte sich mit seinen Ausläufern schon bis zur

Treppe bemerkbar, wo die drei Zuschauer standen, die von oben die aufgeregten Bewegungen der Köpfe wie den schäumenden Aufschlag von peitschenden Regenschauern auf der Meeresoberfläche wahrnahmen. Allerdings verringerte sich sehr stark die Zahl der Zylinderhüte, die man vorher überall gesehen hatte, einige davon waren nur noch halb so hoch.

»Das ist bestimmt ein Meeting«, sagte Fix. »Und es handelt sich offensichtlich um ein Thema, das die Leute bewegt. Vielleicht geht es noch einmal um die *Alabama*-Affäre, obwohl diese schon längst beigelegt ist.«

»Vielleicht«, sagte Fogg nur.

»Jedenfalls stehen sich die beiden Kontrahenten Mr. Kamerfield und Mr. Mandiboy gegenüber.«

Mrs. Aouda hatte sich bei Phileas Fogg eingehängt und betrachtete beunruhigt den Tumult, und Fix war gerade dabei, einen neben ihm stehenden Mann nach dem Grund der öffentlichen Erregung zu fragen, als eine neue heftigere Bewegung in die Menge kam. Hurrarufe und Beschimpfungen verstärkten sich. Die Fahnenstangen wurden jetzt im Gefecht eingesetzt. Man sah keine Hände mehr, nur noch Fäuste. Von den Dächern eingekeilter Wagen und Omnibusse hagelte es Schläge. Alle möglichen Dinge wurden als Wurfgeschosse eingesetzt. Stiefel und Schuhe flogen in weitem Bogen durch die Luft, und manchmal schien es, als mischte sich in das Geschrei der Menge auch der hier im Lande so beliebte Knall von Revolverschüssen.

Die Wellen des Tumults bewegten sich auf die Treppe zu und schwappten über die untersten Stufen. Eine Fraktion war anscheinend in die Defensive geraten, ohne daß der Beobachter sagen konnte, ob Mandiboy oder Kamerfield nach Punkten führte.

»Es wäre ratsam«, bemerkte Fix, der nicht wollte, daß »sein Mann« in irgendwelche Schlägereien und deren Folgen verwickelt würde, »wenn wir uns zurückziehen. Falls diese Auseinandersetzung England betrifft, wären wir womöglich dem glühenden Volkszorn ausgeliefert!«

»Ein englischer Staatsbürger ...« begann Fogg zu dozieren, aber seine weiteren Worte ging in dem ohrenbetäubenden Radau unter, der von der Terrasse hinter ihnen kam. »Hipp, hipp, hurra! Mandiboy ist da!« schrie eine Gruppe seiner Anhänger, die die gegnerische Kamerfield-Anhängerschaft von der Flanke her angreifen wollte.

Fogg, Mrs. Aouda und Fix standen unversehens mitten im Kampfgetümmel. Für eine Flucht war es jetzt zu spät. Gegen diese Menschenfluten mit ihren eisenbeschlagenen Stöcken und Totschlägern kamen sie nicht an. Fogg und Fix versuchten, die junge Frau abzuschirmen, und wurden dabei furchtbar zugerichtet. Phileas Fogg, nicht viel lebhafter als sonst auch, wollte sich nun doch der beiden Waffen an seinen Armen bedienen, mit denen die Natur auch die Engländer ausgestattet hat. Aber es blieb beim Versuch. Denn ein Riese mit rotem Bart, roten Backen und breiten Schultern, der der Anführer der Mandiboy-Truppe zu sein schien, holte mit seiner Riesenfaust aus und hätte den Gentleman wahrscheinlich stark beschädigt, wenn Fix sich nicht geopfert, den Nacken gebeugt und den Schlag an seiner Statt in Empfang genommen hätte. Der Zylinder von Fix war platt wie eine Baskenmütze, aber darunter wölbte sich sogleich eine enorme Beule.

»Sie Yankee!« sagte Phileas Fogg und sah den Mann voller Verachtung an.

»Engländer!« schimpfte der zurück.

»Wir sehen uns noch!«

»Wann Sie wollen! Ihr Name?«

»Phileas Fogg. Und Sie heißen?«

»Colonel Stamp W. Proctor.«

Nach diesem Wortwechsel brandete die Menschenflut über sie hinweg. Fix ging darin unter und tauchte mit zerfetzten Kleidern, aber ohne ernsthafte Verletzung, wieder auf. Sein Reisemantel hing in zwei ungleichen Teilen an ihm. Und

Wenn Fix sich nicht geopfert hätte…

seine Hosen glichen denen, die in Indien in Mode sind: ohne Hosenboden. Aber alles in allem war Mrs. Aouda unversehrt geblieben, und nur Fix hatte einen richtigen Schlag abbekommen.

Fogg bedankte sich mit einem Wort bei ihm, als sie der Menge entronnen waren.

»Keine Ursache«, erwiderte Fix. »Aber kommen Sie jetzt!«

»Wohin?«

»Zu einem Herrenausstatter.«

Das schien in der Tat angebracht, denn die Kleidung der beiden Gentlemen bestand nur noch aus Fetzen, als ob sie an der Schlacht für Mandiboy oder Kamerfield teilgenommen hätten.

Eine Stunde später waren sie wieder anständig gekleidet und frisiert und konnten ins *International Hotel* zurückkehren.

Dort erwartete Passepartout seinen Herrn mit sechs sechsschüssigen Handfeuerwaffen mit automatischer Zündung. Als er Fix im Gefolge seines Herrn entdeckte, runzelte er die Stirn. Nachdem ihm Mrs. Aouda kurz geschildert hatte, was sie gerade erlebt hatten, heiterte sich Passepartouts Miene wieder auf. Fix hielt demnach Wort und handelte nicht mehr als Feind, sondern als Verbündeter.

Nach dem Abendessen bestellte man eine Droschke, die die Reisenden samt Gepäck zum Bahnhof bringen sollte. Als sie gerade den Wagen besteigen wollten, fragte Fogg den Inspektor: »Haben Sie diesen Colonel Proctor noch einmal gesehen?«

»Nein«, antwortete Fix.

»Ich werde später nach Amerika zurückkommen und ihn ausfindig machen«, erklärte Fogg sachlich. »Ein englischer Staatsbürger darf sich eine solche Behandlung nicht gefallen lassen.«

Fix lächelte, sagte aber nichts. Fogg gehörte wohl zu der Sorte Engländer, die zu Hause gegen Duelle waren, sich aber im Ausland schlagen, wenn sie ihre Ehre verteidigen wollen.

Um Viertel vor sechs trafen die Reisenden am Bahnhof ein, wo der Zug schon abfahrbereit dastand.

Ehe er einstieg, erkundigte sich Fogg bei einem Eisenbahnangestellten, ob er etwas über einen Tumult in der Stadt wüßte.

»Das war ein Meeting, Sir«, antwortete der Mann.

»Aber in den Straßen habe ich eine gewisse Aufregung verspürt.«

»Es handelte sich aber nur um ein Meeting, eine Wahlversammlung.«

»Sicher wurde ein hoher Kriegsherr gewählt?«

»Nein, Sir, ein Friedensrichter.«

Nach dieser Antwort stieg Phileas Fogg in den Waggon, und der Zug fuhr unter Volldampf los.

XXVI

Im Expreßzug der Pacific Railroad

»Ocean to ocean« sagten die Amerikaner, wenn von der Eisenbahn die Rede war, deren Linien die Ost- und die Westküste der USA verbanden. Und die Pacific Railroad teilte sich in die Central Union zwischen San Francisco und Ogden und die Union Pacific zwischen Ogden und Omaha. Dort wiederum trafen fünf verschiedene Linien zusammen, die häufige Verbindungen zwischen Omaha und New York anboten.

New York und San Francisco waren somit Ende des neunzehnten Jahrhunderts durch ein Metallband auf der gesamten Länge von nicht weniger als fünftausendsechshundertneunundsiebzig Kilometern miteinander verbunden. Zwischen Omaha und dem Pazifik durchquerte die Eisenbahn ein Gebiet mit frei umherschweifenden Indianern und wilden Tieren. Es hatte eine riesige Ausdehnung und wurde nach

1845 zum großen Teil von den Mormonen besiedelt, die aus Illinois vertrieben worden waren.

Früher hatte man die Strecke von New York nach San Francisco bestenfalls in sechs Monaten bewältigt, mit der Eisenbahn brauchte man dazu sieben Tage.

Gegen den Willen der Vertreter der Südstaaten im Kongreß, die eine südlichere Trassenführung verlangt hatten, wurde 1862 beschlossen, daß die transkontinentale Bahnlinie zwischen dem einundvierzigsten und dem zweiundvierzigsten Breitengrad verlaufen sollte. Der unvergessene Präsident Lincoln selbst bestimmte Omaha in Nebraska zum Ausgangspunkt der neuen Bahnlinie. Mit den Arbeiten war sofort begonnen worden. Sie wurden mit der typisch amerikanischen Schnelligkeit ausgeführt, die keinen überflüssigen Papierkram und keine Bürokratie duldet. Aber die Qualität der Strecke durfte nicht unter der Schnelligkeit leiden, mit der gearbeitet wurde. Zweieinviertel Kilometer Schienenstrang kamen Tag für Tag in der Prärie neu hinzu. Der Materialzug rollte über die Schwellen vom Vortag, wenn er das Baumaterial für den nächsten Abschnitt brachte, auf dem er am übernächsten Tag weiterfuhr.

Von der Pacific Railroad gingen mehrere Abzweigungen in die Bundesstaaten Iowa, Kansas, Colorado und Oregon. Hinter Omaha führte sie am Platte River entlang, folgte dann dessen südlichem Quellfluß, bis sie über die Laramie Range nach Salt Lake City, der Hauptstadt der Mormonen, abbog. Danach ging es am Humboldt River entlang, dann nach Reno und von dort durch die Sierra Nevada nach Sacramento und weiter bis zum Pazifik. Auf der gesamten Strecke, einschließlich der Rocky Mountains, mußten die Dampflokomotiven nie eine Steigung von mehr als 12 Prozent überwinden.

Diese ungeheuer lange Verkehrsader durchfuhren die Züge in sieben Tagen, und so würde es Phileas Fogg möglich sein – das hoffte er zumindest –, am 11. Dezember in New York das Dampfschiff nach Liverpool zu besteigen.

Der Waggon, in dem Fogg saß, glich einem Pferde-Omnibus, der auf zwei Drehgestellen mit je vier Rädern ruhte, deren Wendekreis genügend klein für enge Kurven war. Im Wageninneren gab es keine Abteile. Zwei Sitzreihen entlang der Längsachse ließen einen Gang in der Mitte frei, durch den man zu den Toiletten und in die anderen Waggons gelangte, die durch kleine Brücken miteinander verbunden waren, so daß die Reisenden von einem Ende zum anderen durch den ganzen Zug gehen oder die verschiedenen Annehmlichkeiten nutzen konnten, die ihnen der Salonwagen, der Aussichtswaggon, das Zugrestaurant und die Zugcafés boten. Es fehlte nur noch das Zugtheater, aber das wird noch kommen.

Über die kleinen Brücken zogen ständig Händler mit Büchern und Zeitschriften vorbei und priesen ihre Waren an. Auch die Verkäufer, die alkoholische Getränke, Eßwaren und Zigaretten anboten, machten gute Geschäfte.

Die Reisenden waren um sechs Uhr abends in Oakland abgefahren. Es war bereits Nacht, und es war kalt und sehr dunkel draußen. Den Himmel bedeckten dicke Wolken, es schien Schnee zu geben. Der Zug fuhr nicht sehr schnell. Wenn man die Aufenthalte nicht mitrechnete, fuhr er nicht schneller als dreißig Kilometer in der Stunde. Doch mit dieser Durchschnittsgeschwindigkeit würde er die USA in der fahrplanmäßigen Zeit durchqueren können.

Man sprach wenig im Waggon, Schläfrigkeit machte sich bei den Reisenden bemerkbar. Auch Passepartout, der neben Inspektor Fix saß, war schweigsam. Der junge Franzose hatte die Ereignisse in Hongkong nicht vergessen, der geschätzte Reisegefährte früherer Tage hatte sein Vertrauen und seine Sympathie verloren. Fix hatte sich nicht geändert, aber Passepartout war sehr zurückhaltend, ständig auf der Hut und bereit, ihm bei dem geringsten Verdacht an die Gurgel zu fahren.

Eine Stunde nach der Abfahrt begann es zu schneien. Aber es war glücklicherweise ein feiner Schnee, der die Fahrt des

Zuges nicht beeinträchtigte. Von den Fenstern aus sah man draußen im Dunkeln nur noch eine weiße Fläche, vor der die Dampfwolke der Lokomotive ganz grau wirkte.

Um acht betrat ein Zugbegleiter den Waggon und verkündete, daß Schlafenszeit sei. Sie befanden sich also in einem Liegewagen, der in wenigen Minuten in einen Schlafsaal verwandelt werden konnte. Die Sitzlehnen wurden umgeklappt, und ein raffinierter Mechanismus legte das Bettzeug frei, Kabinen wurden abgetrennt, und bald hatte jeder Reisende ein bequemes Schlafabteil zu seiner Verfügung, in dem er vor allen neugierigen Blicken geschützt war. Die Bettwäsche war sauber, das Kissen schön weich. Man brauchte sich nur hinzulegen und zu schlafen. Und das taten auch alle mit einer Selbstverständlichkeit, als befänden sie sich in einer Luxuskabine auf einem Dampfer. Währenddessen raste der Zug mit Volldampf durch Kalifornien.

Die Landschaft zwischen San Francisco und Sacramento ist ziemlich flach. Der Zug benötigte für die einhundertachtzig Kilometer sechs Stunden und fuhr gegen Mitternacht durch die Hauptstadt des Staates Kalifornien. Alle Reisenden lagen im ersten tiefen Schlaf und sahen folglich nichts von dieser bedeutenden Stadt mit ihrem Parlamentsgebäude, ihren schönen Kais am Sacramento River, den breiten Straßen und prächtigen Hotels, Parks und Kirchen.

Hinter Sacramento begann der Anstieg in die Sierra Nevada. Um sieben Uhr morgens fuhr der Zug durch den Bahnhof von Cisco. Eine Stunde später war aus dem Schlafwagen wieder ein normaler Waggon geworden. Und die Reisenden konnten durch die Fenster Blicke auf die malerische Berglandschaft werfen. Die Eisenbahntrasse war den bizarren Gebirgszügen der Sierra angepaßt, klammerte sich hier an die Bergflanke, spannte sich dort über Abgründe, umrundete scharfe Biegungen in gewagter Kurvenführung und tauchte in Schluchten hinab, daß man meinen konnte, daraus gäbe es kein Entkommen mehr. Die Lokomotive, mit ihrer großen,

Die Bettwäsche war sauber

wild flackernden Laterne, mit ihrer versilberten Glocke und ihrem spitzen Kuhfänger, sandte, wie ein Reliquienschrein, einen funkelnden Schein aus. Ihr Pfeifen und Stampfen vermischte sich mit dem Zischen und Rauschen der Wildbäche und Wasserfälle, und ihr schwarzer Rauch wand sich um die dunklen Fichten.

Weil die Trasse dem Gebirgsverlauf folgte, gab es nur wenige Tunnels und Brücken auf dieser Strecke, die das Bild der herrlichen Naturlandschaft nur gestört hätten.

Gegen neun überquerte der Zug im Tal des Carson die Grenze zum Bundesstaat Nevada und fuhr noch immer in nordöstlicher Richtung. Um zwölf Uhr mittags verließ er Reno, wo die Reisenden zwanzig Minuten Aufenthalt zum Mitttagessen gehabt hatten.

Bald danach ging die Fahrt am Humboldt River entlang, zuerst nach Norden, dann nach Osten abbiegend, bis zu den Humboldt Ranges im Osten von Nevada, wo der gleichnamige Fluß entspringt.

Mr. Fogg, Mrs. Aouda und ihre Begleiter nahmen nach dem Mittagessen wieder ihre Plätze ein. Von dort konnten sie bequem das abwechslungsreiche Hochlandpanorama genießen, das die Landschaft mit ihren Prärien, entfernten Gebirgszügen und schäumenden Bächen vor ihren Blicken entfaltete. Manchmal tauchte in der Ferne eine große Bisonherde auf wie ein mächtiger Damm, der sich bewegte. Diese Massen unzähliger Wiederkäuer stellten oft unüberwindliche Hindernisse für die Züge dar. Stundenlang zogen sie manchmal in dichten Reihen über den Schienenstrang, so daß die Lokomotive ganz anhalten und warten mußte, bis das Gleis wieder frei war.

So auch hier. Gegen drei Uhr nachmittags versperrte eine unübersehbare Menge von zehn- bis zwölftausend Bisons den Weg. Nachdem der Lokführer abgebremst hatte, versuchte er seine Lokomotive mit dem Kuhfänger von der Seite durch die Tiermassen zu schieben. Es war aussichtslos. Die Lokomotive mußte anhalten.

Eine unübersehbare Menge von zehn- bis zwölftausend Bisons versperrte den Weg

Ganz aus der Nähe konnten die Reisenden die Bisons beobachten, die die Amerikaner fälschlicherweise »Büffel« nennen. Sie bewegten sich gemächlich und stießen ab und zu ein markerschütterndes Gebrüll aus. Sie waren wuchtiger als Stiere in Europa gewöhnlich sind, hatten aber kurze Beine und einen kurzen Schwanz. Ihr gewölbter Nacken war ein richtiges Muskelpaket, die Hörner standen weit auseinander, Kopf, Hals und Schultern waren von langem, zotteligem Haar bedeckt. Die wandernden Bisons wären nicht aufzuhalten gewesen. Nichts konnte sie von der eingeschlagenen Richtung abbringen oder ablenken. Es ist noch kein Damm erfunden, der einen Strom solch wandernder Fleischberge auffangen könnte.

Von den kleinen Brücken zwischen den Waggons beobachteten die Reisenden das faszinierende Schauspiel. Nur Phileas Fogg war auf seinem Platz sitzen geblieben und wartete, daß die Bisons den Weg wieder freigaben, obwohl er es wahrscheinlich am eiligsten hatte. Passepartout war wütend über die Verzögerung, die diese Versammlung von Rindviechern verursachte, und hätte am liebsten alle seine Revolver auf sie abgefeuert.

»Was ist das für ein Land«, rief er, »wo blöde Rindviecher einfach Züge anhalten dürfen? Und die beeilen sich nicht im mindesten, als ob sie nicht den Verkehr behinderten! Und der Lokführer traut sich nicht, mit seiner Maschine den Fleischberg auseinanderzuschieben! Verflixt, da möchte ich doch gern wissen, ob Mr. Fogg solche Verzögerungen auch in seinen Reiseplan aufgenommen hat!«

Der Lokomotivführer hatte gar nicht daran gedacht, das Hindernis beiseite zu schieben. Und er hatte gut daran getan. Bestimmt hätte er einige Bisons beiseite geschoben, andere aber überrollt, wodurch die Lokomotive schließlich entgleist wäre. Aus eigener Kraft hätten sie sich nicht aus dieser Panne befreien können. Der Zug wäre festgesessen.

Am besten wartete man in so einem Fall ruhig ab. Und wenn

der Zug später etwas schneller fuhr, konnte er vielleicht die verlorene Zeit wieder aufholen. Es dauerte drei Stunden, bis alle Bisons vorbeimarschiert waren. Und die Lokomotive hatte erst wieder freie Fahrt, als es dunkelte: Da waren gerade die letzten von den Gleisen gestampft, während die ersten schon im Süden am Horizont verschwanden.

Es war acht Uhr abends geworden, als der Zug durch das Bergland der Humboldt Ranges fuhr, und um halb zehn überquerte er die Grenze nach Utah. Das ist der Bundesstaat, in dem der große Salzsee liegt, und es ist das seltsame Land der Mormonen.

XXVII

Passepartout erhält einen kurzen Abriß der Geschichte der Mormonen mit einer Geschwindigkeit von dreißig Kilometern in der Stunde

In der Nacht vom 5. auf den 6. Dezember rollte der Zug fünfundsiebzig Kilometer in südlicher Richtung, ehe er nach Nordosten abbog und auf den Great Salt Lake zufuhr. Um neun Uhr morgens trat Passepartout auf eine Verbindungsbrücke hinaus, um frische Luft zu schöpfen. Es war kalt, der Himmel zeigte sich grau, aber es schneite nicht mehr. Im nebeligen Dunst erschien die Sonnenscheibe vergrößert und ähnelte einem riesigen Goldstück. Passepartout vergnügte sich gerade damit, den Wert einer solchen Münze in Pfund Sterling zu berechnen, als ihn eine ziemlich eigenartige Gestalt von dieser praktischen Tätigkeit ablenkte.

Diese Person war in Elko zugestiegen. Es war ein hochgewachsener, braungebrannter Mann mit schwarzem Schnauzer, schwarzen Strümpfen, schwarzem Zylinder, schwarzer Weste, schwarzer Hose, weißer Krawatte und Handschuhen aus

Hundeleder. Man hätte ihn für einen Geistlichen halten können. Er wanderte von einem Ende des Zuges zum anderen und klebte mittels einer Oblate eine handgeschriebene Notiz an jede Waggontüre.

Passepartout näherte sich und las die Ankündigung, daß der ehrenwerte William Hitch der Ältere, Mormonenprediger, seine Anwesenheit im Zug Nummer 48 nützen werde, um von elf Uhr bis Mittag im Waggon Nummer 117 einen Vortrag über das Mormonentum zu halten. Der Genannte lade alle Gentlemen zu seinem Vortrag über die Mysterien der Religion der »Heiligen der Letzten Tage«.

»Da gehe ich ganz bestimmt hin«, sagte sich Passepartout, der nur wußte, daß die Vielweiberei die Grundlage der Mormonengemeinschaft war.

Die Neuigkeit machte unter den etwa hundert Reisenden im Zug schnell die Runde. Dreißig von ihnen wurden von dem Thema angelockt und warteten um elf Uhr im Waggon Nummer 117 auf den Mormonenprediger, Passepartout saß in der ersten Reihe. Weder sein Herr noch Fix hatten sich herbemüht.

Pünktlich um elf erhob sich William Hitch der Ältere und rief ziemlich ärgerlich, als hätte ihm schon jemand widersprochen: »Ich aber sage euch, daß Joe Smyth ein Märtyrer ist, daß sein Bruder Hiram ein Märtyrer ist und daß die Verfolgungen durch die Bundesregierung auch Brigham Young zu einem Märtyrer machen werden! Ist einer unter euch, der zu widersprechen wagt?«

Niemand nahm es auf sich, dem Prediger zu widersprechen, dessen ruhige Art nicht zu der Aufgeregtheit paßte, die er zur Schau stellte. Bestimmt kam sein Zorn daher, daß die Mormonen schwierige Zeiten zu bestehen hatten. Die amerikanische Bundesregierung hatte gerade einen schwer erkämpften Teilsieg gegen die religiösen Fanatiker errungen, die um jeden Preis unabhängig sein wollten. Utah war ein Bundesstaat der USA geworden, man hatte ihren Führer Brigham Young eingesperrt, weil man ihm Landesverrat und Vielweiberei vorwarf. Seitdem waren die Anhänger des Propheten Smyth noch fanatischer geworden, beschränkten ihren Widerstand gegen den Kongreß aber aufs Reden, solange sie auf die Anklageschrift warteten.

Wie man sieht, verfolgte William Hitch der Ältere diese Taktik sogar in der Eisenbahn. Lautstark und gestenreich gab er einen kurzen Abriß der Geschichte der Mormonen von der biblischen Urzeit bis zur Gegenwart: »Ein Prophet vom Stamme Josephs schrieb in Israel die Grundlagen der neuen Religion auf und hinterließ sie seinem Sohne Mormom. Jahrhunderte später erhielt der Bauer Joseph Smyth junior im US-Bundesstaat Vermont den Auftrag, das Buch Mormom aus der ägyptischen Hieroglyphenschrift, in der es abgefaßt war, ins Englische zu übersetzen. 1825 übergab ihm, in einem lichterfüllten Walde, ein Bote des Himmels den Urtext. Joseph Smyth wurde zum Propheten einer neuen Religion.«

Gelangweilt von diesem historischen Rückblick, verließen einige der Zuhörer die Versammlung. William Hitch der Ältere fuhr unbeirrt fort und erzählte, wie Smyth junior zusammen mit seinem Vater, seinen beiden Brüdern und einigen Jüngern die Religion der Heiligen der Letzten Tage gegründet habe, die nicht nur in Amerika, sondern auch in England, Skandinavien und Deutschland Anhänger gefunden hatte, vor allem unter den Handwerkern und in den freien Berufen. In Ohio hatten sie eine Siedlung gegründet, eine Kirche für zweihunderttausend Dollar errichtet und in Kirkland eine ganze Stadt gebaut. Smyth habe sich zum kühn handelnden Bankier entwickelt und eines Tages von einem Museumswächter eine Papyrusrolle mit einem Text von der Hand Abrahams und anderer berühmter Ägypter erhalten …

So ging es gerade weiter, und die Reihen der Zuschauer lichteten sich mehr und mehr, bis nur noch etwa zwanzig Personen übrig waren. William Hitch der Ältere ließ sich dadurch nicht stören und erzählte, daß Smyth 1837 Bankrott gemacht habe und von seinen Gläubigern geteert und gefedert worden sei. Dadurch geläutert, sei er einige Jahre später der Anführer einer blühenden Gemeinde mit über dreitausend Gläubigen in Independance, Missouri, geworden. Die Mißgunst der Ungläubigen habe die Gemeinde gezwungen, in den Wilden Westen zu fliehen.

Nur noch zehn Zuhörer interessierten sich dafür, wie Smyth, der sich 1843 als Kandidat für die Präsidentschaftswahlen aufstellen ließ, mit seinen Anhängern vor den Verfolgungen immer weiter nach Westen wich, was ihn aber nicht davor bewahrte, in Carthage in einen Hinterhalt zu geraten, im Gefängnis zu landen und schließlich von einer Bande maskierter Männer ermordet zu werden.

Beim Märtyrertod des Propheten war nur noch Passepartout zugegen. Der Prediger bannte ihn mit Blicken und Worten und erklärte ihm, daß zwei Jahre nach der Ermordung von Smyth sein Nachfolger, der Prophet Brigham Young, die Gläubigen ans Ufer des Großen Salzsees in Utah geführt habe. Dort habe die neue Mormonensiedlung, in einer fruchtbaren Gegend und am Weg der westwärts nach Kalifornien ziehenden Pioniere liegend, dank des Prinzips der Vielweiberei einen schwunghaften Aufstieg erlebt.

»Und deshalb«, fügte William Hitch der Ältere hinzu, »deshalb verfolgt uns der mißgünstige Kongreß weiter! Schickt das Bundesheer nach Utah! Wirft den Propheten Brigham Young rechtswidrig ins Gefängnis! Und wir sollen der Gewalt weichen? Niemals! Sie haben uns aus Vermont vertrieben, aus Illinois und aus Missouri. Wenn sie uns aus Utah vertreiben, werden wir wieder einen Ort finden, wo wir unsere Zelte aufstellen können. Und du, mein treuer Sohn«, fragte er Passepartout, die flammenden Blicke auf den Franzosen gerichtet, »wirst du dein Zelt im Schatten unserer Fahne errichten?«

»Nein!« erwiderte Passepartout standhaft und flüchtete als letzter aus dem Waggon, wo der besessene Prediger allein in der Wüste zurückblieb.

»Und du, mein treuer Sohn!«

Währenddessen war der Zug in schneller Fahrt gut vorangekommen. Um halb ein Uhr mittags erreichte er die Nordwestecke des Great Salt Lake. Von dort aus gesehen, entfaltete sich das prächtige Panorama dieses Binnensees, der wie das Tote Meer im Heiligen Land seinen Jordan hatte. Der wunderbare See war von herrlichen, schroffen, salzüberkrusteten Felsen umrahmt. Früher hatte er eine noch viel größere Fläche bedeckt; seit sich das Ufer gehoben hatte, war der See kleiner, aber tiefer geworden.

Der große Salzsee war etwa einhundertfünf Kilometer lang, dreiundfünfzig Kilometer breit und lag elfhundertvierzig Meter über dem Meer. Damit unterschied er sich wesentlich vom Toten Meer in Palästina, das in einer Depression von fast vierhundert Metern unter dem Meeresspiegel lag. Sein Salzgehalt war beachtlich, und die in ihm gelösten festen Stoffe machten ein Viertel des Eigengewichts seines Wassers aus. Wenn man dem Gewicht von destilliertem Wasser den Index 100 zuwies, so war sein spezifisches Gewicht 117. Fische konnten darin nicht existieren. Diejenigen, die von den Zuflüssen des Großen Salzsees hereingetragen wurden, starben. Allerdings stimmte es nicht, daß das Wasser zu »dicht« wäre, als daß ein Schwimmer darin nicht tauchen konnte.

Um den See herum war das Land prächtig bestellt, denn die Mormonen verstehen sich auf Ackerbau und Viehzucht: Farmen mit eingezäunten Weiden für die Tiere, Getreide-, Mais- und Hirsefelder, üppiges Weideland, Heckenrosen überall, Akazien und Euphorbien konnte man im Sommer bewundern. Zu dieser Jahreszeit war jedoch alles mit einer leichten Pulverschneedecke überzogen.

Um zwei Uhr verließen die Reisenden den Zug in Ogden, von wo er erst um sechs Uhr abends weiterfahren würde. Mr. Fogg, Mrs. Aouda und ihre beiden Begleiter hatten Zeit, die Stadt der »Heiligen« zu besuchen, die über eine kleine Nebenlinie vom Bahnhof Ogden aus zu erreichen war. Zwei Stunden reichten aus, um diese durch und durch ameri-

Das prächtige Panorama dieses Binnensees

kanische Stadt zu besichtigen. Wie alle Städte der USA war sie auf einem schachbrettartigen Grundriß erbaut, so daß auch hier die langen, trostlosen geraden Straßen das Stadtbild mit der »düsteren Tristesse der rechten Winkel«, wie Victor Hugo bemerkte, bestimmten. Der Gründer der Stadt der »Heiligen« hatte sich diesem typisch angelsächsischen Hang zur Symmetrie nicht entziehen können. In diesem einzigartigen Land war das Bewußtsein der Menschen sicher nicht auf der Höhe der demokratischen Verfassung, und so potenzierte sich alles im Quadrat – die Städte, die Häuser und die Dummheiten.

Die Reisenden spazierten nun am Nachmittag durch die Straßen der Stadt, die zwischen dem Jordan und den ersten Ausläufern der Wahsatch-Berge lag. Sie sahen nur wenige Kirchen, dafür aber repräsentative Bauten wie das Haus des Propheten, das Gerichtsgebäude und das Arsenal sowie Wohnhäuser aus bläulichen Ziegeln mit Veranda und Balkon und Gärten, in denen Akazien, Palmen und Johannisbrotbäume standen. Eine 1853 erbaute Mauer aus Ton und Schottersteinen umschloß die Stadt. In der Hauptstraße, wo auch der Markt abgehalten wurde, standen einige fahnengeschmückte Hotels, wie zum Beispiel das *Salt Lake House*.

Mr. Fogg und seinen Begleitern fiel auf, daß die Straßen fast leer waren, mit Ausnahme des Tempelbezirks, der hinter mehreren Palisadenringen lag. Der Anteil der Frauen an der Bevölkerung war wegen der Vielweiberei natürlich sehr hoch. Es war übrigens nicht so, daß alle Mormonen polygam lebten, es stand ihnen frei. Aber die Frauen wollten geheiratet werden, da ihrem Glauben nach der Himmel den Junggesellinnen keinen Zugang zur Glückseligkeit gewährte. Diese unglücklichen Geschöpfe sahen weder vermögend noch glücklich aus. Die, denen es zweifellos noch am besten zu gehen schien, trugen in der Taille offene, schwarze Seidenjacken, eine Haube oder ein einfaches Kopftuch; die anderen waren in einfache Baumwolle gekleidet.

Mit einem gewissen Schrecken betrachtete Passepartout als überzeugter Junggeselle diese Mormoninnen, die zu mehreren für das Wohl eines Mannes zu sorgen hatten. Seinem Verständnis nach war vor allem der Mann zu bedauern, der gleich mehrere Damen sicher durch die Gefahren des Lebens bis ins mormonische Paradies geleiten und dann zusehen mußte, wie sie sich dort alle für die Ewigkeit um die Zierde dieses Ortes, den seligen Joe Smyth, scharten. Das wäre bestimmt nichts für mich, dachte Passepartout, und hatte dabei – vielleicht zu Unrecht – das beunruhigende Gefühl, daß ihn die Frauenwelt in Salt Lake City sehr interessiert beobachtete.

Glücklicherweise ging sein Aufenthalt in der Stadt der »Heiligen« dem Ende zu. Kurz vor vier Uhr bestiegen die Reisenden auf dem Bahnhof wieder den Zug nach Ogden. Das Abfahrtssignal ertönte, und die Antriebsräder der Lokomotive begannen sich knirschend in Bewegung zu setzen, als man die Rufe hörte: »Halt! Anhalten!«

Ein fahrender Zug läßt sich nicht einfach anhalten. Der Mann, der gerufen hatte, war anscheinend ein Mormone, der sich verspätet hatte. Er lief, so schnell er konnte, und zu seinem Glück gab es auf dem Bahnhof keine Sperren. Er rannte also gleich auf den Bahnsteig und sprang auf das Trittbrett des letzten Waggons. Im Wageninneren ließ er sich atemlos auf eine Sitzbank fallen.

Passepartout hatte den Kraftakt interessiert verfolgt, und sein Interesse wuchs noch, als er erfuhr, daß der Nachzügler nach einer häuslichen Auseinandersetzung die Flucht ergriffen hatte.

Als der Herr wieder zu Atem gekommen war, wagte Passepartout ihn zu fragen, wie viele Frauen er denn habe – und vermutete insgeheim, daß es bei einer solchen Flucht in die Eisenbahn mindestens zwanzig sein müßten.

»Eine, Sir!« antwortete der Mormone und streckte die Arme zum Himmel. »Eine ist wirklich genug!«

XXVIII

Passepartout kann der Vernunft kein Gehör verschaffen

Als der Zug Ogden und den Great Salt Lake hinter sich ließ und in Richtung Weber River fuhr, hatte man von San Francisco aus eintausenddreihundertfünfzig Kilometer zurückgelegt. Nun ging es in östlicher Richtung durch das zerklüftete Wahsatch-Gebirgsmassiv. Diese Strecke bis zu den eigentlichen Rocky Mountains hatte die Eisenbahningenieure vor die schwierigsten Aufgaben gestellt. Daher hat die Bundesregierung in Washington die Subventionen pro Gleiskilometer für diesen Abschnitt auf achtundvierzigtausend Dollar erhöht gegenüber sechzehntausend Dollar für einen Kilometer im Flachland. Und man muß sagen, daß sich die Ingenieure wirklich bemüht haben, die Natur nicht durch die Eisenbahnstrecke zu verschandeln. Vielmehr haben sie die Strecke mit Witz und Können der Landschaft angepaßt und zum Beispiel bis ins Flachland hinunter nur einen einzigen Tunnel mit viertausendzweihundert Meter Länge in die Felsen gebohrt.

Am Großen Salzsee lag der bisher höchste Punkt der Bahnlinie. Seither führte sie ganz leicht, aber ständig abwärts zum Tal des Bitter Creek, von wo sie wieder bis zur Wasserscheide zwischen Pazifik und Atlantik anstieg. In dieser Gebirgsgegend gab es viele Flüsse, kleine Brücken führten über den Muddy, den Green und andere Flußläufe.

Passepartout wurde immer ungeduldiger, je näher sie ihrem Ziel kamen. Inspektor Fix wäre am liebsten schon aus dieser gefährlichen Gegend herausgewesen. Er befürchtete Verzögerungen und Unfälle und hatte es eiliger als selbst Phileas Fogg, wieder den Fuß auf englischen Boden zu setzen!

Um zehn Uhr abends hielt der Zug kurz in Fort Bridger, und zehn Minuten später rollte er über die Grenze nach Wyoming.

Hier ging es am Bitter Creek entlang durch das Einzugsgebiet des Colorado River.

Am nächsten Morgen um sieben Uhr hielt der Zug eine Viertelstunde am Bahnhof Green River. In der Nacht war reichlich Schnee gefallen, aber er war naß und mit Regen vermischt gewesen, so daß er die Weiterfahrt nicht behinderte. Trotzdem machte sich Passepartout Sorgen, denn hoher Schnee könnte doch die Räder blockieren und den Erfolg der Reise in Frage stellen.

»Was hat sich mein Herr nur dabei gedacht, eine solche Reise im Winter zu machen?« sagte er sich. »Hätte er nicht noch ein paar Monate warten können? Da wären doch auch die Aussichten, die Wette zu gewinnen, viel größer gewesen!«

Während der treue Diener sich wegen der Wolken am Himmel und wegen der fallenden Temperaturen Sorgen machte, litt Mrs. Aouda unter Befürchtungen ganz anderer Art. In Green River waren einige Reisende aus dem Zug gestiegen, um sich bis zur Weiterfahrt auf dem Bahnsteig etwas die Beine zu vertreten. Als die junge Frau durchs Fenster sah, erkannte sie den Oberst Stamp W. Proctor wieder, der sich bei dem Meeting in San Francisco Phileas Fogg gegenüber so unfein benommen hatte. Erschrocken zog sie sich vom Fenster zurück, um nicht erkannt zu werden.

Die junge Frau war verwirrt. Sie fühlte sich immer enger mit dem Mann verbunden, der sich täglich, wenn auch mit völliger Zurückhaltung, um ihr Wohlergehen bemühte. Die wirkliche Tiefe ihres Gefühls für ihren Retter begriff sie noch nicht. Sie nannte es Dankbarkeit, aber es war mehr. Und so erschrak sie zutiefst, als sie diesen Grobian erkannte, von dem Mr. Fogg früher oder später wegen seines Verhaltens Genugtuung verlangen wollte. Natürlich war es reiner Zufall, daß dieser Oberst Proctor mit demselben Zug reiste, aber er war da, und es galt um jeden Preis zu verhindern, daß Phileas Fogg seinen Gegner zu sehen bekam.

Als der Zug weiterfuhr und Fogg eingenickt war, nützte Mrs.

Aouda die Gelegenheit, um Fix und Passepartout einzuweihen.

»Dieser Proctor ist im Zug?« rief Fix aus. »Aber seien Sie unbesorgt, Madam. Ehe sich der Herr mit meinem ... mit Mr. Fogg anlegen kann, bekommt er es mit mir zu tun! Wie mir scheint, bin ich bei allem, was geschehen ist, am schlimmsten beleidigt worden.«

»Und danach kümmere ich mich um ihn«, fügte Passepartout hinzu. »Oberst hin oder her.«

»Ach, Mr. Fix! Mr. Fogg wird es keinem anderen überlassen, Genugtuung zu verlangen«, fuhr Mrs. Aouda fort. »Er hat gesagt, er wolle wegen dieser Beleidigung sogar nach Amerika zurückkommen. Wenn er Colonel Proctor sieht, werden wir nicht verhindern können, daß es zu einem Zusammenstoß kommt, der die schlimmsten Folgen haben kann. Wir müssen also verhindern, daß er ihn überhaupt sieht.«

»Sie haben ganz recht, Madam«, erwiderte Fix, »ein Zusammentreffen könnte alles verderben. Ob er daraus als Sieger oder Besiegter hervorgeht, er würde Zeit verlieren, und das ...«

»Und das«, unterbrach ihn Passepartout, »würde den Herren vom Reform-Club gut in den Kram passen. In vier Tagen sind wir in New York! Wenn mein Herr nun vier Tage diesen Waggon nicht verläßt, können wir hoffen, daß er den verflixten Amerikaner, den doch der Teufel holen soll, gar nicht sieht. Wir können doch verhindern ...«

Er sprach nicht weiter, weil Fogg aufgewacht war und durch das schneeverwehte Fenster in die Landschaft hinaussah. Später fragte Passepartout den Kriminalinspektor, ohne daß Fogg und Mrs. Aouda es hören konnten: »Würden Sie sich wirklich für ihn schlagen?«

»Ich würde alles tun, um ihn lebend nach Europa zurückzubringen«, antwortete Fix in einem Ton, der seine kompromißlose Absicht unterstrich.

Passepartout lief es kalt den Rücken hinunter, aber er gab seine Loyalität seinem Herrn gegenüber nicht auf.

Bestand denn überhaupt eine Möglichkeit, Fogg ständig in diesem Waggon zurückzuhalten, so daß eine Begegnung mit dem Oberst ausgeschlossen war? Es müßte eigentlich nicht schwer sein, da der Gentleman nicht gerade unter übergroßem Bewegungsdrang und bohrender Neugierde litt. Der Inspektor schien schon bald die Lösung gefunden zu haben, denn er wandte sich nun an Fogg und sagte: »Die Stunden, Sir, die man in der Bahn sitzen muß, vergehen einem doch sehr langsam.«

»So ist es«, erwiderte der Gentleman, »aber sie vergehen.«

»Haben Sie sich auf den Dampfern nicht für gewöhnlich die Zeit mit dem Whistspiel vertrieben?«

»Ja«, erwiderte Phileas Fogg, »aber hier wäre das schwierig. Ich habe weder Karten noch Partner.«

»Oh, die Karten könnten wir schon besorgen. In den amerikanischen Zügen verkauft man alles mögliche. Was die Partner angeht ... Ich weiß nicht, ob Sie, Madam ...«

»Ja, natürlich spiele ich Whist, Mr. Fix«, antwortete die junge Frau lebhaft. »Schließlich gehört das zu der englischen Erziehung, die ich genossen habe.«

»Und ich bilde mir ein, daß ich ein ganz passabler Spieler bin«, fuhr Fix fort. »Also wir drei mit Strohmann ...«

»Wie Sie wünschen, Sir«, sagte Phileas Fogg, der froh war, sich wieder seinem Lieblingsspiel widmen zu können – und warum nicht auch in der Eisenbahn.

Passepartout mußte den Zugbegleiter suchen und kam bald mit zwei kompletten Kartenspielen, Notizblöcken, Spielmarken und einem Spieltischchen mit Decke zurück. Es war alles da, das Spiel begann. Mrs. Aouda spielte tatsächlich recht gut, und der gestrenge Fogg lobte sie sogar ab und zu. Inspektor Fix dagegen war ein richtiger Könner und daher ein würdiger Spielgegner für den Gentleman.

»Jetzt haben wir ihn da, wo wir ihn wollten«, sagte sich Passepartout. »Er wird sich nicht mehr vom Platz rühren.«

Um elf Uhr vormittags hatte der Zug die Wasserscheide

zwischen den beiden Ozeanen bei Passe Bridger erreicht. Die Bahnstation lag zweitausendfünfhundertsiebenundfünfzig Meter über dem Meeresspiegel und war einer der höchstgelegenen Punkte der gesamten Eisenbahnlinie durch die Rocky Mountains. Nach weiteren dreihundert Kilometern würden die Reisenden das nordamerikanische Flachland erreicht haben, das sich bis zum Atlantik erstreckte und geradezu ideal für Eisenbahnverbindungen war.

An den Abhängen der Rocky Mountains strömten schon die Zuflüsse der Nebenflüsse des nördlichen Platte River ins Flachland. Am östlichen und nördlichen Horizont entlang zogen sich nun im Bogen die nördlichen Rocky Mountains mit dem hohen Laramie Peak. Zwischen diesem Bogen und der Eisenbahnlinie erstreckte sich eine gut bewässerte Ebene. Rechts der Eisenbahnlinie führten die ersten Ausläufer zu einem gewaltigen, im Süden gelegenen Gebirgsmassiv, in dem der Arkansas entspringt, einer der größten Nebenflüsse des Missouri.

Kurz nach Mittag sahen die Reisenden für einen kurzen Augenblick Fort Hallek, von dem aus dieser Teil des Landes militärisch kontrolliert wurde. In einigen Stunden würden sie endlich die Rocky Mountains hinter sich gelassen haben. Man konnte also hoffen, daß der Zug diese schwierige Etappe dann ohne jeden Zwischenfall überwunden haben würde. Der Schneefall hatte aufgehört, aber es war klirrend kalt geworden. Riesige Vögel wurden schon von weitem vom Lärm der Lokomotive aufgeschreckt und flogen davon. In dieser Ebene zeigte sich kein wildes Tier mehr, weder Bär noch Wolf. Es war eine weiße Wüste, nackt und leer.

Nach einem guten Mittagessen, das in ihrem Waggon serviert wurde, nahmen Mr. Fogg und seine Mitspieler ihren endlosen Whist wieder auf, als das gellende Pfeifsignal der Lokomotive ertönte. Dann hielt der Zug.

Passepartout streckte den Kopf aus der Tür, konnte aber keinen Grund für diesen Halt erkennen. Ein Bahnhof war jedenfalls nicht in der Nähe.

Mrs. Aouda und Inspektor Fix befürchteten einen Augenblick, Mr. Fogg würde aussteigen wollen. Aber er begnügte sich damit, seinen Diener zu beauftragen: »Sehen Sie doch einmal nach, was es gibt.«

Passepartout sprang aus dem Wagen. Draußen standen schon etwa vierzig Reisende, unter ihnen auch Oberst Stamp W. Proctor. Der Zug hatte vor einem Signal angehalten, das auf Halt stand. Der Lokführer und der Zugführer diskutierten davor lebhaft mit einem Streckenwärter, den der Bahnhofvorsteher der nächsten Bahnstation Medecine Bow dem Zug entgegengeschickt hatte. Einige Reisende hatten sich zu ihnen gesellt und nahmen an dem Disput teil. Oberst Proctor mischte laut und gestikulierend mit.

Als Passepartout zu der Gruppe trat, hörte er den Streckenwärter sagen: »Nein! Sie können unmöglich weiterfahren! Ich sage Ihnen doch, die Brücke vor Medecine Bow ist beschädigt. Sie würde unter dem Gewicht dieses Zuges zusammenbrechen!«

Die Hängebrücke, von der die Rede war, spannte sich einen Kilometer entfernt über eine Schlucht. Wie der Wärter weiter ausführte, drohte sie über kurz oder lang in die Tiefe zu stürzen. Mehrere Halteseile waren schon gerissen. Kein Zug durfte mehr darüberfahren. An seinen Worten war also nicht zu zweifeln. Außerdem, wenn die sonst so sorglosen Amerikaner einmal vor einer Gefahr warnten, mußte man schon verrückt sein, wenn man diese Warnung nicht beachtete.

Passepartout wagte gar nicht, seinem Herrn diese Nachricht zu überbringen. Stocksteif blieb er stehen, biß die Zähne zusammen und hörte weiter zu.

»Das ist ja die Höhe!« ereiferte sich inzwischen Oberst Proctor. »Wir wollen doch hier im Schnee nicht Wurzeln schlagen, oder?!«

»Man hat bereits nach Omaha telegraphiert, Colonel, um einen Ersatzzug anzufordern, aber es ist kaum wahrscheinlich, daß er vor sechs Uhr in Medecine Bow ankommt.«

»Sechs Uhr!« rief Passepartout aus.

»Ja, sicher«, entgegnete der Zugführer. »So lange brauchen wir übrigens zu Fuß bis zum Bahnhof.«

»Zu Fuß?« schrien alle Umstehenden wie aus einem Munde.

»Wie weit ist es denn von hier bis zu diesem Bahnhof?« fragte einer der Reisenden.

»Er liegt zwölf Meilen von hier auf der anderen Seite der Schlucht.«

»Zwölf Meilen durch den Schnee?!« brüllte nun der Oberst. Dann ließ er einen Stapel Flüche los und beschimpfte der Reihe nach den Zugführer und die Eisenbahngesellschaft.

Passepartout war so wütend, daß er am liebsten mitgeschimpft hätte. Dieses Mal handelte es sich um ein Hindernis, gegen das alle Banknoten seines Herrn nichts ausrichten konnten.

Die Verbitterung der Fahrgäste war deshalb so groß, weil sie zu der Verspätung noch einen Fußmarsch von achtzehn Kilometern über eine schneebedeckte Ebene in Kauf nehmen mußten. Verständlicherweise ging es laut zu, alles schrie und schimpfte durcheinander. Auch Phileas Fogg hätte das bestimmt bemerkt, wenn er nicht ganz in sein Whistspiel versunken gewesen wäre.

Passepartout konnte es nicht länger hinausschieben, er mußte seinem Herrn die schreckliche Nachricht bringen. Mit hängendem Kopf trottete er auf seinen Waggon zu, als der Lokführer, ein waschechter Yankee namens Forster, laut rief: »Hört zu, Leute! Es gäbe vielleicht eine Möglichkeit rüberzukommen!«

»Über die Brücke?« fragte einer.

»Über die Brücke.«

»Mit unserem Zug?« fragte ein anderer.

»Mit unserem Zug.«

Passepartout war auf der Stelle stehengeblieben und wartete auf jedes weitere Wort des Lokführers.

»Aber die Brücke kann jeden Augenblick abstürzen!« schaltete sich der Zugführer ein.

»Macht nichts«, antwortete Forster. »Ich glaube, wenn wir den Zug mit Volldampf rüberjagen, haben wir eine reelle Chance, es zu schaffen.«

»Teufel!« stieß Passepartout hervor.

Eine ganze Anzahl von Reisenden fand den Vorschlag sehr verlockend. Ganz besonders gefiel er Oberst Stamp W. Proctor. Dieser Hitzkopf hielt ihn ohne weiteres für durchführbar. Er erinnerte sogar daran, daß einige Ingenieure früher vorgeschlagen hatten, speziell versteifte Züge mit Höchstgeschwindigkeit Schluchten überqueren zu lassen – ohne Brücke, im freien Flug sozusagen, und so weiter. Aber schließlich waren alle Anwesenden für den Vorschlag des Lokführers.

»Wir haben eine fünfzigprozentige Chance, rüberzukommen«, meinte einer.

»Sechzig«, sagte ein anderer.

»Achtzig! Nein, neunzig!« rief ein dritter.

Passepartout war entsetzt. Er wollte gern alles versuchen, um auf schnellem Weg nach Medecine Bow zu gelangen, aber diese Lösung erschien ihm doch zu amerikanisch. Im übrigen ginge es sehr viel einfacher, überlegte er. Nur kamen die Leute hier gar nicht darauf.

»Sir«, sprach er den ersten Mitreisenden an, »was der Lokomotivführer vorschlägt, scheint mir ein wenig gewagt. Aber ...«

»Die Chance ist achtzig zu hundert!« antwortete der Angesprochene und drehte ihm den Rücken zu.

»Ich weiß schon«, sagte Passepartout und wandte sich an einen anderen, »aber wenn man bloß bedenkt ...«

»Keine Bedenken! Das ist unnötig!« erwiderte der Amerikaner und zuckte die Schultern. »Wenn es der Lokführer selbst sagt!«

»Zweifellos«, fuhr Passepartout fort, »so kann man es schaffen. Aber es wäre vielleicht ratsam ...«

»Was? Ratsam?« brüllte Oberst Stamp W. Proctor, der das letzte Wort aufgeschnappt hatte. »Mit Volldampf, hat es geheißen. Verstehen Sie? Mit Volldampf!«

»Ich weiß ... Ich verstehe ...« fuhr Passepartout fort, den niemand aussprechen ließ, »aber es wäre doch, wenn nicht ratsam, weil Sie dieses Wort nicht mögen, so doch natürlicher, wenn ...«

»Wie? Was? Wer? ... Was hat denn der mit seinem natürlich?« rief man von allen Seiten.

Der arme Franzose wußte nicht mehr, wem er sich verständlich machen konnte.

»Haben Sie Angst?« fragte ihn der Oberst.

»Ich? Angst?« rief Passepartout. »Jetzt reicht's aber. Ich werde den Herren zeigen, daß ein Franzose soviel Amerikaner sein kann wie sie selbst!«

»Alles einsteigen! Alles einsteigen!« rief der Zugführer.

»Ja, ja, steigen wir ein«, murmelte Passepartout. »Und zwar sofort! Aber niemand wird mir den Gedanken verbieten, daß es natürlicher gewesen wäre, wenn wir alle zu Fuß über diese Brücke wären, wir Reisenden. Und danach erst der Zug!«

Doch niemand hörte diesen klugen Vorschlag, und befolgt hätte man ihn wahrscheinlich auch nicht.

Die Reisenden waren wieder in ihren Waggons. Passepartout setzte sich auf seinen Platz, ohne ein Wort darüber zu verlieren, was vorgefallen war. Die Spieler waren ganz in ihr Whistspiel vertieft.

Die Lokomotive pfiff schrill. Der Lokführer ließ die Maschine rückwärts laufen und setzte über einen Kilometer zurück, wie ein Weitspringer, der Anlauf nimmt.

Nach einem zweiten Pfiff bewegte sich die Lokomotive wieder vorwärts. Und beschleunigte. Bald schon war sie erschrekkend schnell. Mit einem durchgängigen Zischen. Mit zwanzig Kolbenstößen in der Sekunde. Mit qualmenden Radlagern. Mit hundert Stundenkilometern. Ohne mehr die Schienen zu berühren. Schnelligkeit besiegte die Schwerkraft.

Dann die Brücke! In Blitzesschnelle. Man sah sie gar nicht. Schon war der Zug hinüber. Der Lokführer konnte so schnell nicht wieder bremsen. Erst fünf Kilometer hinter der Bahn-

Die Brücke stürzte splitternd in die Wildwasserschlucht

station hatte er den Schwung der Lokomotive so weit abgebremst, daß er sie zum Stehen bringen konnte.

Die Brücke aber war, kaum daß die letzten Räder des Zuges sie verlassen hatten, ganz abgebrochen, und ihre Bruchstücke stürzten splitternd und krachend in die Wildwasserschlucht hinunter.

XXIX

Es gibt Dinge, die passieren nur in der nordamerikanischen Eisenbahn

Am Abend setzte der Zug seine Fahrt ohne weitere Zwischenfälle fort, an Fort Saunders vorbei, über den Cheyenne-Paß und bis zum Evans-Paß. Dort erreichte er die höchste Stelle der gesamten Strecke zwischen den Ozeanen, und sie lag genau zweitausendvierhundertsiebenundzwanzig Meter über der Meeresoberfläche. Von hier an ging die Fahrt hinunter ins Flachland zum Atlantik über endlose Flächen, die die Naturkräfte eingeebnet haben.

Am »grand trunk« zweigte die Linie nach Denver, der Hauptstadt von Colorado, ab. Diese Gegend war bekannt für ihre ergiebigen Gold- und Silberminen, und die Stadt wies die beachtliche Zahl von fünfzigtausend Einwohnern auf.

Drei Tage und drei Nächte dauerte die Reise bereits, und zweitausenddreiundsiebzig Kilometer waren zurückgelegt. In vier weiteren Tagen und Nächten mußten sie, aller Voraussicht nach, New York erreichen. Phileas Fogg hielt seinen Zeitplan immer noch ein.

Die Nacht über passierte der Zug Camp Walbah zur Linken. Der Lodge Pole Creek floß eine Zeitlang neben dem Gleis entlang, und dieses verlief auf der schnurgeraden Grenze zwischen den Bundesstaaten Wyoming und Colorado. Eine Stunde vor Mitternacht war man dann in Nebraska, kam in der Nähe von Sedgwick vorbei und fuhr an Julesburgh vorüber, das am South Platte River liegt.

Dort war am 23. Oktober 1867 die Union Pacific Railroad eingeweiht worden, deren leitender Ingenieur General J. M. Dodge war. Dort hatten die beiden mächtigen Lokomotiven angehalten, die die neun Waggons mit den Ehrengästen zogen, unter denen sich auch der Vizepräsident der Vereinigten Staaten Thomas C. Durnat befand. Hier war der Beifall aufgebrandet, Sioux und Pawnees hatten Kriegsspiele vorgeführt, ein Feuerwerk hatte den Himmel überzogen, eine fahrbare Druckerei die erste Ausgabe der Eisenbahnzeitung *Railway Pioneer* ausgeliefert. So wurde die Eröffnung der transamerikanischen Eisenbahnlinie gefeiert, dieses Instruments des Fortschritts und der Zivilisation, die noch durch unbesiedeltes Land führte und Städte verbinden sollte, die es noch gar nicht gab. Aber der Pfiff der Lokomotiven war zivilisationsmächtiger als die Leier des Amphion, der Theben befestigt hat, und nach und nach ließ dieser Pfiff die Siedlungen aus dem Boden Amerikas sprießen.

Um acht Uhr morgens hatten sie Fort MacPherson hinter sich gelassen. Bis Omaha waren es noch fünfhundertfünfunddreißig Kilometer. Die Bahnlinie folgte dem gewundenen Lauf des South Platte River. Um neun war North Platte erreicht, eine größere Stadt, die nahe am Zusammenfluß des nördlichen und des südlichen Platte liegt, die von da an zum stattlichen Platte River vereint sind, der dem Missouri zufließt, in den er südlich von Omaha mündet.

Der hundertste Längengrad wurde überquert.

Mr. Fogg und seine Mitspieler hatten ihren Whist wiederaufgenommen. Keiner von ihnen beklagte sich über die lange Fahrt, der Strohmann schon gar nicht. Fix hatte anfänglich eine kleine Summe gewonnen, die er allmählich wieder verlor. In seiner Spielleidenschaft stand er Fogg nicht im geringsten nach, der an diesem Morgen eine wahre Glückssträhne hatte. Sein Blatt wimmelte nur so von Trümpfen und Bildern.

Gerade hatte er sich einen kühnen Spielzug ausgedacht und wollte Pik spielen, als hinter ihm eine Stimme ertönte: »Ich würde Karo spielen ...«

Fogg, Mrs. Aouda und Fix sahen auf. Oberst Stamp W. Proctor stand hinter ihnen.

Der Oberst und Fogg erkannten sich beide sofort wieder.

»Ach, der Herr Engländer will Pik spielen!« rief Proctor.

»Und spielt es!« erwiderte Fogg kühl und spielte die Pik Zehn aus.

»Ich hätte aber gern Karo«, fuhr Proctor gereizt fort. Er machte eine Bewegung, um nach der Pik Zehn zu greifen, und fügte hinzu: »Sie verstehen doch gar nichts von diesem Spiel.«

»Vielleicht stelle ich mich bei einem anderen geschickter an«, sagte Fogg und erhob sich.

»Sie brauchen's ja nur zu versuchen, Sie Hanswurst!« sagte der Grobian.

Mrs. Aouda war bleich geworden, das Blut stockte ihr in den Adern. Sie hatte Foggs Arm gefaßt, um ihn zurückzuhalten. Aber er schob ihre Hand sachte weg. Passepartout war bereit, sich auf den Amerikaner zu stürzen, der seinen Herrn mit ganz unverschämten Blicken maß. Aber Inspektor Fix hatte sich schon erhoben, ging auf den Oberst zu und sagte: »Sie vergessen, daß Sie es mit mir zu tun haben, Sir. Mich haben Sie nicht nur beleidigt, sondern sogar geschlagen!«

»Entschuldigen Sie, Mr. Fix«, sagte Fogg, »aber das ist allein meine Sache. Durch seine unqualifizierte Kritik an meinen Whistkenntnissen hat mich der Colonel zum zweiten Mal beleidigt. Und dafür verlange ich Genugtuung von ihm!«

»Wann Sie wollen und wo Sie wollen«, sagte der Amerikaner. »Und Sie haben die Wahl der Waffen.«

Vergebens versuchte Mrs. Aouda Herrn Fogg zurückzuhalten. Vergeblich versuchte Inspektor Fix den Streit an sich zu reißen. Passepartout hätte den Oberst gern zur Tür hinausgeworfen, aber auf ein Zeichen seines Herrn hielt er sich zurück.

»Ich würde Karo spielen …«

Phileas Fogg verließ den Waggon, und der Amerikaner trat hinter ihm auf die Verbindungsbrücke.

»Ich bin sehr in Eile, Sir«, sagte Fogg zu seinem Gegner, »weil ich so bald als möglich nach Europa zurückkehren möchte. Die geringste Verzögerung schadet meinen Interessen.«

»Na und? Was geht mich das an?« antwortete Oberst Proctor.

»Nach unserem Treffen in San Francisco«, setzte Fogg noch einmal höflich mit seiner Erklärung an, »habe ich den Beschluß gefaßt, Sie in Amerika wieder aufzusuchen, nachdem ich die Geschäfte zu einem Abschluß gebracht habe, die mich in die Alte Welt rufen.«

»Was Sie nicht sagen!«

»Können wir einen Termin in sechs Monaten ausmachen?«

»Warum nicht gleich in sechs Jahren?«

»Ich sagte sechs Monate«, antwortete Fogg, »und ich werde pünktlich sein.«

»Ausreden! Nichts als Ausreden!« rief Proctor. »Jetzt oder gar nicht!«

»Abgemacht«, sagte Fogg. »Fahren Sie nach New York?«

»Nein.«

»Nach Chicago?«

»Nein.«

»Nach Omaha?«

»Geht Sie nichts an! Kennen Sie Plum Creek?«

»Nein«, antwortete Fogg.

»Die nächste Station. Der Zug hält dort in einer Stunde und hat zehn Minuten Aufenthalt. In zehn Minuten kann man gut ein paar Revolverschüsse abfeuern.«

»Abgemacht«, antwortete Fogg. »Ich werde in Plum Creek aussteigen.«

»Und dort auf der Strecke bleiben, denke ich!« sagte der unverschämte Amerikaner.

»Wer weiß, Sir?« antwortete Fogg und ging so gefaßt wie immer in den Waggon zurück.

Der Gentleman beruhigte Mrs. Aouda damit, daß man sich vor solchen Angebern nicht zu fürchten brauche. Dann bat er Fix, bei dem bevorstehenden Duell sein Sekundant zu sein. Das konnte Fix nicht abschlagen, und Fogg nahm gelassen das unterbrochene Spiel wieder auf, indem er seelenruhig weiter Pik ausspielte.

Um elf kündete der Pfiff der Lokomotive die nächste Station an: Plum Creek. Fogg stand auf und ging, von Fix begleitet, auf die Plattform hinaus. Passepartout folgte ihnen mit zwei Revolvern. Mrs. Aouda blieb totenbleich im Waggon sitzen.

Auf die gegenüberliegende Plattform trat nun Oberst Proctor mit einem Sekundanten seines eigenen Kalibers heraus. Aber gerade, als die beiden Kontrahenten auf den Bahnsteig hinabsteigen wollten, kam der Zugführer angerannt und schrie ihnen zu: »Nicht aussteigen, meine Herren!«

»Und warum nicht?« fragte der Oberst.

»Wir haben zwanzig Minuten Verspätung. Der Zug hat hier keinen Aufenthalt.«

»Aber ich muß mich mit dem Herrn hier schlagen!«

»Tut mir leid. Wir fahren sofort weiter. Die Glocke läutet schon!«

Mit dem Läuten der Glocke setzte sich der Zug tatsächlich wieder in Bewegung.

»Ich bedaure außerordentlich, meine Herren«, sagte der Zugführer. »In jedem anderen Fall wäre ich Ihnen gern behilflich gewesen. Aber könnten Sie Ihr Duell nicht unterwegs austragen?«

»Das wird dem Herrn vielleicht nicht in den Kram passen«, meinte Oberst Proctor spöttisch.

»Das paßt mir ausgezeichnet«, erwiderte Fogg.

»Da haben wir's!« dachte Passepartout. »Typisch amerikanisch. Selbst der Zugführer ist ein Herr aus einer besseren neuen Welt!« Er folgte seinem Herrn nach.

Vom Zugführer geleitet, durchquerten die Duellanten und

ihre Sekundanten alle Waggons bis zum Ende des Zuges. Der letzte Waggon war nur mit zehn Reisenden besetzt. Der Zugführer bat sie, einen Augenblick den Waggon zu räumen für die beiden Herren, die einen Ehrenhandel auszutragen hätten.

Niemand regte sich über diese Bitte auf. Im Gegenteil. Alle Reisenden waren erfreut, den beiden Herren diesen Gefallen tun zu können, und gingen auf die Plattform hinaus.

Der knapp fünfzig Meter lange Waggon eignete sich ganz gut für den Zweck. Die Duellanten konnten im Mittelgang aufeinander losgehen und sich nach Belieben totschießen. Die Abmachung war höchst einfach. Mr. Phileas Fogg und Oberst Stamp W. Proctor betraten den Waggon mit zwei sechsschüssigen Revolvern. Die Sekundanten blieben draußen und verschlossen die Türen. Mit dem ersten Pfeifton der Lokomotive sollten sie das Feuer eröffnen ... Zwei Minuten später würde man die Türen wieder öffnen und aus dem Waggon holen, was von den Herren noch übrig war.

Einfacher ging's wirklich nicht. Es war sogar so einfach, daß Passepartout und Fix ihr Herz klopfen hörten, als wolle es zerspringen.

Alles wartete auf den Pfiff der Lokomotive, als plötzlich wilde Schreie ertönten. Gleichzeitig krachten Schüsse, aber nicht in dem Waggon, der für die Duellanten reserviert war. Vielmehr hörte man die Schüsse vorn und auf allen Seiten des Zuges. Schreckensschreie wurden in den Waggons laut.

Oberst Proctor und Mr. Fogg kamen mit dem Revolver in der Hand aus dem Waggon und stürzten nach vorn, an die Spitze des Zuges, wo die Schießerei und das Geschrei am schlimmsten war.

Sie hatten beide begriffen, daß eine Bande von Sioux den Zug überfiel.

Die tollkühnen Indianer waren nicht ungeübt, sie hatten schon mehr als einmal Züge aufgehalten. Es war zirkusreif, wie etwa hundert Sioux von ihren galoppierenden Pferden

Die Reisenden setzten sich tapfer zur Wehr

auf die Trittbretter der Waggons sprangen, noch ehe der Zug zum Stillstand kam.

Diese Sioux waren mit Gewehren bewaffnet, mit denen sie wild herumballerten. Die Reisenden waren fast alle auch bewaffnet und erwiderten das Feuer hauptsächlich mit Pistolen. Zuallererst hatten die Indianer die Lokomotive angegriffen. Der Lokführer und der Heizer waren mit Streitäxten bewußtlos geschlagen worden. Ein Sioux-Häuptling, der den Zug anhalten wollte, kannte sich mit dem Mechanismus nicht aus und gab Volldampf, statt die Maschine zu drosseln, so daß der Zug jetzt mit wahnwitziger Geschwindigkeit dahinraste.

Gleichzeitig stürmten die anderen Sioux die Waggons, turnten wie die Affen über die begehbaren Dächer, schlugen Türen ein und kämpften Mann gegen Mann mit den Reisenden. Der Gepäckwagen wurde erbrochen und geplündert, Koffer und Pakete wurden herausgeworfen. Unaufhörlich krachten Schüsse und gellten Schreie.

Die Reisenden setzten sich tapfer zur Wehr. In einigen Waggons hatten sie sich verschanzt und trotzten der Belagerung wie in einem Fort, das mit über hundert Stundenkilometer durch die Landschaft raste.

Vom Beginn des Überfalls an hatte sich Mrs. Aouda tapfer gehalten. Mit einem Revolver in der Hand verteidigte sie sich heldenhaft und schoß durch die zersplitterten Fensterscheiben, sobald sich ein Indianer im Schußfeld zeigte. Etwa zwanzig Sioux hatten bereits ihr Leben gelassen. Manche waren neben den Gleisen zu Boden gestürzt, andere fielen von den Verbindungsbrücken und wurden unter den Rädern zermalmt.

Zahlreiche Reisende waren von einer Kugel oder einer Streitaxt getroffen worden und lagen schwerverletzt auf den Sitzbänken.

Der Kampf mußte beendet werden. Er dauerte schon zehn Minuten und würde von den Sioux gewonnen werden, wenn der Zug nicht bald zum Stehen kam. Der Bahnhof beim Fort

Kearney war nur noch drei Kilometer entfernt. Dort war Militär stationiert, aber danach wäre der Zug bis zur nächsten Station den Sioux völlig ausgeliefert.

Der Zugführer kämpfte Seite an Seite mit Phileas Fogg, als ihn eine Kugel niederstreckte. Im Fallen rief er aus: »Wir sind alle verloren, wenn der Zug nicht in den nächsten fünf Minuten zum Stehen kommt!«

»Der Zug wird halten!« versprach Fogg und wollte aus dem Waggon stürzen.

»Bleiben Sie, Sir!« rief ihm Passepartout zu. »Darum kümmere ich mich!«

Phileas Fogg blieb keine Zeit, den tapferen Franzosen zurückzuhalten, der aus einer Tür schlüpfte, ohne von den Indianern bemerkt zu werden und unter den Waggon kletterte. Während der Kampf weiterging und die Kugeln über seinem Kopf kreuz und quer durch die Luft pfiffen, fand er seine alte Behendigkeit als Zirkusartist wieder. Er kletterte unter den Wagen durch, indem er sich an Ketten klammerte und auf Bremskästen und Fahrgestellstreben stützte. Mit einer bewunderungswürdigen Geschicklichkeit arbeitete er sich so bis zur Spitze des Zuges vor, ohne daß ihn jemand gesehen hätte.

Dann hing er zwischen dem Gepäckwagen und dem Kohletender, hielt sich mit einer Hand fest und hakte mit der anderen die Sicherungsketten aus. Aber er hätte nie die Kupplung lösen können, auf der eine enorme Spannung lastete, wenn die Lok nicht durch einen heftigen Ruck mitgeholfen hätte, die Kupplung aufspringen zu lassen. Die Waggons blieben zurück, während sich Lokomotive und Tender mit nochmals erhöhter Geschwindigkeit entfernten.

Eine Zeitlang rollten die Wagen noch weiter, dann wurden die Bremsen im Inneren der Waggons betätigt, und der Zug ohne Lokomotive blieb kaum hundert Meter von der Station Kearney entfernt stehen.

Die Besatzung des Forts war schon durch die Schießerei alar-

Dann hing er zwischen dem Gepäckwagen
und dem Kohletender

miert worden, und sofort rückte ein Trupp Soldaten aus. Auf diese Wendung waren die Sioux nicht gefaßt gewesen. Noch ehe der Zug ganz zum Stehen gekommen war, hatten sie sich aus dem Staub gemacht.

Aber als sich die Reisenden auf dem Bahnsteig von Kearney versammelten, mußten sie feststellen, daß einige ihrer Reisegefährten fehlten. Unter diesen war auch der mutige Franzose, der sie mit seiner Tapferkeit gerettet hatte.

XXX

Phileas Fogg erfüllt ganz einfach seine Pflicht

Drei Reisende, darunter Passepartout, wurden vermißt. Waren sie bei dem Überfall getötet worden? Hatten die Sioux sie als Gefangene genommen? Niemand wußte eine Antwort.

Die Zahl der Verwundeten war ziemlich hoch, aber wie sich zeigte, waren die Verletzungen nicht lebensgefährlich. Oberst Proctor gehörte zu denen, die es schlimmer erwischt hatte. Er hatte sich tapfer geschlagen, aber eine Kugel in die Leiste hatte ihn niedergestreckt. Er wurde in das Bahnhofsgebäude gebracht wie alle anderen auch, die sofort ärztliche Hilfe benötigten.

Mrs. Aouda war unverletzt geblieben. Phileas Fogg hatte sich nicht geschont, aber keinen Kratzer abbekommen. Fix hatte eine unbedeutende Schürfwunde am Arm davongetragen. Aber Passepartout fehlte, und Mrs. Aouda konnte ihre Tränen nicht zurückhalten.

Inzwischen hatten alle Fahrgäste den Zug verlassen. Die Wagenräder waren blutverschmiert. An Naben und Speichen hingen Hautfetzen. Rote Spuren zogen sich bis zum Horizont, an dessen südlichem Rand die letzten Indianer im Tal des Republican River untertauchten.

Mr. Fogg stand mit gekreuzen Armen stumm und ruhig da. Er mußte eine schwerwiegende Entscheidung treffen. Mrs. Aouda stand neben ihm und sah ihn wortlos an. Er wußte, was ihr Blick ihm sagen wollte. Wenn sein Diener ein Gefangener der Indianer war, mußte er dann nicht alles daransetzen, ihn aus ihren Händen zu befreien?

»Ich werde ihn finden. Tot oder lebendig«, sagte er zu der jungen Frau.

»Ach, Mr. Fogg!« rief sie aus und ergriff seine Hände, auf die ihre Tränen fielen.

»Natürlich lebendig ... aber nur, wenn wir keine Minute verlieren!« fügte Fogg hinzu.

Dieser Entschluß bedeutete, daß Phileas Fogg alles opferte. Daß er sein Reiseprojekt verloren gab, daß er ruiniert war. Nur ein einziger Tag Verspätung hatte zur Folge, daß er den Dampfer in New York nicht erreichte und die Wette unwiederbringlich verloren war. Doch bei dem Gedanken, daß er jetzt einfach seine Pflicht tun mußte, hatte er nicht einen Augenblick gezögert.

Der befehlshabende Hauptmann von Fort Kearney war mit seinen Soldaten noch da. Seine Leute – etwa hundert Mann – hatten den Bahnhof gesichert für den Fall, daß die Sioux dort noch angegriffen hätten.

Fogg wandte sich an den Hauptmann: »Drei Reisende werden vermißt, Sir.«

»Tot?«

»Tot oder gefangen«, antwortete Fogg. »Diese Unsicherheit müssen wir beenden. Ist es Ihre Absicht, die Sioux zu verfolgen?«

»Ein schwieriges Vorhaben, Sir«, antwortete der Hauptmann. »Diese Indianer könnten bis über den Arkansas fliehen! Ich habe die Verantwortung für das Fort und darf es nicht so lange ohne Besatzung lassen.«

»Es handelt sich hier um das Leben von drei Menschen, Sir.«

»Sicher. Aber darf ich fünfzig gefährden, um drei zu retten?«

»Ich weiß nicht, ob Sie das dürfen, Sir. Sie müssen es.«

»Niemand hier hat mir zu sagen, was meine Pflicht ist, Sir!«

»Gut«, erwiderte Fogg, »dann werde ich allein gehen!«

»Was wollen Sie, Sir?« rief Fix, der zu ihnen getreten war. »Allein die Indianer verfolgen?«

»Wollen Sie denn, daß ich den unglücklichen Menschen umkommen lasse, dem alle Lebenden hier ihr Leben verdanken? Ich gehe!«

»Aber nicht allein!« mischte sich der Hauptmann ein, den so viel Opferbereitschaft beeindruckte. »Ein so tapferer Mann verdient Hilfe! ... Dreißig Freiwillige melden!« befahl er seinen Soldaten.

Die ganze Kompanie meldete sich geschlossen. Da traf der Hauptmann die Auswahl, und ein erfahrener Feldwebel erhielt den Befehl über die dreißig.

»Danke, Captain!« sagte Fogg.

»Erlauben Sie, daß ich mitkomme?« fragte ihn Fix.

»Wie Sie wünschen«, antwortete Fogg, »aber wenn Sie mir wirklich einen Gefallen tun möchten, dann bleiben Sie bitte bei Mrs. Aouda ... für den Fall, daß mir etwas zustößt.«

Inspektor Fix wurde plötzlich ganz bleich. Diesen Mann hatte er so lange auf Schritt und Tritt verfolgt! Und jetzt sollte er ihn ziehen lassen! In die Prärie, in ein so unsicheres Abenteuer! Er sah den Gentleman an und mußte trotz aller Bedenken und allem anderem, was sich in ihm dagegen wehrte, den Blick senken vor dem ruhigen und offenen Blick seines Gegenübers.

»Ich bleibe hier«, sagte er dann.

Wenig später hatte Fogg der jungen Frau die Hand gedrückt, ihr seine wertvolle Reisetasche anvertraut und war mit dem Feldwebel und dem kleinen Trupp Soldaten aufgebrochen, denen er beim Aufbruch zugerufen hatte: »Freunde, wenn wir die Gefangenen retten, haben Sie sich tausend englische Pfund verdient!«

Es war jetzt kurz nach Mittag.

Mrs. Aouda hatte sich in einen Raum im Bahnhof zurückgezogen. Dort wartete sie allein und dachte an Phileas Fogg, an seine schlichte, aber eindrucksvolle Großzügigkeit, an seine stille Tapferkeit. Mr. Fogg hatte sein Vermögen geopfert, und nun riskierte er sein Leben. Ohne Zögern und ohne große Worte, aus Pflichtgefühl. In ihren Augen war Phileas Fogg ein Held.

Inspektor Fix dachte nicht so, er konnte seiner Erregung nicht Herr werden. Nervös ging er auf dem Bahnsteig auf und ab. Er hatte einer augenblicklichen Schwäche nachgegeben, jetzt war er wieder ganz der alte. Nachdem Fogg weg war, begriff er, welche Dummheit er da begangen hatte. Wie hatte er den Mann, den er um die halbe Welt verfolgt hatte, einfach gehen lassen können? Seine wahre Natur kam wieder zum Vorschein, er machte sich Vorwürfe, er kanzelte sich ab, als sei er sein eigener Chef, der einen Beamten wegen unentschuldbarer Naivität im Dienst kritisiert.

»Ich bin ein Versager!« dachte er. Wahrscheinlich hatte der Diener dem Herrn doch verraten, wer Fix war. Und jetzt war er ihm entwischt, auf Nimmerwiedersehen. Wie sollte er ihn denn hier finden? Wie hatte er sich nur so blenden lassen können? »Ich, Inspektor Fix, der ich den Haftbefehl für diesen Mann in der Tasche habe? Ich bin doch ein Riesenrindviech!«

Endlos haderte der Inspektor mit sich, und die Zeit verging ihm unendlich langsam. Er wußte nicht, was er machen sollte. Manchmal dachte er, er sollte Mrs. Aouda alles erzählen. Aber dann malte er sich aus, wie sie es aufnehmen würde. Wie sollte er sich bloß entscheiden? Er war auch versucht, in die weite weiße Ebene hineinzumarschieren, um Fogg zu verfolgen! Es schien ihm nicht unmöglich, daß er ihn finden könnte. Die Spuren des Trupps waren noch deutlich im Schnee zu erkennen.

Aber bald fiel neuer Schnee, und man sah nichts mehr davon. Da verlor Fix den Mut. Er spürte das unwiderstehliche

Eine riesige dunkle Gestalt,
der ein flackernder Lichtschein vorausging

Bedürfnis, alles hinter sich zu lassen. Und genau diese Gelegenheit bot sich ihm nun: die Bahnstation Kearney zu verlassen und diese pannenreiche Reise fortzusetzen.

Gegen zwei Uhr nachmittags, als der Schnee wieder in dicken Flocken fiel, hörte man von Osten langgezogene Pfeiftöne. Eine riesige dunkle Gestalt, der ein flackernder Lichtschein vorausging, näherte sich langsam und erschien im milchigen Schneetreiben immer gewaltiger und unwirklicher.

Allerdings erwartete man noch keinen Zug von Osten. Der Ersatzzug, der telegraphisch angefordert worden war, konnte so bald noch nicht da sein. Und der reguläre Zug von Omaha nach San Francisco würde erst morgen hier durchkommen. Doch mit dem Rätsel näherte sich auch seine Lösung.

Diese Lokomotive, die langsam herandampfte und lange Pfiffe durch den Schnee schickte, war keine andere als die, die am Morgen, von den Waggons losgekoppelt, weitergerast war, mit zwei bewußtlos im Führerstand liegenden Männern. Kilometerweit war sie dahingerast, bis das Feuer heruntergebrannt und der Druck im Kessel gefallen war. Die Maschine war immer langsamer geworden, und dreißig Kilometer hinter dem Bahnhof Kearney war die Lok endlich zum Stillstand gekommen.

Der Lokführer und der Heizer hatten beide überlebt und waren nach ziemlich langer Bewußtlosigkeit wieder zu sich gekommen.

Da standen sie nun irgendwo in der Prärie mit ihrer Lokomotive, alle Waggons des Zuges fehlten. Die beiden Männer begriffen, was geschehen war. Auf welche Weise die Lokomotive abgekoppelt werden konnte, wußte der Lokführer nicht, aber er war sich ziemlich sicher, daß sich die Reisenden im Rest des Zuges in einer akuten Notlage befanden.

Deshalb zögerte er nicht lange, zu handeln. Es wäre sicher klug gewesen, in Richtung Omaha weiterzufahren. Zu den abgehängten Waggons zurückzukehren, die vielleicht noch immer von den Indianern geplündert wurden, war gefährlich. Aber das und nichts anderes war seine Pflicht. Holz und Kohle wurden wieder in den Ofen geschaufelt, das Feuer flammte wieder auf, im Kessel stieg der Dampfdruck wieder, und kurz nach zwei Uhr nachmittags setzte sich die Lokomotive rückwärts in Bewegung und dampfte langsam auf den Bahnhof von Kearney zu. Von ihr stammten die Pfiffe aus dem Nebel.

Die Passagiere waren sehr erleichtert, als sie sahen, wie sich die Lokomotive erneut an die Spitze der Waggons setzte. Die Reise konnte nach dem schrecklichen Zwischenfall weitergehen.

Als die Lokomotive auf dem Bahnhof angehalten hatte, kam Mrs. Aouda aus dem Gebäude und fragte den Zugführer: »Fahren Sie jetzt weiter?«

»Sofort, Madam.«

»Aber die Gefangenen … unsere armen Reisegefährten …?«

»Ich muß mich an den Fahrplan halten. Wir müssen jetzt schon drei Stunden Verspätung aufholen.«

»Und wann kommt der nächste Zug aus San Francisco?«

»Morgen abend.«

»Morgen abend? Aber das ist zu spät. Sie müssen warten, bis …«

»Unmöglich. Wenn Sie mitfahren wollen, steigen Sie ein, Madam.«

»Nein, ich komme nicht mit«, sagte die junge Frau.

Fix hatte das Gespräch mitangehört. Noch vor wenigen Minuten hätte er nur zu gern Kearney verlassen, wenn nur ein Transportmittel zur Verfügung gestanden hätte. Aber jetzt, da der Zug abfahrbereit wartete und er nur seinen Platz wieder einzunehmen brauchte, hielt ihn eine unüberwindbare Kraft zurück. Dieser Bahnsteig brannte ihm unter den Füßen und ließ ihn gleichzeitig nicht los. Der Kampf widerstreitender Gedanken und Gefühle begann erneut in ihm. Die Wut über den letztlichen Mißerfolg erstickte ihn beinahe. Er wollte sich den Erfolg doch noch erkämpfen.

Inzwischen befanden sich die Reisenden, darunter auch einige Verletzte und Schwerverletzte, wie Oberst Proctor, bereits in den Waggons. Der Dampf brodelte in dem überhitzten Kessel und zischte durch die Ventile. Der Lokführer ließ die Pfeife ertönen, der Zug setzte sich in Bewegung und war bald in dem Schneegestöber verschwunden, mit dem sich seine Dampfwolke vermischte, bis gar nichts mehr von ihm zu sehen war.

Inspektor Fix war auf dem Bahnsteig zurückgeblieben.

Einige Stunden vergingen. Das Wetter war sehr schlecht, es war schneidend kalt. Fix saß reglos auf einer Bank im Bahnhofsgebäude. Man hätte meinen können, er schliefe. Trotz Kälte, Sturm und Schnee trat Mrs. Aouda alle paar Minuten aus dem Raum, den man ihr überlassen hatte, auf den Bahnsteig, marschierte bis zu dessen Ende, spähte in den Schneesturm, in dem ringsum nichts zu erkennen war, und lauschte, ob irgendein Geräusch zu hören wäre. Aber da war nichts. Dann ging sie, halb erfroren, in den Bahnhof zurück. Ein paar Augenblicke später kam sie wieder heraus, aber auch der nächste Gang war umsonst.

Am Abend war der Suchtrupp immer noch nicht zurück. Wo er wohl im Augenblick steckte? Hatte er die Indianer aufgespürt? War es zum Kampf gekommen, oder irrten die Soldaten verloren im Schneesturm umher? Der Befehlshaber von Fort Kearney war sehr besorgt, auch wenn er bemüht war, sich nichts davon anmerken zu lassen.

In der Nacht ließ der Schneefall etwas nach, aber es wurde noch kälter. Wer in das kalte, finstere Nichts hinausschaute, mußte schaudern, auch wenn er nicht zu den Ängstlichen gehörte. Über der Ebene herrschte eine Totenstille, die von keinem vorbeifliegenden Vogel, von keinem herumstreunenden Raubtier gebrochen wurde.

Die ganze Nacht hindurch setzte Mrs. Aouda ihre Gänge zum Rand der Prärie fort. Die schlimmsten Vorahnungen quälten sie, die schrecklichsten Ängste schnürten ihr das Herz ab. In ihrer Einbildung war sie weit weg, da, wo tausend Gefahren auf die Männer draußen lauerten. Was sie in diesen langen Stunden durchlitt, läßt sich nicht beschreiben.

Der Franzose hatte drei seiner Wächter mit Fausthieben außer Gefecht gesetzt

Immer noch saß Fix unbeweglich auf seinem Platz, aber auch er schlief nicht. Einmal war ein Mann auf ihn zugetreten und hatte ihn angesprochen, aber der Inspektor hatte ihn mit einer abwehrenden Geste weggeschickt.

So verging die Nacht. Am Morgen erhob sich eine fahle Sonnenscheibe über einem nebligen Horizont. Inzwischen konnte man wieder ein paar Kilometer weit sehen. Doch im Süden, wohin Phileas Fogg und die Soldaten geritten waren, regte sich nichts. Es war jetzt sieben Uhr.

Der Hauptmann war äußerst beunruhigt, wußte aber nicht, was er tun sollte. Sollte er dem ersten Trupp einen zweiten zu Hilfe schicken? Durfte er noch mehr Leute opfern, wenn so wenig Aussicht auf eine erfolgreiche Mission bestand? Doch nun rang er sich schnell zu einer Entscheidung durch. Er ließ einen seiner Leutnants rufen und befahl diesem, mit einem Spähtrupp nach Süden zu reiten – als Schüsse ertönten. Ein Signal? Die Soldaten eilten vor das Fort und erkannten eine Abteilung Soldaten, die in geordneter Formation zurückkamen.

An ihrer Spitze ritten Fogg und Passepartout sowie die beiden anderen Gefangenen, die aus den Händen der Sioux befreit worden waren.

Fünfzehn Kilometer südlich von Kearney war es zum Kampf gekommen. Gerade als sich der Suchtrupp genähert hatte, hatten Passepartout und seine beiden Leidensgefährten begonnen, um ihre Freiheit zu kämpfen. Der Franzose hatte drei seiner Wächter mit Fausthieben außer Gefecht gesetzt, als sein Herr und die Soldaten zu Hilfe kamen.

Die Kameraden aus dem Fort empfingen die zurückkehrenden Retter und Geretteten mit Hochrufen, und Phileas Fogg bezahlte den Soldaten die Erfolgsprämie, die er ihnen versprochen hatte. Nicht ohne Grund überlegte Passepartout im stillen, daß er seinem Herrn mittlerweile recht teuer zu stehen gekommen war.

Fix starrte Fogg wortlos an. Es wäre schwierig zu sagen gewesen, was sich in diesem Augenblick in dem Inspektor abspielte.

Mrs. Aouda hatte die Hand von Mr. Fogg ergriffen, hielt sie zwischen ihren Händen und drückte sie stumm vor Glück.

Passepartout hatte im Bahnhof sofort nach dem Zug Ausschau gehalten. Der hätte doch eigentlich da sein müssen, damit sie sofort nach Omaha weiterfahren und die Verspätung noch wettmachen konnten. »Der Zug!« rief er »Wo ist der Zug?«

»Abgefahren«, erwiderte Fix.

»Und wann kommt der nächste Zug vorbei?« fragte Phileas Fogg.

»Erst heute abend.«

»Aha«, erwiderte Fogg seelenruhig.

XXXI

Inspektor Fix ist sehr um die Interessen von Phileas Fogg besorgt

Phileas Fogg hatte nun zwanzig Stunden Verspätung. Passepartout war verzweifelt, weil er ungewollt diese Verspätung verschuldet hatte. Er war dafür verantwortlich, daß sein Herr ruiniert war!

Da trat Inspektor Fix auf Phileas Fogg zu. Er sah ihm unverwandt in die Augen und sagte: »Sind Sie ganz im Ernst sehr in Eile, Sir?«

»Ganz im Ernst«, antwortete Fogg.

»Ich will es wirklich genau wissen«, fuhr Fix fort, »müssen Sie am 11. Dezember vor neun Uhr abends, also vor der Abfahrtszeit des Postschiffes nach Liverpoool, in New York sein?«

»Unbedingt.«

»Und wenn Ihre Reise nicht durch den Überfall der Indianer unterbrochen worden wäre, wären Sie in New York am 11. Dezember, morgens, angekommen?«

»Ja. Zwölf Stunden vor der Abfahrt dieses Dampfers.«

»Gut. Sie haben jetzt zwanzig Stunden Verspätung. Die Differenz zwischen zwanzig und zwölf beträgt acht. Das heißt, acht Stunden müssen aufgeholt werden. Wollen Sie das versuchen?«

»Zu Fuß?«

»Nein! Im Schlitten«, erwiderte Fix und fügte hinzu: »Im Segelschlitten. Ein Einheimischer hat mir dieses Transportmittel angeboten.«

Es war der Mann gewesen, der Fix in der Nacht angesprochen hatte und den er abgewiesen hatte.

Fogg antwortete nicht gleich, aber Fix zeigte ihm den Mann, der vor dem Bahnhof auf und ab ging. Fogg ging auf den Mann zu und sprach ihn an. Wenig später betrat er zusammen mit dem Amerikaner, einem gewissen Mudge, einen Schuppen unterhalb von Fort Kearney.

Dort nahm Fogg ein ziemlich eigenartiges Fahrzeug in Augenschein: Das Gestell ruhte auf zwei langen Balken, die vorne wie Schlittenkufen nach oben abgerundet waren. Der Aufbau bot fünf bis sechs Personen Platz. In seinem vorderen Drittel ragte ein sehr hoher Mast auf, an dem ein riesiges Gaffelsegel Platz hatte. An diesem Mast, der durch Wanten aus Stahl am Rahmen befestigt war, war noch ein Stag angebracht, an dem ein großes Focksegel gehißt werden konnte. »Achtern« befand sich eine Art Steuerruder, mit dem man das Gefährt lenken konnte.

Es war also ein Schlitten, der wie eine Schaluppe getakelt war. Wenn im Winter die Züge in der Tiefebene im Schnee steckenblieben, brachten diese Gefährte die Reisenden mit erstaunlicher Geschwindigkeit zur nächsten Bahnstation. Sie waren besser mit Segeln ausgerüstet als ein Fischkutter – und konnten nicht so leicht kentern! Bei vollem Rückenwind glitten sie mit der Geschwindigkeit eines Schnellzuges über die Prärie.

Die Abmachung zwischen Mr. Fogg und dem Besitzer dieses

Schneebootes wurde schnell getroffen. Der Wind war günstig. Er blies kräftig von Westen. Der Schnee war verharscht. Mr. Mudge erbot sich, den Engländer in wenigen Stunden zur Bahnstation von Omaha zu bringen. Von dort aus führten mehrere Bahnlinien mit häufigen Zugverbindungen nach Chicago und nach New York. Es war nicht ausgeschlossen, daß die verlorene Zeit aufgeholt werden konnte. Das Abenteuer mußte also schnell gewagt werden.

Da Fogg nicht Mrs. Aouda den Qualen einer Fahrt im Freien aussetzen wollte, bei der die Kälte noch unerträglicher werden würde, schlug er ihr vor, in Begleitung von Passepartout in Kearney zurückzubleiben. Sein treuer Diener würde sie bequem und sicher nach Europa geleiten.

Mrs. Aouda lehnte entschieden ab. Sie wollte sich nicht von Mr. Fogg trennen. Passepartout war darüber sehr glücklich, da er seinen Herrn furchtbar ungern in der Gesellschaft von Fix allein gelassen hätte.

Was in dem Kriminalinspektor vor sich ging, war schwer zu sagen. War seine Meinung über Phileas Fogg durch dessen Rückkehr nach Kearney ins Wanken geraten, oder hielt er ihn für einen so ausgemachten Gauner, der sich nach seiner Weltreise in der Heimat ganz in Sicherheit glaubte? Aber auch wenn sich seine Meinung über Fogg geändert haben mochte, hielt Fix dennoch an der Erfüllung seiner Pflicht fest und drängte mit mehr Ungeduld als alle übrigen auf die baldige Rückkehr nach England.

Um acht Uhr stand der Schlitten bereit. Die Reisenden nahmen – sollte man sagen an Bord? – eng aneinandergedrängt Platz. Alle wickelten sich fest in ihre Reisedecken. Die beiden riesigen Segel wurden gesetzt, und mit dem günstigen Wind flitzte der Segelschlitten mit einer Geschwindigkeit von sechzig Stundenkilometern über die gefrorene Schneedecke.

Von Kearney nach Omaha sind es in der Bienenfluglinie, wie die Amerikaner sagen, knapp dreihundert Kilometer. Mit diesem Wind und ohne Zwischenfälle konnten sie die Strecke in fünf Stunden schaffen und um ein Uhr nachmittags in Omaha sein.

Was für eine Fahrt! Die Passagiere preßten sich aneinander, unterhalten konnten sie sich nicht. Der eisige Fahrtwind hätte ihnen das Wort im Munde abgeschnitten. Der Schlitten glitt so leicht über die verschneite Ebene, wie ein Boot übers Wasser gleitet, nur die Dünung fehlte. Wenn der Wind Böen sandte, schien der Schlitten vom Boden abzuheben und von den riesigen Segeln getragen pfeilschnell durch die Luft zu segeln. Mudge, der am Ruder stand, hielt immer geradeaus und korrigierte jede Abweichung, die sich das Fahrzeug erlauben wollte, sofort mit dem Steuer.

Alle Segel waren voll belastet, und zusätzliche Mars- und Gaffeltoppsegel machten das Gefährt noch schneller, das mindestens die geschätzte Geschwindigkeit von sechzig Stundenkilometern erreichte.

»Wenn nichts bricht, kommen wir rechtzeitig an!« rief Mudge. Das lag auch in seinem Interesse, denn Fogg hatte ihm nach seiner Gepflogenheit eine beachtliche Prämie zum Anreiz versprochen.

Die Prärie, durch die der Schlitten fuhr, war topfeben. Sie wirkte wie ein ungeheuer großer, zugefrorener See. Die Eisenbahnlinie durch dieses Gebiet stieg langsam von Südwesten nach Nordosten über Grand Island, Columbus und Fremont nach Omaha und führte immer am rechten Ufer des Platte River entlang. Der Schlitten fuhr praktisch in gerade Linie auf der Sehne des Bogens, den die Eisenbahn beschrieb. Mudge mußte nicht einmal den kleinen Abstecher des Platte südlich von Fremont fürchten, denn auch der Fluß war gefroren und ließ sich leicht überqueren. So daß auf der ganzen Strecke kein Hindernis zu befürchten war – außer eine Panne am Schlitten selbst oder eine Windstille.

Aber der Wind flaute nicht ab. Im Gegenteil. Er blies, daß sich der Mast in den stabilen Stahltrossen bog. Die metallenen Taue ähnelten den Saiten eines Instrumentes und tönten, als

Die Passagiere preßten sich eng aneinander

striche man sie mit einem Bogen. Ihre klagenden Töne begleiteten die rasende Fahrt des Schlittens mit einer ganz eigenartigen Intensität.

»Diese Taue sind auf Quint und Oktav gestimmt«, sagte Phileas Fogg, und das blieben die einzigen Worte, die er während der gesamten Fahrt sprach.

Mrs. Aouda war, soweit es ging, in Pelze und Decken gemummt, vor den Unbilden der Eiseskälte geschützt.

Passepartout hatte ein Gesicht so rot wie eine im Nebel versinkende Sonne und atmete die schneidende Fahrtluft tief durch die Nase ein. Mit dem ihm grundsätzlich eigenen, unerschütterlichen Vertrauen hatte er wieder Hoffnung geschöpft. Statt morgens würden sie eben abends in New York ankommen. Und es bestanden durchaus Chancen, daß sie noch vor der Abfahrt des Dampfers nach Liverpool da sein würden.

Passepartout hatte sogar das starke Bedürfnis gespürt, seinem Verbündeten Fix zu dem Vorschlag mit dem Segelschlitten zu gratulieren, der das einzige Transportmittel weit und breit gewesen war, das sie so schnell nach Omaha bringen konnte. Aber ein unerklärliches Mißtrauen hielt ihn davon ab.

Dagegen würde Passepartout bestimmt immer daran denken, welches Opfer Mr. Fogg ohne zu zögern gebracht hatte, um ihn aus den Händen der Sioux zu befreien. Mr. Fogg hatte sein Vermögen und sein Leben aufs Spiel gesetzt. Das würde ihm sein Diener niemals vergessen!

Jeder der Reisenden hing seinen Gedanken nach, und der Segelschlitten flog weiter über den endlosen Schneeteppich dahin. Immer wieder kreuzten kleine Wasserläufe seinen Weg, ohne daß man auf dem Schlitten etwas davon bemerkte. Felder und Bäche lagen alle unter derselben harten weißen Decke. Und die Ebene war vollkommen leer – kein Dorf, kein Bahnhof, auch kein Fort. Nur ab und zu flog das gespenstische weiße Skelett eines überfrorenen Baumes vorüber. Manchmal stob ein Schwarm schwarzer Vögel davon, und gelegentlich kreuzte ein Rudel ausgemergelter Prärie-

Gelegentlich kreuzte ein Rudel ausgemergelter Präriewölfe die Fahrt des Schlittens

wölfe wütend die Fahrt des Schlittens. Sie hätten seine Insassen vielleicht sogar angegriffen, wenn ein Unfall das Gefährt zum Stehen gebracht hätte. Passepartout hatte immer gleich den Revolver zur Hand, aber der Schlitten war nicht aufzuhalten und ließ die hungrigen Bestien schon bald weit hinter sich.

Um die Mittagszeit bemerkte Mudge einige Anzeichen dafür, daß er den zugefrorenen Platte River überfuhr. Er sagte nichts dazu, rechnete sich aber im stillen aus, daß es jetzt nur noch dreißig Kilometer bis zur Bahnstation von Omaha sein konnten.

Und kaum eine Stunde später überließ der tüchtige Schlittenlenker das Steuer sich selbst, um in aller Eile die Segel zu reffen. Der Schlitten fuhr noch einen halben Kilometer weit, bis er seinen Schwung verloren hatte und schließlich stillstand. Mudge deutete auf die schneebedeckten Dächer vor ihnen und sagte: »Wir sind da.«

Endlich! Omaha! Von hier fuhren mehrmals am Tag Züge an die Ostküste!

Passepartout und Inspektor Fix waren als erste abgesprungen, streckten und schüttelten sich. Dann halfen sie Mr. Fogg und Mrs. Aouda, vom Schlitten zu steigen. Phileas Fogg entlohnte den Schlittenlenker großzügig, Passepartout gab Mudge wie einem alten Freund dankbar die Hand. Und die Reisenden machten sich auf den Weg zum Bahnhof von Omaha.

Omaha ist eine bedeutende Stadt im Bundesstaat Nebraska. Hier endet die Pazifik-Linie, die die Westküste der USA mit dem Mississippi-Becken verbindet. Nach Osten führt unter anderem die Rock-Island-Chicago-Linie über fünfzig Stationen in die Stadt am Michigan-See.

Auf dem Bahnhof wartete ein direkter Zug nach Chicago schon abfahrbereit. Phileas Fogg und seine Begleiter konnten gerade noch in den nächstbesten Wagen steigen. Von Omaha hatten sie nichts gesehen. Aber Passepartout sagte sich, daß es da nichts zu bedauern gäbe, schließlich sei er auf keiner Besichtigungsfahrt.

Der Zug war sehr schnell und durchquerte Iowa über Council Bluffs, die Hauptstadt Des Moines und Iowa City. Während der Nacht fuhr er bei Davenport über den Mississippi und passierte mit Rock Island am anderen Ufer die erste Stadt im Bundesstaat Illinois. Am nächsten Morgen, den 10. Dezember, um vier Uhr früh, erreichte er Chicago, das sich von der Feuersbrunst im Jahr zuvor erholt hatte und sich prächtiger denn je am Ufer des schönen Michigan-Sees ausbreitete.

Dreizehnhundertfünfzig Kilometer trennten Chicago von New York. An Zügen fehlte es nicht, und die Reisegesellschaft hatte schon bald den nächsten Zug nach New York City bestiegen. Die starke Lokomotive der Pittsburgh-Fort-Wayne-Chicago-Linie fuhr in einem rasanten Tempo los, als hätte sie Kenntnis davon, daß ein englischer Gentleman zugestiegen war, der keine Minute mehr zu verlieren hatte. Sie raste durch die Bundesstaaten Indiana, Ohio, Pennsylvania und New Jersey und durch Städte mit Namen aus der Antike. In einigen Städten waren schon Straßen angelegt, in denen Straßenbahnen fuhren, aber Häuser gab es noch keine.

Endlich waren sie am Hudson River. Und am 11. Dezember, um Viertel nach elf Uhr in der Nacht, hielt der Zug im Bahnhof am Westufer des Hudson, gleich neben der Pier, wo die Dampfer nach Europa abfahren, die zur Cunard-Linie oder genauer gesagt zur Britischen und Nordamerikanischen Königlichen Postdampfschiffgesellschaft gehören.

Das Postschiff *China* nach Liverpool aber war vor fünfundvierzig Minuten ausgelaufen!

XXXII

Phileas Fogg führt einen Zweikampf mit dem Pech

Die *China* schien die letzte Chance von Phileas Fogg mit auf ihre Fahrt genommen zu haben.

Keines der anderen Schiffe, die auf der direkten Route Amerika–Europa fuhren, wäre dem Gentleman von Nutzen gewesen – weder die französischen Transatlantikdampfer noch ein Schiff der White-Star-Linie, noch die Dampfer der Imman-Gesellschaft, noch die der Hamburg-Amerika-Linie.

Die *Pereire* der Compagnie Transatlantique Française, die wie alle Schiffe dieser Gesellschaft anderen Dampfern an Schnelligkeit nicht nachstand, sie aber an Komfort übertraf, fuhr erst am 14. Dezember ab. Außerdem wäre die *Pereire*, wie die Schiffe der Hamburg-Linie, nicht direkt nach Liverpool oder London, sondern nach Le Havre gefahren. Die zusätzliche Überfahrt von Le Havre nach Southampton hätte für Fogg ebenfalls zuviel Zeitverlust bedeutet.

Die Imman-Dampfer, von denen die *City of Paris* am nächsten Tag in See stach, konnte man auch außer acht lassen. Auf diesen Schiffen reisten hauptsächlich Einwanderer, sie hatten so schwache Maschinen, daß sie ohne Segel gar nicht auskamen, und fuhren entsprechend langsam. Sie hätten für die Überfahrt mehr Zeit gebraucht, als Fogg zum Gewinn seiner Wette noch verblieb.

Alle diese Informationen konnte der Gentleman seinem *Bradshaw* entnehmen, jenem Kursbuch, das über alle transozeanischen Verkehrsverbindungen an jedem Tag des Jahres Auskunft gibt.

Passepartout war am Boden zerstört. Daß sie den Postdampfer doch noch um fünfundvierzig Minuten verpaßt hatten, brachte ihn fast um den Verstand. Es war ja seine Schuld, weil er, Passepartout, seinem Herrn nur Hindernisse in den Weg gelegt hatte, statt ihn zu unterstützen! Wenn er nun insgeheim alle Zwischenfälle dieser Reise überdachte und nachrechnete, wieviel Geld verlorengegangen war nur wegen ihm, und daß die Wettsumme ebenso verloren war wie die beträchtlichen Kosten dieser sinnlos gewordenen Reise, so hatte er den sicheren Ruin seines Herrn vor Augen. Und er überhäufte sich selbst mit Vorwürfen.

Mr. Fogg machte ihm keinen einzigen Vorwurf und sagte lediglich, als sie die Pier der Transatlantikdampfer verließen: »Wir sehen morgen weiter. Kommen Sie.«

Mr. Fogg, Mrs. Aouda, Fix und Passepartout fuhren mit der Fähre über den Hudson nach Manhattan, wo sie eine Pferdedroschke bestiegen, die sie ins *Saint Nicholas Hotel* am Broadway bringen sollte. Dort erhielten sie alle ein Zimmer, und die Nacht verging schnell für Phileas Fogg, der tief und fest schlief, aber nicht so schnell für seine Begleiter, die alle vor Aufregung keinen erholsamen Schlaf finden konnten.

Der nächste Tag war der 12. Dezember. Vom 12. Dezember, sieben Uhr morgens, bis zum 21. Dezember, acht Uhr fünfundvierzig abends, blieben noch neun Tage, dreizehn Stunden und fünfundvierzig Minuten. Wenn Phileas Fogg am Vorabend mit der *China*, einem der schnellsten Dampfer der Cunard-Linie, abgereist wäre, wäre er in Liverpool und anschließend in London vor dem Ablauf der vereinbarten Frist eingetroffen!

Fogg verließ das Hotel alleine, nachdem er seinem Diener aufgetragen hatte, auf ihn zu warten. Außerdem sollte er Mrs. Aouda ausrichten, sie solle sich fertig machen, damit sie jederzeit aufbrechen könnten.

Fogg begab sich ans Ufer des Hudson, wo er sich alle Schiffe näher ansah, die abfahrtbereit am Kai vertäut oder im Fluß vor Anker lagen. Es gab einige, die den Abfahrtswimpel gesetzt hatten und auf denen man sich zum Auslaufen mit der ersten Flut fertig machte. Aus dem großen und schönen Hafen von New York liefen ja täglich hundert Schiffe in alle

Gegenden der Welt aus. Nur kamen die meisten für Phileas Fogg nicht in Frage, weil es Segelschiffe waren.

Der Gentleman schien kein Glück zu haben bei seinem letzten Versuch, rechtzeitig über den Atlantik zu kommen. Da entdeckte er in der Nähe der Battery, an der Südspitze von Manhattan, einen Schraubendampfer der Handelsmarine, der höchstens eine Kabellänge vom Ufer entfernt festgemacht hatte. Es war ein schnittiges Schiff, aus dessen Schornstein eine dicke Rauchwolke aufstieg, ein Zeichen, daß es bald fahren würde.

Phileas Fogg winkte ein Boot herbei, ließ sich zu dem Dampfer hinüberrudern und kletterte am Fallreep auf das Schiff, dessen Rumpf aus Eisen war, wie er jetzt sehen konnte, und dessen Aufbauten alle aus Holz gefertigt waren.

Der Kapitän war an Bord. Als Fogg nach ihm fragte, erschien er sofort. Er war um die Fünfzig, ein alter Seebär und dem ersten Anschein nach nicht sehr umgänglich. Mit seinen hervorquellenden Augen, dem rotgeäderten Gesicht, den fuchsroten Haaren und dem Stiernacken machte er nicht gerade den Eindruck eines Mannes von Welt.

»Herr Kapitän?« fragte Fogg.

»Der bin ich.«

»Ich bin Phileas Fogg aus London.«

»Und ich Andrew Speedy aus Cardiff.«

»Laufen Sie bald aus?«

»In einer Stunde.«

»Und Ihr Zielhafen …?«

»Ist Bordeaux.«

»Und Ihre Ladung?«

»Nur Ballast. Ich fahre ohne Ladung.«

»Und Passagiere?«

»Keine Passagiere. Nie Passagiere. Stehen dauernd im Weg und meckern nur rum.«

»Ist es schnell, Ihr Schiff?«

»Elf bis zwölf Knoten. Heißt *Henrietta.* Ist sehr bekannt.«

»Wollen Sie uns nach Liverpool bringen, mich und noch drei Personen?«

»Nach Liverpool? Warum denn nicht nach China?«

»Ich sagte Liverpool.«

»Nein!«

»Nein?«

»Nein. Mein Ziel ist Bordeaux. Und ich fahre nach Bordeaux.«

»Egal um welchen Preis?«

»Egal um welchen Preis.«

Der Ton des Kapitäns duldete keinen Widerspruch.

»Aber die Reeder der *Henrietta* ...« widersprach Fogg.

»Die Reeder? Das bin ich«, antwortete der Kapitän. »Die *Henrietta* gehört mir.«

»Ich möchte sie chartern.«

»Nein.«

»Dann kaufe ich sie Ihnen ab.«

»Nein.«

Phileas Fogg verzog keine Miene. Die Situation war allerdings sehr verfahren. New York war nicht Hongkong, der Kapitän der *Henrietta* war nicht der Kapitän der *Tankadère.* Bisher hatte das Geld des Gentleman den Weg immer freigemacht. Hier versagte das Geld.

Trotzdem mußte ein Weg gefunden werden, wie sie den Atlantik überqueren konnten. Per Schiff. Im Ballon wäre es sicher abenteuerlicher gewesen, war aber nicht zu bewerkstelligen.

Doch Phileas Fogg schien eine Idee zu haben, denn er fragte den Kapitän: »Nehmen Sie mich denn nach Bordeaux mit?«

»Nein. Und wenn Sie mir zweihundert Dollar bezahlen.«

»Ich zahle zweitausend. Das sind zehntausend Francs.«

»Pro Person?«

»Pro Person.«

»Wie viele Personen?«

»Vier.«

Kapitän Speedy begann sich heftig den Kopf zu kratzen. Achttausend Dollar, ohne Änderung der Route, das lohnte doch, seine Abneigung gegen Passagiere zu vergessen. Und Passagiere zu zweitausend Dollar pro Person waren ja auch keine Passagiere mehr, sondern wertvolle Fracht.

»Ich fahre um neun«, sagte er deshalb. »Wenn Sie und die anderen dann an Bord sind ...«

»Um neun? Wir sind an Bord!«

Es war halb neun. Zur Battery übersetzen, einen Wagen ins *Hotel Saint Nicholas* nehmen, Passepartout, Mrs. Aouda und Inspektor Fix – den er großzügigerweise zur Mitreise einlud – zum Schiff zu verfrachten, war für Phileas Fogg eine Aufgabe, die er mit der gewohnten Ruhe und Umsicht erledigte, die ihn nie verließen.

Als die *Henrietta* klar Schiff zum Ablegen machte, waren alle vier Passagiere an Bord.

Nachdem Passepartout den Preis für die Überfahrt erfahren hatte, stieß er einen seiner langen Oh!-Laute aus, der die ganze Skala seiner Gefühle zum Ausdruck brachte.

Inspektor Fix dagegen sagte sich, daß die Bank von England bei dieser Geschichte wirklich Federn lassen mußte. Wenn man alles zusammenrechnete – und vorausgesetzt, dieser Herr Fogg warf nicht noch ein paar Handvoll Banknoten ins Meer –, fehlten am Schluß der Reise von dem Diebesgut über siebentausend Pfund! Oder in der Währung des Landes ausgedrückt, in das sie unterwegs waren, einhundertfünfundsiebzigtausend Francs!

XXXIII

Phileas Fogg zeigt sich den Schwierigkeiten gewachsen

Eine Stunde später passierte die *Henrietta* das Feuerschiff in der Hudson-Mündung, umschiffte Sandy Hook und fuhr aufs offene Meer hinaus. Einen Tag ging es an Long Island entlang, auf der Höhe des Leuchtturms von Fire Island, dann bog der Dampfer nach Osten ab auf den Atlantik hinaus.

Am nächsten Tag, den 13. Dezember, stieg mittags ein Mann auf die Schiffsbrücke, um die Position des Schiffes festzustellen. Man könnte natürlich annehmen, daß dieser Mann Kapitän Speedy war. Irrtum! Es war niemand anders als Mr. Phileas Fogg.

Kapitän Speedy war in seiner Kabine eingesperrt. Dort schrie und tobte er fürchterlich. Seine Wut war berechtigt, aber dennoch sehr gefährlich für die Gesundheit.

Diese Entwicklung der Dinge hatte ihre Vorgeschichte. Phileas Fogg wollte nach Liverpool, und der Kapitän weigerte sich, ihn dorthin zu bringen. So hatte Fogg die Überfahrt nach Bordeaux erkauft. Aber in den dreißig Stunden, die er an Bord war, hatte er mit seinen Banknoten so erfolgreiche Steuermanöver durchgeführt, daß Matrosen, Heizer und Maschinisten, die gesamte Mannschaft, die mit ihrem Kapitän sowieso auf schlechtem Fuß stand, zu Fogg umgeschwenkt war. Nun hatte er das Kommando übernommen, der Kapitän blieb in seiner Kabine eingesperrt, und die *Henrietta* fuhr nach Liverpool. Allerdings war es offensichtlich, wenn man Fogg auf der Brücke beobachtete, daß er früher einmal zur See gefahren war.

Wie dieses Abenteuer ausgehen würde, würde sich noch zeigen. Jedenfalls befürchtete Mrs. Aouda das Schlimmste, ohne ein Wort darüber verlauten zu lassen. Fix war von der Entwicklung der Dinge zuerst schockiert gewesen. Passepartout fand sie einfach bewundernswert.

Kapitän Speedy hatte gesagt, die *Henrietta* mache elf bis zwölf Knoten in der Stunde. Und diese Geschwindigkeit konnte sie tatsächlich halten.

Wieder müssen wir das Wörtchen wenn bemühen: Wenn das Meer nicht zu unruhig wurde, wenn der Wind nicht nach Osten drehte, wenn Schiff und Maschine keinen Schaden erlitten, dann konnte die *Henrietta* in den neun Tagen vom 12. bis zum 21. Dezember die viereinhalbtausend Kilometer von New York nach Liverpool bewältigen. Waren sie aber angekommen, würde man den Herrn Fogg wegen der Meuterei auf der *Henrietta,* und nicht nur wegen des Bankraubs in der Bank von England, vielleicht auf eine noch viel längere Reise schicken.

In den ersten Tagen verlief die Fahrt unter den günstigsten Bedingungen. Die See war nicht sehr rauh, der Wind blies ständig aus Nordost, die Segel waren gesetzt, und voll getakelt lief die *Henrietta* wie ein echter Transatlantikfahrer.

Passepartout war entzückt. Foggs neuester Streich begeisterte ihn, wenn er auch nicht an die Folgen denken mochte. Die Mannschaft hatte noch nie einen so lustigen und wendigen Burschen gesehen. Er erwies den Matrosen tausend kleine Freundschaftsdienste, verblüffte sie mit seinen Kunststückchen, schenkte ihnen gute Worte und oft auch einen guten Tropfen. Umgekehrt waren die Matrosen für ihn echte Gentlemen, und die Heizer heizten wie Helden. Seine gute Laune steckte alle an und sorgte für eine gute Stimmung auf dem Schiff.

Passepartout hatte vergessen, was hinter ihnen lag, den Ärger und die Gefahren. Er dachte nur noch an ihr Ziel, das zum Greifen nahe war, und manchmal stand er sozusagen völlig unter Dampf, als würde er mit den Schiffskesseln mitgeheizt. Oft kam er auch in die Nähe von Fix, den er sehr argwöhnisch beäugte. Sein Blick sagte alles, aber er sprach kein Wort mit dem Inspektor, denn die frühere Vertrautheit zwischen ihnen gab es längst nicht mehr.

Fix verstand die Welt nicht mehr. Wie sie auf die *Henrietta* gekommen waren, wie die Mannschaft gekauft worden war, wie Fogg wie ein erfahrener Seemann das Schiff führte, all das war zuviel für ihn. Er wußte nicht mehr, was er denken sollte. Natürlich konnte einer, der fünfundfünfzigtausend Pfund gestohlen hatte, auch so ein Schiff in seine Gewalt bringen. Fix ging allerdings davon aus, daß Fogg die *Henrietta* in irgendeine Ecke der Welt, nur niemals nach Liverpool steuern würde: Der Dieb war zum Piraten geworden und suchte sich jetzt seinen Schlupfwinkel, wo er in aller Ruhe und Sicherheit seine Beute verzehren konnte! Diese Hypothese war zugegebenermaßen völlig einleuchtend. Und Inspektor Fix bereute zutiefst, daß er sich überhaupt auf diesen Fall eingelassen hatte.

Kapitän Speedy tobte noch immer in seiner Kabine. Passepartout, der ihm das Essen bringen mußte, war so vorsichtig, wie nur möglich, obwohl es ihm nicht an körperlicher Kraft fehlte. Mr. Fogg schien allerdings gar nicht mehr daran zu denken, daß sich ein regulärer Kapitän an Bord befand.

Am 13. Dezember passierte das Schiff die Südostspitze der Großen Neufundlandbank. Die Gewässer dort sind bekanntermaßen gefährlich. Vor allem im Winter ist es oft neblig und furchtbar stürmisch. Schon am Vorabend war das Barometer plötzlich gefallen, das deutete auf einen Wetterumschwung hin. In der Nacht sank die Temperatur, es wurde äußerst kalt, und der Wind drehte auf Südost.

Die Schwierigkeiten begannen. Um den Kurs halten zu können, mußte Fogg alle Segel reffen und die Maschinenkraft verstärken lassen. Trotzdem wurde das Schiff langsamer, als lange Seen gegen den Schiffsrumpf zu branden begannen. Die *Henrietta* geriet gefährlich ins Schlingern und verlor dadurch noch mehr an Geschwindigkeit. Der Sturm schien zum Orkan anzuwachsen, und man mußte befürchten, daß das Schiff kenterte. Sollte man beidrehen, in unbekannte Gewässer flüchten, wo vielleicht andere Gefahren lauerten?

Wie der Himmel hatte sich auch Passepartouts Miene verdüstert, und in den nächten zwei Tagen stand er tausend Ängste aus. Aber Phileas Fogg erwies sich als kühner Seemann, der dem Meer die Stirn bot und Kurs hielt, ohne die Maschine zu drosseln. Wenn die *Henrietta* die wogende See von vorne nicht mehr übersteigen konnte, bohrte sie sich durch die Wellenberge hindurch. Ihr Deck mußte schwere Seen verkraften, aber sie kam durch. Manchmal hob eine Woge die *Henrietta* achtern aus den Fluten, so daß sich ihre Schiffsschraube wütend in der Luft drehte, aber das Schiff kam immer noch voran.

Der Sturm wurde glücklicherweise nicht so heftig, wie zu befürchten gewesen war, und wuchs sich nicht zu einem dieser Orkane aus, die mit einer Geschwindigkeit von über einhundertsechzig Stundenkilometern auf dem Meer wüten. Er beschränkte sich darauf, eisig zu blasen, blieb aber leider auf Südost stehen, so daß man nicht die Segel setzen konnte. Das wäre aber sehr nützlich gewesen, um die Maschine zu entlasten, wie man noch sehen wird.

Der 16. Dezember war der fünfundsiebzigste Reisetag seit der Abfahrt von London. Die *Henrietta* hatte keine sehr beunruhigende Verspätung. Etwa die Hälfte der Überfahrt und die schwierigsten Gewässer lagen hinter ihr. Im Sommer hätte man schon mit einem glücklichen Verlauf der restlichen Reise rechnen können. Im Winter war man den Tücken der schlechten Witterung ausgeliefert. Passepartout äußerte sich nicht. Insgeheim war er wie immer Optimist, und wenn der Wind sich querstellte, so mußte eben die Dampfkraft aushelfen, dachte er.

Aber an diesem 16. Dezember war der Maschinist auf die Brücke gestiegen, wo er sich lebhaft mit Mr. Fogg unterhielt. Passepartout verspürte ein vages Unbehagen. Er hätte viel darum gegeben, wenn er mitbekommen hätte, worüber die beiden redeten. Dann vernahm er ein paar Wortfetzen, und schließlich hörte er seinen Herrn sagen:

»Sind Sie ganz sicher. Haben Sie sich auch nicht getäuscht?«

»Ganz sicher, Sir«, antwortete der Maschinist. »Vergessen Sie nicht, daß wir seit Beginn unserer Fahrt alle unsere Öfen beheizen. Unsere Kohle reicht, wenn wir mit halber Kraft nach Bordeaux fahren, aber sie reicht nicht, um mit voller Kraft bis nach Liverpool zu kommen!«

»Ich werde mich darum kümmern«, erwiderte Fogg.

Passepartout hatte verstanden. Kalte Todesangst ergriff ihn. Sie hatten nicht genügend Kohle!

»Wenn mein Herr auch diese Schwierigkeit meistert«, sagte er sich, »ist er ein echter Held!«

Und als er Fix begegnete, mußte er die schlechte Neuigkeit loswerden und erzählte dem Inspektor, in welch fataler Situation sie sich befanden.

»Schau an«, stieß Fix bissig hervor, »Sie glauben also, daß wir nach Liverpool fahren?!«

»Ja, was denn sonst?«

»Trottel!« schimpfte Fix und ging kopfschüttelnd weiter.

Passepartout wollte sich zuerst über das Schimpfwort beschweren, weil er auch gar nicht begriff, warum er ein Trottel sein sollte. Dann sagte er sich, daß Fix sehr enttäuscht und verletzt sein mußte, weil er um die ganze Welt eine falsche Spur verfolgt hatte. Und er ließ die Sache auf sich beruhen.

Welche Entscheidung Phileas Fogg treffen würde, war schwierig zu erraten. Doch am Abend schien er sich entschieden zu haben, denn er ließ den Maschinisten rufen und sagte zu ihm: »Heizen Sie und machen Sie Fahrt, soviel Sie können. Bis überhaupt keine Feuerung mehr da ist.«

Wenig später wälzten sich dicke Rauchwolken aus dem Schornstein der *Henrietta.* Das Schiff fuhr mit voller Kraft weiter. Zwei Tage später meldete der Machinist, wie angekündigt, daß das gesamte Heizmaterial im Laufe des Tages aufgebraucht sein werde.

»Lassen Sie das Feuer so lange nicht ausgehen!« erwiderte Fogg. »Im Gegenteil. Setzen Sie die Ventile unter Hochdruck!«

Nachdem er mittags die Position des Schiffes bestimmt hatte, ließ er Passepartout kommen und befahl ihm, Kapitän Speedy zu holen. Mit dem Gefühl, man hätte ihm befohlen, einen Tiger loszubinden, stieg der Diener zur Kapitänskajüte hinunter und sagte sich: »Der Mann wird ganz schön toben!«

Und tatsächlich polterte wenig später unter Schreien und Flüchen eine menschliche Bombe an Deck: Kapitän Speedy. Er sah wirklich aus, als würde er jeden Augenblick explodieren.

»Wo sind wir?« Das waren die ersten verständlichen Worte, die er zwischen seinen Tobsuchtsanfällen ausstieß, denen er hätte leicht erliegen können, wenn er zum Schlaganfall geneigt hätte.

»Siebenhundertsiebzig Meilen vor Liverpool«, antwortete Phileas Fogg mit unerschütterlicher Ruhe.

»Pirat!« brüllte Andrew Speedy.

»Ich habe Sie kommen lassen, Sir …«

»Seeräuber!«

»… um Sie zu bitten, Sir, mir Ihr Schiff zu verkaufen.«

»Nein! Bei allen Teufeln der Hölle! Nein!«

»Ich muß es nämlich verheizen.«

»Mein Schiff? Verheizen?«

»Ja, zumindest die Aufbauten. Wir haben kein Heizmaterial mehr.«

»Mein Schiff verheizen?« Die Stimme von Kapitän Speedy überschlug sich. Er konnte die Wörter kaum noch artikulieren. »Fünfzigtausend Dollar ist es wert!«

»Hier sind sechzigtausend«, sagte Fogg und hielt dem Kapitän ein Bündel Geldnoten hin.

Dieser Anblick hatte eine erstaunliche Wirkung auf Kapitän Andrew Speedy. Das wäre auch kein Amerikaner, der beim Anblick von sechzigtausend Dollar nicht gewisse Gefühle entwickelte. Der Kapitän vergaß einen Augenblick, wie wütend er war, daß er eingesperrt worden war, daß er diese Passagiere mitgenommen hatte. Das Schiff war zwanzig Jahre alt. Hier winkte ein Bombengeschäft. Die menschliche Bombe war entschärft. Phileas Fogg hatte die Lunte herausgerissen.

»Pirat!« brüllte Andrew Speedy

»Aber der eiserne Schiffsrumpf bleibt mein Eigentum«, sagte der Wüterich plötzlich ganz ruhig.

»Der Rumpf und die Maschine, Sir«, antwortete Fogg. »Abgemacht?«

»Abgemacht.«

Andrew Speedy nahm das Bündel Banknoten, zählte sie und ließ sie in seiner Tasche verschwinden.

Passepartout, der Zeuge dieser Szene war, war kreidebleich. Fix hatte beinahe einen Schlaganfall erlitten. Dieser Fogg hatte inzwischen beinahe zwanzigtausend Pfund verschleudert und überließ dem Besitzer nun auch noch Rumpf und Maschine, die zusammen fast den ganzen Wert des Schiffes ausmachten. Allerdings hatte der Dieb in der Bank von England auch die satte Summe von fünfundfünfzigtausend Pfund ergattert.

Als Andrew Speedy das Geld eingesteckt hatte, sagte Fogg: »Damit Ihnen das alles nicht zu verwunderlich vorkommt, Sir, müssen Sie wissen, daß ich zwanzigtausend Pfund verliere, wenn ich am 21. Dezember um acht Uhr fünfundvierzig abends nicht in London bin. Ich habe aber meinen Dampfer in New York verpaßt, und da Sie sich weigerten, mich nach Liverpool zu bringen ...«

»Und daran hab ich gut getan, bei allen Teufeln der Hölle!« rief Andrew Speedy aus. »Das hat mir nämlich vierzigtausend Dollar eingebracht. Wissen Sie was, Käpt'n?«

»Fogg, Kapitän Speedy.«

»Na, jetzt sind Sie doch quasi Käpt'n Fogg. Sei's drum. Jedenfalls haben Sie was von einem Yankee an sich.«

Nachdem er diese Bemerkung, die als Kompliment gedacht war, losgeworden war, zog sich Kapitän Speedy zurück.

»Das Schiff gehört jetzt mir?« rief ihm Fogg nach.

»Sicher! Vom Kiel bis zur Mastspitze! Aber nur das, was aus Holz ist, versteht sich!«

»Gut, dann lassen Sie Kleinholz aus der Innneinrichtung machen, und heizen Sie damit die Kessel!«

Man kann sich vorstellen, welche Mengen an trockenem Holz benötigt wurden, um den Kessel genügend unter Druck zu halten. An diesem Tag wurden die Deckskajüte, die Kajüten und Kabinen, die gesamten Mannschaftsräume und die Hilfsbrücke verheizt.

Am nächsten Tag, den 19. Dezember, kamen die Masten, die Rahen und die Sparren an die Reihe. Die Masten wurden gefällt, zersägt und dann zu Brennholz zerhackt. Die Mannschaft war mit Feuereifer bei der Sache. Passepartout arbeitete für zehn. Es war eine richtige Zerstörungsorgie.

Am 20. Dezember wurden die Reling abgerissen, die Schanzverkleidung, der größte Teil des Decks und was von dem Schiff sonst noch über Wasser lag. Die *Henrietta* glich nach diesem Kahlhieb einem offenen, leeren Kahn.

An diesem Tag kamen die irische Küste und das Leuchtfeuer von Fastnet in Sicht. Aber um zehn Uhr abends war das Schiff erst auf der Höhe von Queenstown. Phileas Fogg blieben nur noch vierundzwanzig Stunden, um London zu erreichen! So lange würde die *Henrietta* aber bis nach Liverpool unterwegs sein, selbst wenn sie unter Volldampf lief. Und der Dampfdruck ließ sich nicht mehr lange halten.

Kapitän Speedy hatte sich schließlich für Foggs Wettlauf gegen die Zeit zu interessieren begonnen. »Sie sind vom Pech verfolgt, Sir! Das tut mir leid. Und wir sind erst vor Queenstown!«

»Ach, ist das Queenstown, von dem man die Leuchttürme da sieht?«

»Ja.«

»Können wir den Hafen anlaufen?«

»Erst in drei Stunden. Wir müssen die Flut abwarten.«

»Dann warten wir«, sagte Fogg ruhig, dem nicht anzusehen war, daß er eine glänzende Eingebung hatte, mit der er das Schicksal doch noch zwingen wollte.

Queenstown war der Hafen vor Cork, wo die Überseedampfer ihre Postfracht löschten. Die Postsäcke wurden in den be-

Die Mannschaft war mit Feuereifer bei der Sache

reits wartenden Expreßzügen nach Dublin gefahren und von dort in Schnellschiffen nach Liverpool gebracht, wo sie zwölf Stunden eher als die Atlantikdampfer der großen Schifffahrtsgesellschaften ankamen.

Diese zwölf Stunden Vorsprung der Post aus Amerika wollte Phileas Fogg für sich selbst nutzen. Statt auf der *Henrietta* am nächsten Tag abends in Liverpool anzukommen, wäre er dort schon vormittags. Und hätte dann noch genügend Zeit, bis acht Uhr fünfundvierzig in London zu sein.

Gegen ein Uhr morgens lief die *Henrietta* mit der Flut in den Hafen Queenstown ein. Phileas Fogg erhielt von Kapitän Speedy einen kräftigen Händedruck und ließ ihn auf seinem ausgeplünderten Schiff zurück, das allerdings immer noch die Hälfte des Kaufpreises wert war, den er schon erhalten hatte.

Die Passagiere waren schnell ausgestiegen. Fix hätte nur zu gern diesen Herrn Fogg auf der Stelle verhaftet. Doch tat er es nicht. Vielleicht hatte sich seine Meinung über Fogg geändert, womöglich glaubte er sogar, daß er auf der falschen Fährte war? Wie dem auch sei, Fix trennte sich nicht von Fogg. Gemeinsam stiegen sie mit Mrs. Aouda und Passepartout in den Zug, kamen im Morgengrauen in Dublin an und schifften sich dort sofort auf einem der Expreßschiffe ein, die bald darauf raketenschnell durch die Irische See pflügten.

Am 21. Dezember, kurz nach halb zwölf Uhr mittags, ging Phileas Fogg endlich in Liverpool an Land. Nun würde er nur noch sechs Stunden nach London brauchen.

In diesem Augenblick trat Inspektor Fix auf ihn zu, legte ihm die Hand auf die Schulter und zeigte ihm den Haftbefehl.

»Sie sind doch Mr. Phileas Fogg?«

»Ja, Sir.«

»Im Namen der Königin ... Sie sind verhaftet!«

»Im Namen der Königin … Sie sind verhaftet!«

XXXIV

Passepartout kann sich einen billigen Kalauer nicht verkneifen

Phileas Fogg war im Gefängnis. Man hatte ihn im Zollgebäude im Hafen von Liverpool eingesperrt. Er sollte dort die Nacht über verbringen, ehe er nach London gebracht wurde.

Als Fogg verhaftet worden war, hatte sich Passepartout auf den Inspektor stürzen wollen. Polizisten hatten ihn zurückgehalten. Die ahnungslose Mrs. Aouda war über den gewaltsamen Akt entsetzt und fassungslos. Passepartout klärte sie darüber auf, daß Mr. Fogg, dieser ehrenwerte und mutige Gentleman, dem sie ihr Leben verdankte, als Dieb verhaftet worden war. Die junge Frau entrüstete sich zutiefst über eine so infame Anschuldigung, und Tränen rannen ihr übers Gesicht, als ihr klar wurde, daß sie nichts zur Rettung ihres Retters unternehmen konnte.

Inspektor Fix hatte die Verhaftung vorgenommen, weil er es für seine Pflicht hielt. Ob Fogg schuldig oder nicht schuldig war, darüber hatte die Justiz zu entscheiden.

Im Kopf von Passepartout setzte sich der schreckliche Gedanke fest, daß er selbst der Grund für dieses furchtbare Unglück war! Warum hatte er denn nur seinem Herrn das böse Abenteuer in Hongkong verheimlicht, als ihm Fix seine Identität und seinen Auftrag enthüllt hatte? Wenn er seinen Herrn gewarnt hätte, hätte dieser dem Inspektor bestimmt seine Unschuld bewiesen und seinen Irrtum klargemacht. Jedenfalls hätte er diesen Unheilsvogel nicht auch noch auf seine Kosten mitgeschleppt, nur um sich von dem Kerl verhaften zu lassen, sobald er wieder den Fuß auf den Boden des Vereinigten Königreiches gesetzt hatte. Wenn er an seine Fehler und Unvorsichtigkeit dachte, wurde der arme Diener von Selbstvorwürfen gebeutelt. Er weinte, er bot einen bedauernswerten Anblick, am liebsten hätte er gar nicht mehr leben wollen!

Passepartout und Mrs. Aouda wichen trotz der Kälte nicht von dem säulengetragenen Vorbau am Eingang des Zollgebäudes. Sie wollten Mr. Fogg noch einmal sehen.

Der Gentleman war nun endgültig und vollständig ruiniert, zu einem Zeitpunkt, als er seinem Ziel schon so nahe gewesen war. Diesmal war die verlorene Zeit nicht mehr gutzumachen. Als er am 21. Dezember um elf Uhr vierzig in Liverpool angekommen war, waren ihm noch neun Stunden und fünf Minuten geblieben, um rechtzeitig im Reform-Club einzutreffen. Die Fahrt nach London dauerte allein schon sechs Stunden.

Wer Mr. Fogg in diesem Augenblick im Zollgebäude aufgesucht hätte, hätte ihn auf einer Holzbank sitzend angetroffen, ruhig, ohne Zorn, ohne Empörung über sein Schicksal. Ob er resigniert hatte, war nicht zu erkennen. Dieser letzte Schlag hatte keine sichtbaren Auswirkungen hinterlassen. Aber hatte sich vielleicht in ihm insgeheim eine Wut der Art gebildet, die, lange zurückgehalten, sich endlich mit unbändiger Gewalt entlädt? Man weiß es nicht. Phileas Fogg saß nur da, ruhig, abwartend ... Worauf wartete er? Hegte er noch Hoffnung? Konnte er noch an ein Gelingen glauben, als sich die Tür hinter ihm geschlossen hatte?

Tatsache war, daß Phileas Fogg seine Uhr sorgsam auf den Tisch vor sich gelegt hatte und beobachtete, wie ihre Zeiger sich bewegten. Sein Mund blieb verschlossen, aber seine Augen blickten eigenartig starr.

Die Lage war düster und, da man seine Gedanken nicht erraten konnte, waren nur zwei Schlüsse möglich: Entweder war Phileas Fogg ein ehrlicher Mann, der ein Vermögen verloren hatte. Oder dieser Herr Fogg war ein Dieb, der endlich in der Falle saß.

Vielleicht dachte er aber doch an eine Rettung? Überlegte er, ob es ein Schlupfloch aus diesem Zollgebäude geben könnte? Dachte er an Flucht? Man hätte es meinen können, als er einmal aufstand und sich den Raum genau besah. Die Tür war abgeschlossen, das Fenster war vergittert. Er setzte sich wieder und zog sein Reisenotizbuch aus der Tasche. In die Zeile, in der stand: »21. Dezember, Liverpool«, machte er folgenden Eintrag: »80. Tag, 11 h 40 morgens«. Dann wartete er weiter.

Die große Uhr im Zollgebäude schlug eins. Fogg stellte fest, daß seine Uhr, verglichen damit, zwei Minuten vorging.

Es schlug zwei! Angenommen, er würde in diesem Augenblick einen Schnellzug besteigen, könnte er in London und im Reform-Club noch vor Viertel vor neun ankommen. Auf seiner Stirn zeigten sich leichte Falten ...

Um zwei Uhr zweiunddreißig erklang Lärm von draußen, man hörte Türen, die geöffnet wurden. Und man hörte die Stimmen von Passepartout und von Inspektor Fix.

Die Augen von Phileas Fogg leuchteten kurz auf.

Da öffnete sich die Türe, und er sah Mrs. Aouda, Passepartout und Fix auf ihn zustürzen. Fix war ganz außer Atem, seine Haare waren zerzaust, er brachte kaum ein Wort heraus!

»Sir«, stammelte er, »Sir ... entschuldigen Sie ... eine bedauernswerte Verwechslung! Der Dieb ... seit drei Tagen ... verhaftet. Sie sind ... frei!«

Phileas Fogg war frei! Er ging auf den Inspektor zu, sah ihm voll ins Gesicht, machte zum ersten und letzten Mal in seinem Leben eine schnelle Bewegung und ließ beide Fäuste auf die Kinnspitze des Inspektors krachen.

»Auf den Punkt!« rief Passepartout, und der junge Franzose konnte sich nicht verkneifen, einen billigen Kalauer hinzuzufügen: »Teufel auch! Das war ja eine echt englische Spitzenapplikation!«

Fix war umgekippt und brachte jetzt wirklich kein Wort mehr hervor. Er hatte bekommen, was er verdiente. Im nächsten Augenblick hatten Fogg, Mrs. Aouda und Passepartout das Zollgebäude schon verlassen. Sie sprangen in eine Droschke und waren wenige Minuten später am Bahnhof von Liverpool.

Fogg erkundigte sich nach einem Schnellzug nach London.

Es war zwei Uhr vierzig. Der letzte Schnellzug war vor fünfunddreißig Minuten abgefahren.

Da mietete sich Phileas Fogg einen Sonderzug.

Mehrere große Lokomotiven standen unter Dampf. Mit Rücksicht auf den regulären Fahrplan konnte der Sonderzug nicht vor drei Uhr abfahren.

Nachdem Phileas Fogg dem Lokführer gegenüber etwas von einer Prämie erwähnt hatte, fuhr er um drei Uhr in Begleitung der jungen Frau und seines treuen Dieners nach London los.

Sie mußten die Strecke Liverpool–London in fünfeinhalb Stunden schaffen, was durchaus möglich war, wenn sie auf der ganzen Strecke freie Fahrt hatten. Aber leider wurden sie mehrmals aufgehalten, so daß bei ihrer Ankunft in London alle Uhren dort zehn vor neun zeigten.

Phileas Fogg hatte am Ende seiner Reise um die ganze Erde fünf Minuten Verspätung auf die vereinbarte Zeit!

Er hatte die Wette verloren.

XXXV

Passepartout nimmt die Beine unter den Arm

Am nächsten Morgen wären die Bewohner der Savile Row sehr überrascht gewesen, wenn sie erfahren hätten, daß Mr. Fogg nach Hause zurückgekehrt war. Türen und Fenster waren wie üblich verschlossen. Es gab keine sichtbare äußere Veränderung.

Nachdem er aus dem Bahnhof getreten war, hatte Fogg seinen Diener losgeschickt, ein paar Besorgungen zu machen, und war nach Hause zurückgekehrt.

Mit seiner gewohnten unerschütterlichen Ruhe hatte der Gentleman auch diesen letzten Schlag hingenommen. Alles verloren! Und nur durch den Irrtum dieses vermaledeiten Polizeiinspektors! Nachdem er eine solche Strecke sicher hinter sich gebracht hatte, nachdem er tausend Hindernisse überwunden und Gefahren bestanden und noch die Zeit für ein paar gute Taten gefunden hatte, war er einen Schritt vor dem Ziel durch einen brutalen und unvorhersehbaren Eingriff aus der Bahn geworfen worden! Das war hart. Von der riesigen Geldsumme, die er bei der Abreise mitgenommen hatte, war nicht mehr viel übriggeblieben. Sein Vermögen belief sich nur noch auf die zwanzigtausend Pfund bei der Baring-Bank, und diese Summe schuldete er seinen Wettgegnern im Reform-Club. Da er sich in so hohe Unkosten gestürzt hatte, hätte ihn die Wette nicht reich gemacht. Das war auch gar nicht sein Ziel gewesen, denn er gehörte zu den Männern, für die Wetten eine Ehrensache war. Aber daß er die Wette verloren hatte, ruinierte ihn völlig. Allerdings hatte er bereits seinen Schluß daraus gezogen. Er wußte, was ein Gentleman in so einem Fall zu tun hatte.

Mrs. Aouda hatte im Haus Savile Row 7 ihr eigenes Zimmer erhalten. Die junge Frau war verzweifelt. Aus den Worten von Phileas Fogg hatte sie herausgehört, daß dieser etwas Schreckliches vorhatte.

Es ist schließlich allgemein bekannt, zu welchen bedauernswerten Überreaktionen sich die von einer fixen Idee besessenen Engländer manchmal hinreißen lassen. Daher überwachte Passepartout ganz unauffällig jeden Schritt seines Herrn.

Aber zuerst war der brave Diener in seine Kammer hinaufgestiegen und hatte die Gasheizung abgestellt, die seit achtzig Tagen brannte. Im Briefkasten hatte er die Rechnung der Gaswerke gefunden, und seiner Meinung nach war es höchste Zeit, daß diese Kosten vermieden wurden, für die er selbst aufkommen mußte.

Die Nacht verging. Mr. Fogg hatte sich schlafen gelegt, aber schlief er auch? Mrs. Aouda konnte jedenfalls kein Auge

Er hatte die Rechnung der Gaswerke vorgefunden

zutun. Und Passepartout hatte, wie ein treuer Hund vor der Tür seines Herrn, die Nacht durchwacht.

Am nächsten Morgen befahl ihm sein Herr in knappen Worten, das Frühstück für Mrs. Aouda zu richten; er selbst wolle nur eine Tasse Tee und eine Scheibe Toast. Mrs. Aouda möge entschuldigen, daß er ihr zum Mittag- und zum Abendessen keine Gesellschaft leisten könne, da er den ganzen Tag benötige, um seine Angelegenheiten in Ordnung zu bringen. Er käme auch nicht herunter und bitte Mrs. Aouda nur, später ein paar Worte mit ihr wechseln zu dürfen.

Passepartout kannte nun das Programm für diesen Tag und hatte sich damit abzufinden. Er sah seinen Herrn an, der immer noch so unerschütterlich ruhig wirkte, und konnte sich gar nicht entschließen, das Zimmer zu verlassen. Das Herz war ihm schwer, Gewissensbisse plagten ihn, weil er sich mehr denn je die Schuld an dem nicht wiedergutzumachenden Unglück gab. Ja, hätte er Mr. Fogg gewarnt und ihm alles über Inspektor Fix erzählt, hätte sein Herr den Polizisten sicher nicht zur Mitreise eingeladen und wäre nicht in Liverpool …

Passepartout konnte nicht mehr an sich halten. »Gnädiger Herr! Mr. Fogg!« rief er. »Es ist alles nur meine Schuld. So verdammen Sie mich …«

»Ich gebe niemandem die Schuld«, erwiderte Phileas Fogg ganz gefaßt. »Gehen Sie jetzt.«

Passepartout ging und berichtete Mrs. Aouda, was sein Herr ihm aufgetragen hatte. »Ich kann gar nichts ausrichten, Madame«, fügte er hinzu. »Ich habe keinen Einfluß auf meinen Herrn. Aber Sie könnten vielleicht …«

»Welchen Einfluß sollte ich haben?« antwortete Mrs. Aouda. »Mr. Fogg läßt sich nicht beeinflussen! Hat er je begriffen, daß ich viel mehr als Dankbarkeit für ihn empfinde? Hat er je in meinem Herzen lesen wollen? Man darf ihn nicht allein lassen, mein Freund. Nicht einen Augenblick. Sie sagen, daß er mich heute abend sprechen will?«

»Ja, Madame. Es handelt sich sicher darum, was für Ihren Aufenthalt in England zu regeln ist.«

»Warten wir ab«, sagte die junge Frau sehr nachdenklich.

So machte das Haus auch den ganzen Sonntag über den Eindruck, als sei es unbewohnt. Zum ersten Mal, seit er hier wohnte, ging Phileas Fogg nicht in den Club, als es von Big Ben halb zwölf schlug.

Warum hätte der Gentleman den Reform-Club noch aufsuchen sollen? Seine Mitspieler und Wettgegner warteten dort nicht mehr auf ihn. Da er zur abgemachten Uhrzeit, am Samstag, den 21. Dezember, um acht Uhr fünfundvierzig abends, nicht im großen Salon des Reform-Clubs erschienen war, hatte er die Wette verloren. Er brauchte nicht einmal die zwanzigtausend Pfund auf seiner Bank abzuheben. Seine Wettgegner besaßen einen Scheck von ihm, den sie nur in der Gebrüder-Baring-Bank einlösen mußten, dann wurde ihnen die Summe gutgeschrieben.

Mr. Fogg hatte keinen Grund mehr auszugehen, und so blieb er zu Hause. Er verbrachte den Tag in seinem Zimmer und ordnete seine Angelegenheiten.

Passepartout ging den ganzen Tag treppauf, treppab. Die Zeit schien ihm nicht zu vergehen. Wenn er an der Tür zum Zimmer seines Herrn lauschte, hatte er nicht einmal das Gefühl, indiskret zu sein! Wenn er durch das Schlüsselloch spähte, glaubte er das ganz zu Recht zu tun! Denn Passepartout befürchtete jeden Augenblick ein schreckliches Unglück. Manchmal dachte er an Fix, aber, anders als bisher, war er auf den Inspektor nicht mehr wütend. Fix hatte sich getäuscht, wie alle sich getäuscht hatten. Und er hatte Fogg nur verfolgt und verhaftet, weil es seine Pflicht war. Er, Passepartout, dagegen …

Die Selbstvorwürfe erdrückten ihn beinahe, und Passepartout hielt sich für den elendsten Menschen auf der Welt.

Als er sein Elend schließlich nicht mehr ertrug, klopfte er bei Mrs. Aouda. Er trat ein, setzte sich still in eine Ecke des

Zimmers und sah die junge Frau an, die immer noch sehr nachdenklich wirkte.

Um halb acht Uhr abends ließ Mr. Fogg fragen, ob Mrs. Aouda ihn empfangen könne. Wenige Augenblicke später waren er und die junge Frau in ihrem Zimmer alleine. Phileas Fogg nahm einen Stuhl und setzte sich ihr gegenüber an den Kamin. Aus seinem Gesicht war nicht abzulesen, was in ihm vor sich ging. Er war derselbe geblieben, der er vor seiner Reise um die Erde gewesen war, ruhig und unerschütterlich in seiner Art.

Fünf Minuten lang saß er schweigend, dann blickte er sie an und sagte: »Können Sie mir verzeihen, Madam, daß ich Sie nach England gebracht habe?«

»Aber, Mr. Fogg, wie sollte ich nicht ...« Mrs. Aouda bemühte sich, ihre Aufregung zu meistern.

»Hören Sie mir bitte weiter zu«, fuhr Fogg fort. »Als ich den Gedanken faßte, Sie so weit weg von Ihrer Heimat zu bringen, in der Ihr Leben in Gefahr geraten war, da besaß ich noch ein großes Vermögen. Und ich hatte die Absicht, Ihnen einen Teil dieses Vermögens zur Verfügung zu stellen. So hätten Sie sorgenfrei und unabhängig leben können. Jetzt bin ich ruiniert.«

»Ich weiß, Mr. Fogg«, erwiderte die junge Frau. »Aber ich muß Sie fragen: Verzeihen Sie mir, daß ich Sie begleitet habe? Und daß ich ... wer weiß? ... womöglich Verzögerungen verschuldet habe, die zu Ihrem Ruin beigetragen haben?«

»Sie konnten in Indien gar nicht bleiben, Madam. Sie waren nur sicher, wenn Sie von diesen Fanatikern weit genug weg waren, so daß diese sie nicht mehr in ihre Gewalt bringen konnten.«

»Aber Sie waren nicht zufrieden damit, daß Sie mich vor einem schrecklichen Tod bewahrt haben, Mr. Fogg. Sie fühlten sich auch verpflichtet, für mein Wohl im Ausland zu sorgen?«

»Ja, Madam. Aber die Verhältnisse haben sich gegen mich gewendet. Doch bitte ich Sie, daß Sie von dem wenigen Gebrauch machen, was mir verblieb.«

»Aber was wird aus Ihnen, Mr. Fogg? Wovon wollen Sie leben?«

»Ich brauche nichts, Madam.«

»Wie stellen Sie sich denn Ihr künftiges Leben vor, Mr. Fogg?«

»Wie es sich gehört.«

»Nun, ein Mann wie Sie wird nicht ins Elend stürzen. Ihre Freunde ...«

»Ich habe keine Freunde, Madam.«

»Ihre Eltern und Verwandten ...«

»Ich habe keine nahen Verwandten mehr.«

»Das tut mir aber leid, Mr. Fogg. Ganz alleine zu sein ist ein trauriges Schicksal. Gibt es denn keine Menschenseele, der Sie Ihr Herz auschütten könnten? Man sagt doch: Geteiltes Leid ist halbes Leid.«

»Das sagt man, Madam.«

»Mr. Fogg«, sagte Mrs. Aouda, die sich erhoben hatte und mit ausgestreckten Händen auf den Gentleman zutrat, »wollen Sie mich als Verwandte und als Freundin? Wollen Sie mich als Ihre Frau?«

Bei diesen Worten war Fogg ebenfalls aufgestanden. Ein ungewohntes Leuchten kam in seine Augen, seine Lippen schienen zu beben. Mrs. Aouda sah ihn unverwandt an. Dieser aufrichtige, stolze, feste und sanfte Blick einer Frau voller Anmut und Charakter erstaunte ihn und drang in ihn ein: Sie wagte alles, um den zu retten, dem sie alles verdankte. Einen Augenblick schloß er die Augen, wie um zu verhindern, daß dieser Blick noch weiter in ihn dringe.

Als er sie wieder öffnete, sagte er: »Ich liebe Sie. Ja, das ist die Wahrheit bei allem, was mir heilig ist. Ich liebe Sie, und ich bin der Ihre.«

»Ach!« seufzte Mrs. Aouda glücklich und preßte die Hand auf ihr Herz.

Passepartout wurde herbeigeläutet und stand auch schon gleich in der Tür. Mr. Fogg und Mrs. Aouda hielten sich an den Händen. Passepartout begriff schnell. Sein breites Gesicht strahlte wie die Sonne an einem Mittag über den Tropen.

Mr. Fogg fragte ihn, ob es nicht schon zu spät sei, Pfarrer Samuel Wilson von der Gemeinde Mary-le-Bone zu benachrichtigen.

Passepartout zeigte sein schönstes Lächeln und sagte: »Es ist nie zu spät.«

Es war jetzt acht Uhr fünf abends.

»Also ein Aufgebot für morgen, Montag?«

»Ist das recht: morgen, Montag?« fragte Phileas Fogg die junge Frau.

»Ja! Morgen, Montag«, antwortete Mrs. Aouda.

Passepartout war schon zur Tür hinaus und nahm die Beine unter den Arm.

XXXVI

Der Marktwert von Phileas Fogg steigt wieder

Als bekannt geworden war, daß der tatsächliche Bankräuber – ein gewisser James Strand – am 17. Dezember in Edinburgh verhaftet worden war, hatte sich in der Öffentlichkeit im gesamten Vereinigten Königreich ein Meinungsumschwung vollzogen.

Bis dahin hatte Phileas Fogg als gemeiner Krimineller gegolten, den die Polizei mit allen Mitteln verfolgte. Nun war er für die Leute der ehrenwerteste Gentleman, der »mathematisch genau« seine sonderbare Reise um die Erde zu Ende führte.

Alle Zeitungen griffen die Geschichte erneut auf. Wie durch einen Zauber erwachte das Interesse der Wettfanatiker an der Sache wieder. Das Wettgeschäft belebte sich zusehends. Die Aktie Phileas Fogg stieg in ihrem Marktwert.

Die Whistpartner von Fogg verbrachten die Tage nach der Verhaftung in großer Ungeduld im Reform-Club. Auch sie hatten Phileas Fogg beinahe vergessen, und nun war er wieder vor aller Augen. Aber wo steckte er bloß? Am Tag der Verhaftung von James Strand war Fogg bereits sechsundsiebzig Tage unterwegs, ohne daß man eine einzige Nachricht von ihm erhalten hatte. War er gescheitert? Hatte er aufgegeben? Oder war er noch planmäßig unterwegs? Und würde er am Samstag, den 21. Dezember, um acht Uhr fünfundvierzig, wie ein neuer Gott der Pünktlichkeit auf der Schwelle des großen Salons im Reform-Club erscheinen?

Und mit jedem Tag wuchs die öffentliche Aufregung in England. Man schickte Telegramme nach Amerika und nach Asien, um sich über den Verbleib von Phileas Fogg zu erkundigen. Man ließ sein Haus in der Savile Row beobachten. Ohne Erfolg. Die Polizei wußte nicht einmal, wo ihr Inspektor Fix geblieben war, der bedauerlicherweise die ganze Zeit über die falsche Spur verfolgt hatte. Allen Ungewißheiten zum Trotz schnellten die Wetten nochmals in die Höhe. Phileas Fogg wurde wie ein Rennpferd gehandelt. Und jetzt sollte er auf die Zielgerade einbiegen.

Sein Marktwert stieg um hundert Prozent. Aber der alte gelähmte Lord Albermale kaufte sogar noch, als die Aktie Phileas Fogg einen neuen historischen Höchststand erreicht hatte.

Daher war es nicht verwunderlich, daß sich am Samstag abend in der Pall Mall und in den benachbarten Straßen eine Menschenmenge drängte. Man hätte meinen können, eine Ansammlung von Börsenmaklern hätte sich vor dem Eingang des Reform-Clubs niedergelassen. Der Verkehr geriet ins Stocken. Auf offener Straße wurde diskutiert und gestritten, der Stand des »Phileas Fogg« wurde über die Köpfe der Leute hinweg geschrien, als handele es sich um ein ganz gewöhnliches englisches Wertpapier. Die Polizei hatte Mühe, die Ordnung aufrechtzuerhalten, und je näher die vereinbarte Zeit rückte, zu der Fogg eintreffen sollte, desto mehr wuchs die allgemeine Erregung.

Seit neun Stunden waren die fünf Spielpartner von Phileas Fogg im Reform-Club versammelt. Die beiden Bankiers John

Sullivan und Samuel Fallentin, der Ingenieur Andrew Stuart, das Aufsichtsratsmitglied der Bank von England Gauthier Ralph und der Brauereibesitzer Thomas Flanagan – sie alle warteten gespannt.

Als die große Uhr im Salon acht Uhr fünfundzwanzig zeigte, erhob sich Andrew Stuart und sagte: »In zwanzig Minuten, meine Herren, ist die Frist abgelaufen, die zwischen uns und Mr. Phileas Fogg vereinbart worden ist.«

»Wann ist der letzte Zug aus Liverpool angekommen?« fragte Thomas Flanagan.

»Um 7 Uhr 23«, antwortete Gauthier Ralph, »der nächste kommt erst zehn Minuten nach Mitternacht an.«

»Nun, meine Herren«, meldete sich Andrew Stuart wieder zu Wort, »wenn Phileas Fogg mit dem Zug um sieben Uhr dreiundzwanzig angekommen wäre, wäre er jetzt schon hier. Wir können also die Wette als gewonnen betrachten.«

»Warten wir ab«, bemerkte Samuel Fallentin. »Wir sollten uns kein vorschnelles Urteil erlauben, da wir doch wissen, welch ein Sonderling unser Mitspieler ist. Und er ist ja gerade für seine Pünktlichkeit so bekannt, daß es mich nicht im geringsten wundern würde, wenn er in der letzten Minute vor Ablauf der Frist den Salon beträte.«

»Und ich«, sagte Andrew Stuart, der wie immer sehr nervös war, »würde meinen Augen nicht trauen, wenn ich ihn denn tatsächlich sähe.«

»Es ist nicht zu übersehen«, sagte nun Thomas Flanagan, »daß das Vorhaben von Phileas Fogg unsinnig war. Er selbst kann noch so pünktlich sein, aber das verhindert noch lange nicht, daß unvermeidliche Verzögerungen auftreten. Und eine Verspätung von zwei oder drei Tagen genügte ja schon, das Projekt scheitern zu lassen.«

»Im übrigen werden Sie auch bemerkt haben«, fügte John Sullivan hinzu, »daß wir kein einziges Telegramm von ihm erhielten. Und dabei mangelte es gewiß nicht an Telegraphenämtern auf seiner Route.«

»Er hat die Wette verloren, meine Herren!« ergriff Andrew Stuart wieder das Wort. »Eindeutig verloren! Wie Sie übrigens wissen, ist die *China* aus New York, der einzige Dampfer, mit dem Mr. Fogg rechtzeitig in Liverpool angekommen wäre, gestern eingelaufen. Hier habe ich die Passagierliste der *Shipping Gazette.* Der Name Phileas Fogg steht nicht darauf. Günstigstenfalls ist er gerade in Amerika! Ich rechne damit, daß er frühestens zwanzig Tage nach der ausgemachten Zeit ankommen wird. Der alte Lord Albermale wird leider seine fünftausend Pfund abschreiben müssen!«

»Ja, daran ist nun nichts mehr zu ändern«, sagte Gauthier Ralph, »und morgen brauchen wir nur noch den Scheck von Mr. Fogg bei den Gebrüdern Baring einzulösen.«

Die große Wanduhr im Salon zeigte acht Uhr vierzig.

»Noch fünf Minuten«, verkündete Andrew Stuart.

Die fünf Herren sahen sich an. Man kann sich denken, daß auch ihre Herzen etwas schneller schlugen, denn die Spannung war selbst für erfahrene Spieler sehr groß. Anmerken lassen wollten sie sich nichts, denn alle befolgten sogleich den Vorschlag von Samuel Fallentin und nahmen an einem der Spieltische Platz.

»Ich würde meine viertausend Pfund Wettanteil jetzt nicht mehr zurücknehmen, und wenn mir jemand dreitausendneunhundertneunundneunzig dafür böte!« sagte Andrew Stuart.

In diesem Augenblick rückte der große Zeiger auf acht Uhr zweiundvierzig vor.

Die Spieler hielten bereits ihre Karten in der Hand, aber ihre Blicke wanderten alle paar Augenblicke zu der großen Uhr hinüber.

»Acht Uhr dreiundvierzig!« sagte Thomas Flanagan und hob ab, als Gauthier Ralph ihm das zweite Kartenspiel hinlegte.

Einen Augenblick wurde es ganz still im weiten Salon des Clubs. Nur der Lärm der Menge draußen – manchmal von ein paar spitzen Schreien übertönt – drang gedämpft herein. Der Pendel der großen Uhr schwang regelmäßig – mit mathematischer Genauigkeit – hin und her. Jeder der Spieler konnte das Ticken im Sekundentakt deutlich hören und mitzählen.

»Acht Uhr vierundvierzig!« sagte John Sullivan mit einer Stimme, der man anhörte, wie erregt auch er war.

Noch eine Minute, und die Herren hatten die Wette wirklich gewonnen. Andrew Stuart und die anderen spielten nicht mehr, sie hatten die Karten sinken lassen, sie zählten die Sekunden!

Die vierzigste verging. Nichts! Bei der fünfzigsten – immer noch nichts.

Bei der fünfundfünfzigsten brandete draußen ein ungeheurer Lärm auf: Beifall, Hurragebrüll, aber auch Schmährufe wogten hin und her. Und kamen näher.

Die Spieler sprangen auf.

In der siebenundfünfzigsten Sekunde der letzten Minute der vereinbarten Frist öffnete sich die Tür zum großen Salon des Reform-Clubs. Das Pendel der großen Uhr hatte noch nicht die sechzigste Sekunde getickt, als Phileas Fogg im Salon stand – hinter ihm hatte sich eine Menge Schaulustiger in den Club gedrängt.

»Hier bin ich, meine Herren«, stellte Phileas Fogg mit seiner ruhigen Stimme fest.

XXXVII

Phileas Fogg hat mit seiner Reise um die Erde keinen Gewinn gemacht, aber sein Glück

Ja, es war Phileas Fogg höchstpersönlich!

Erinnern wir uns, daß Passepartout um acht Uhr fünf abends – fünfundzwanzig Stunden nach der Ankunft der Reisenden in London – von seinem Herrn den Auftrag erhalten

»Hier bin ich, meine Herren«

Mit wirrem Haar und ohne Hut rannte er

hatte, Herrn Pfarrer Samuel Wilson um ein Aufgebot zu bitten: Die Hochzeit sollte bereits am nächsten Tag stattfinden.

Überglücklich war Passepartout davongeeilt und hatte bald vor dem Haus des Pfarrers gestanden. Dieser war aber noch nicht nach Hause zurückgekehrt. Passepartout wartete natürlich auf ihn, aber er mußte mindestens zwanzig Minuten warten.

Es war genau acht Uhr fünfunddreißig, als Passepartout aus dem Pfarrhaus stürzte – wie von Furien gejagt! Mit wirrem Haar und ohne Hut rannte er, wie noch nie ein Mensch gerannt war! Wie ein Wirbelwind fegte er über die Gehsteige und stieß alle Passanten beiseite, die ihm in die Quere kamen!

In drei Minuten war er in der Savile Row Nummer 7 und brach vor seinem Herrn zusammen und war zuerst unfähig, auch nur ein Wort herauszubringen.

»Was gibt es?« fragte Mr. Fogg.

»Sir, die ...« stammelte der Diener keuchend, »... Heirat ... unmöglich ...«

»Unmöglich?«

»Unmöglich ... morgen.«

»Weshalb?«

»Weil morgen ... morgen ist Sonntag!«

»Montag«, verbesserte Fogg.

»Nein ... heute ... Samstag!«

»Samstag? Unmöglich!«

»Doch! Doch! Doch!« schrie Passepartout. »Sie haben sich ... um einen Tag verrechnet! Wir sind vierundzwanzig Stunden früher angekommen! Aber jetzt bleiben nur noch zehn Minuten!«

Passepartout packte seinen Herrn beim Kragen und zerrte ihn hinaus.

Phileas Fogg gab nach und verließ sein Zimmer und sein Haus, ohne zum Nachdenken zu kommen. Er sprang in eine Droschke, versprach dem Kutscher hundert Pfund Eilprämie, und nachdem sie zwei Hunde überfahren und fünf andere Kutschen gerammt hatten, sprang er vor dem Reform-Club aus dem Wagen und erschien drei Sekunden vor der vereinbarten Zeit am vereinbarten Ort.

Phileas Fogg hatte seine Reise um die Erde in achtzig Tagen pünktlich beendet.

Und damit hatte Phileas Fogg die Wette über zwanzigtausend Pfund gewonnen!

Aber wie hatte ein so pünktlicher, ja pingeliger Mensch wie er sich um einen ganzen Tag verrechnen können? Warum dachte er, daß er am Samstag abend, den 21. Dezember, in London eintreffe, als es erst Freitag abend, der 20. Dezember, war, neunundsiebzig Tage nach seiner Abreise?

Die Erklärung ist sehr einfach. Phileas Fogg hatte auf seiner Reise, ohne daß es ihm bewußt geworden war, einen Tag »gewonnen«. Und zwar nur, weil er nach Osten gereist war; umgekehrt hätte er einen Tag verloren.

Da er nach Osten gereist war, war er der Sonne entgegengefahren, und daher verkürzten sich die Tage für ihn um vier Minuten bei jedem Längengrad, den er überquerte, also insgesamt dreihundertsechzig Mal. Das ergibt eintausendvierhundertvierzig Minuten oder vierundzwanzig Stunden oder den »unbewußt gewonnenen« Tag. Man kann auch sagen: Während Phileas Fogg nach Osten reiste, sah er die Sonne achtzig Mal im Zenit stehen, seine Mitspieler im Reform-Club sahen sie in London in dieser Zeitspanne aber dort nur neunundsiebzig Mal. Und deshalb erwarteten sie ihn an diesem Tag, der der Samstag war und nicht der Sonntag, wie Fogg angenommen hatte, im Salon des Reform-Clubs.

Das hätte die wunderschöne Uhr von Passepartout, die immer auf die Londoner Zeit eingestellt war, auch schon unterwegs deutlich machen können – wenn sie nicht nur Stunden und Minuten, sondern auch die Tage angezeigt hätte!

Phileas Fogg hatte die Wette und damit zwanzigtausend Pfund gewonnen. Aber da er für die Reise fast neunzehntausend Pfund ausgegeben hatte, hatte er nur einen bescheidenen Gewinn gemacht. Wie man weiß, hatte ihn bei dem Unternehmen aber gar nicht das große Geld, sondern die Herausforderung gereizt. Er verteilte sogar den »Reingewinn« von tausend Pfund an den getreuen Passepartout und den armen Inspektor Fix, dem er nicht länger böse sein konnte. Nur der Ordnung halber zog er von Passepartouts Anteil die Kosten für die durch des Dieners Versäumnis eintausendachthundertsechsundneunzig Stunden brennende Gasheizung im Dienstbotenzimmer ab.

Am selben Abend fragte Mr. Fogg in seiner üblichen gleichmütigen Art Mrs. Aouda: »Liegt Ihnen immer noch an unserer Heirat, Madam?«

»Diese Frage muß ich Ihnen stellen, Mr. Fogg. Sie waren ruiniert, jetzt sind Sie reich ...«

»Verzeihen Sie, gnädige Frau, dieses Vermögen gehört Ihnen. Wenn Sie nicht von der Heirat gesprochen hätten, wäre mein Diener nicht zu Pfarrer Wilson geeilt, ich wäre nicht über meinen Irrtum aufgeklärt worden und ...«

»Lieber Herr Fogg ...« unterbrach ihn Mrs. Aouda.

»Liebe Frau Aouda ...« unterbrach sie Mr. Fogg.

Natürlich fand die Hochzeit achtundvierzig Stunden später statt, bei der ein strahlender und fein gekleideter Passepartout der Trauzeuge war. Als ihr Retter hatte er sich diese Ehre wohl verdient.

Doch am nächsten Morgen klopfte Passepartout im Morgengrauen polternd an die Tür seines Herrn.

Die Tür wurde geöffnet, und der Gentleman erschien und fragte, ruhig wie immer: »Was gibt's, Passepartout?«

»Das werde ich Ihnen sagen, Sir! Ich habe soeben erfahren ...«

»Was denn?«

»... daß wir unsere Reise um die Erde in nur neunundsechzig Tagen hätten machen können!«

»Sicher«, antwortete Fogg. »Das geht, wenn man Indien nicht durchquert. Aber wenn ich nicht durch Indien gereist wäre, hätte ich nicht Mrs. Aouda gerettet, dann wäre sie jetzt nicht Mrs. Fogg und …« Und ganz ruhig schloß Mr. Fogg wieder die Tür.

Phileas Fogg hatte also die Wette gewonnen: Er hatte eine Reise um die Erde in achtzig Tagen gemacht. Er hatte dazu alle Transportmittel benutzt, die sich ihm geboten hatten: Passagierdampfer, Züge, Wagen, Boote, Handelsschiffe, Schlitten und einen Elefanten. Der eigenwillige Gentleman hatte dabei seine herausragenden Charaktereigenschaften unter Beweis stellen können: Geistesgegenwart und mathematische Genauigkeit. Aber – was hatte ihm der ganze Aufwand gebracht?

Jedenfalls keinen Gewinn, könnte man sagen – würde dann aber das Glück übersehen, das Mr. Phileas Fogg ganz unerwartet in Gestalt einer bezaubernden Frau gefunden hatte.

Und wenn wir ehrlich sind: Würde mancher von uns nicht schon für weniger auf eine Reise um die Erde gehen?